I0690392

www.ingramcontent.com/pod-product-compliance
Lightning Source LLC
Chambersburg PA
CBHW021221260626
47172CB00002B/535

9781990157387

Copyright Information
Title: The Legend of the Snake -Shoulder
Author: Fereidoon Daneshmand
Copyright Year: 2025
ISBN: 978-1-990157-38-7

انتشارات انار

فریدون دانشمند | از هزار افسان ایران - ۲

افسانه‌ی ماردوش

کسی در جهان، جاودانه نماند
به گیتی زما جز فسانه نماند

افسانه‌ی ماردوش (شاهنامه)
از هزار افسان ایران-۲
نویسنده: فریدون دانشمند
دبیر بخش «از هزار افسان ایران»: بنفشه حجازی
مدیر هنری و طراح گرافیک: عبدالرضا طبیبیان
چاپ اول: زمستان ۱۴۰۳، تورنتو، کانادا
شابک: ۷-۳۸-۹۹۰۱۵۷-۱-۹۷۸
مشخصات ظاهری کتاب: ۲۰۲ رویه
قیمت: US $ ۱۷ - CAD $ ۲۴ - € ۱۶ - £ ۱۴

|انتشارات انار|
نشانی: 746A, Plymouth Av., Montreal, QC, Canada
کدپستی: H4P 1B1
ایمیل: pomegranatepublication@gmail.com
اینستاگرام: pomegranatepublication

پیشکش به

زنده‌ساز سخن پارسی، فردوسی بزرگ

• پیشگفتار •

در اسطوره‌های باستانی آمده است: ایرانیانی که برای نخستین بار زندگی اجتماعی را آغاز کردند، کوه‌نشینانی بودند سلحشور و سخت‌کوش که دل سنگ را شکافتند و در آن خانه ساختند و جامه از پوست حیوانات بر تن کردند.

شجاع‌ترین این مردمان، پهلوانی به نام کیومرث بود که حیوانات وحشی نیز یارای ایستادگی در برابر او را نداشتند. گفته‌اند که وی بر بسیاری از وحوش که در مبارزه از پای در می‌آمدند، ترحم می‌نمود و بدین‌سان آنان مرید و مطیع او می‌شدند. کیومرث که رسم پهلوانی از او به یادگار مانده است، به همان اندازه که شجاع و پرزور، مهربان و دانا نیز بود و در یاری به دیگران همتا نداشت و به این سبب مردمان فرمانبری از او را به دل و جان پذیرفته بودند و در سایه‌ی داد او روزگار را به شادکامی سپری می‌کردند.

کیومرث را پسری بود به نام سیامک که در دامن پرمهر پدر پرورش یافته و نزد مردم بسیار عزیز بود و اهریمن، دشمن جاودانه‌ی مهر و دوستی، که در کمین بود شهد شیرین شادی را به کام کیومرث و قوم او تلخ کند، فرزندنش خروزان را که دیوی سیاه و زشت چهره و جنگ افروز بود و آتش حسادت نسبت به سیامک در وجودش شعله می‌کشید، با لشکری از دیوان روانه‌ی ایران کرد. سیامک که در این زمان خود پهلوانی نامدار بود، چرم پلنگ به تن کرد و پیشاپیش سپاه به نبرد با خروزان دیو شتافت. در این جنگ، خروزان با نیرنگ بر سیامک چیره شد و پهلوی او را به چنگال درید.

خبر مرگ سیامک، کیومرث و قوم او را دل‌سوخته و سوگوار کرد و این سوگ، سالیانی چند ادامه داشت تا سرانجام از سروش غیب پیغام آمد که آه و فغان بس است، برخیزید و بر لشکر اهریمن بتازید.

از سیامک فرزندی به یادگار مانده بود که هوشنگ نام داشت. او که در دامن پرمهر نیای خود کیومرث بالیده و برومند گشته بود، در این زمان به خون خواهی پدر، با لشکری از وحوش گوش به فرمان، به جنگ با خروزان دیو رفت. لشکر دیوان، هراسان از هیبت وحوش، از میدان کارزار گریختند. هوشنگ که خوی پهلوانی از پدر و نیای خود به ارث برده بود، با خروزان درآویخت و تن سیاهش را چنان بر زمین کوفت که گویی هیچ وقت جانی در بدن نداشته است. کیومرث شادمان از انتقام خون سیامک، رهبری قوم را به هوشنگ سپرد و چندی بعد دنیای فانی را وداع گفت.

اهریمن که از مرگ فرزند خشمگین بود و اندیشه‌ی انتقام در سر می‌پروراند چون از مرگ کیومرث آگاه شد گاوشید، اژدهای ترسناک، را به کشتن هوشنگ فرمان داد. هوشنگ از دیدن هیبت هولناک اژدها واهمه‌ای به دل راه نداد و با سنگی عظیم به نبرد با او برخاست. گاوشید خود را از ضربت کشنده‌ی سنگ رهانید و از مهلکه گریخت و اما از برخورد سنگ با سنگ دیگر جرقه‌ای برخاست و بوته‌ای

را فروزان کرد و برای نخستین بار آتش پدید آمد. هوشنگ آتش را هدیه‌ای از سوی جهان آفرین دانست و نکو داشت و همراه با مردم درکنار آن جشن به پا کردند و از آن پس همه ساله ایرانیان باستان آن روز را جشن گرفتند و به آن سده نام نهادند. پیدایش آتش به مردمان امکان داد که آهن را از دل سنگ جدا کنند و ابزارگوناگون پدید آورند و به کمک این ابزار، آبراهه ایجاد کنند و آب را به سوی کشتزارها روان سازند. گفته‌اند حیوانات نیز در این زمان اهلی شدند و به خدمت مردمان درآمدند.

هوشنگ سالیانی دراز به نیکنامی زیست و قومش را به روش‌های نیکو رهنمون شد. پس از مرگ او، مهتری قوم به پسرش، تهمورث سپرده شد. تهمورث در همان آغاز، پیران و پارسایان قوم را فراخواند و قصد خود را به بند کشیدن هرآنچه پلید است و از بند رهانیدن هرآنچه که مفید است بیان کرد و از آنان یاری خواست. مهتر پارسایان، شهرسپ، راه رسیدن به مقصود را در دو جمله‌ی، نیکی به دیگران و نیکی به خود، نزد او روشن نمود. پس تهمورث به خدمت مردم همت گماشت و از او بود که قومش موی و پشم میش و بره را بریدند، رشتند، تافتند و جامه‌ی نو ساختند و از میان مرغان ماکیان و خروس را اهلی کردند و به خدمت خود گرفتند.

تهمورث دل آسوده از فراغت مردمان، زمانی دراز به خلوت نشست و روان به پاکی بیاراست. از سوی دیگر اهریمن که نیرو از پلیدی و تباهی می‌گرفت، لشکر دیوان را به ستیز با تهمورث گسیل کرد. تهمورث با شنیدن این خبر از خلوت به درآمد و گرزگران برگرفت و پیشاپیش مردان جنگی به میدان کارزار شتافت. در نبرد بزرگی که درگرفت، لشکر دیوان تار و مار شدند و بسیاری به هلاکت رسیدند و بسیار دگر گرفتار آمدند که به دستور تهمورث در کوه به زنجیر شدند و از این پس وی به تهمورث دیوبند شهره گشت.

تهمورث پس از سی سال دادگستری، رسم خویش را به فرزندش جمشید سپرد

و زندگی را با بیان این پند به پسر، بدرود گفت. «دیو اگر صد هنر داشته باشد، در بند بماند بهتر است.»

و بدین‌سان جمشید وارث نیاکان خود گشت و داستانی دیگر آغاز شد.

یکم • داستان جمشید •
•• آتش افروز ••

چمن‌زار سبز از گل‌های رنگارنگ آذین شده بود و نسیم صبحگاهی موهای نرم زادشم را به بازی گرفته بود. گرچه غرور نوجوانانه‌ی او اجازه نمی‌دادکه دلخوریش را ازبدقولی پدرکه بازی با خواهران کوچکش را به حضور در تمرین تیرافکنی او ترجیح داده بود بر زبان آورد، با این وجود پس از به هدف نشاندن تیر در سر آدمک کاهی و تشویق مادرش به‌آفرید که گفت:

«آفرین زادشم! اگر پدرت بداند که امروز همه‌ی تیرها را به هدف زدی، از شادی پر در می‌آورد.»

شانه‌اش را بالا انداخت و به کنایه گفت:

«پدرم با ارنواز و شهرناز سرگرم است و من فراموش شده‌ام.»

به‌آفرید دستی بر سر پسرش کشید و گفت:

«گله نکن پسرم؛ خواهرانت کوچک و زود رنجند. وقتی تو به سن آن‌ها بودی، همیشه روی شانه‌های پدرت سوار بودی و می‌گفتی «اسب من بتاز! یادت رفته؟»

یادآوری خاطره‌ی دوران کودکی دل زادشم را آرامش بخشید، اما دیدن سواری که از دور به تاخت می‌آمد او را به واکنشی دیگری برانگیخت وگفت:

«مادر، آن سواری که به تاخت می‌آید، یازاردشیر نیست؟»

به‌آفرید دقت کرد و در جواب او گفت:

«چرا، خود اوست. فقط از زیر سم اسب یازاردشیرست که غباری برنمی‌خیزد، انگار روی هوا می‌تازد. ببینیم امروز چه خبر تازه‌ای آورده‌است.»

یازاردشیر رسید و از اسب پیاده شد و به به‌آفرید و پسرش درود گفت. به‌آفرید به درود او پاسخ داد و از زادشم خواست که برای او آب بیاورد. یازاردشیر گفت:

«مجال آب خوردن نیست و باید هرچه زودتر جمشید را ببینم.»

به‌آفرید از شتابی که او داشت فهمید پیشامد مهمی رخ داده‌است و پرسید:

«باید خبر مهمی شده باشد.»

یازاردشیر با اندوه جواب داد:

«دهقانان بر سر تقسیم آب به جان یکدیگر افتاده‌اند.»

به‌آفرید که اهمیت این موضوع و لزوم حضور شوهرش در محل دعوا را به خوبی درک می‌کرد، بی‌درنگ گفت:

«پس شتاب کن. جمشید به باغ گل سرخ رفته. آن جا پیدایش می‌کنی.»

پس از آن که یازاردشیر سوار اسب شد و به تاخت دور گشت، زادشم با غرولند گفت:

«آه! باز هم اختلاف، باز هم دعوا! انگار مردم کاری بجز دعوا ندارند!»

به‌آفرید که اندیشمندانه در پی یازاردشیر می‌نگریست، گفت:

«آره، این روزها به طور عجیبی اختلاف‌ها بیشتر شده‌است.»

اما او با وجود نگرانی لبخندی زد و در ادامه گفت:

«با این وجود هیچ اختلافی نیست که با حضور پدرت حل نشود.»

زادشم علت اصلی غرولندش را آشکار کرد و گفت:

«بله، می‌دانم. اما در این میان پدرم قول رفتن به شکار را که به من داده است را هم از یاد می‌برد.»

و به‌آفرید در جواب او سخنی گفت که زادشم را به سکوت و اندیشه واداشت.

به‌آفرید گفت:

«پسرم فراموش نکن که نخست باید آرامشی حکمفرما باشد تا سپس پدران بتوانند به قولی که به فرزندان خود می‌دهند عمل کنند.»

•••

مکانی که یازاردشیر می‌توانست جمشید را در آن جا پیدا کند، کوچه باغ با صفایی بود که بوته‌های بلند گل سرخ از سر دیوارهایش بیرون ریخته بود. در آن جا جمشید چشم‌های خود را با پنجه پوشانده بود تا دخترکان زیبا و سرزنده‌اش خود را به پرچین ته باغ برسانند. شهرناز دست خواهر کوچک‌تر ش را گرفته بود و با خود می‌دواند و همچنان او را به دویدن تندتر نیز ترغیب می‌کرد.

«زودباش ارنواز، اگر پدر چشمانش را باز کند و ما دوتا روی پرچین ته باغ نباشیم، ما را شکار می‌کند.»

جمشید که سوار بر اسب و از لای انگشتان آن دو را می‌دید و سخن‌شان را هم می‌شنید، با صدای بلند گفت:

«وای به حال کسی که وقتی چشمانم را باز می‌کنم، روی پرچین نباشد.»

شهرناز و ارنواز با گام‌های تندتر می‌دویدند و می‌خندیدند و با هم می‌گفتند:

«وای به حال ما اگر چشم‌هایش را باز کند!»

جمشید صبر کرد تا آن دو به انتهای باغ برسند و هر یک از پرچین‌های دو طرف کوچه بالا بروند و بعد با صدای بلند گفت:

«می‌خواهم چشمانم را باز کنم، کی بالا رفته و کی پایین مانده؟»

هر دو خواهر با هم داد زدند:

«ما بالا هستیم.»

جمشید که با بازی کودکانه‌ی دخترانش همراه شده بود، چشمانش را گشود و نخست چنین وانمود کرد که آن‌ها را نمی‌بیند تا خودشان ندا دهند که «ما این‌جاییم پدر!» و آنگاه آوای شادمانه سر بدهد و بگوید:

«آفرین گل‌های زیبایم! شما پیروز شدید. اکنون آماده باشید که من آمدم!»

و اسب را در میان کوچه باغ تازاند و با نزدیک شدن به دخترها، افسار اسب را به دندان گرفت و بر رکاب ایستاد و به هنگام رسیدن به آن دو، هر کدام را با یک دست از روی پرچین ربود و با خود برد. شهرناز و ارنواز هم‌زمان از ترس جیغ می‌کشیدند و از شادی قهقهه می‌زدند و جمشید همچنان آن دو را با خود می‌برد و از باغ وارد دشت سرسبز شدند. یازاردشیر که از روبرو و به تاخت می‌آمد، جمشید را دید و خود را در مسیر او قرار داد و اسبش را پا به پای اسب او تازاند و گفت:

«درود بر جمشید جم! یزدان نگهدار شما و دُردانه‌هایتان!»

جمشید به درود او پاسخ داد و گفت:

«بگو چه خبر که امروز با دخترانم سرشار از شادیم.»

یازاردشیر با وجودی که می‌دانست خبرش به روز شاد پدر و دخترانش پایان می‌دهد، اما ناگزیر به گفتن بود و گفت:

«شرمسارم که باید به این شادی پایان دهم، دهقانان بیشه‌ی شیرچین بر سر تقسیم آب به جان هم افتاده‌اند.»

جمشید اسب را از رفتن باز ایستاند و پرسید:

«پس دهخدا چه می‌کند؟»

یازاردشیر با لبخندی تلخ جواب داد:

«او هم وارد دعوا شده.»

جمشید سری جنباند و گفت:

«پس یک‌باره بگو همه دیوانه شده‌اند!»

●●●

وقتی‌که جمشید و یازاردشیر به بیشه‌ی شیرچین رسیدند، هنوز دهقانان آنقدر درگیر بگو مگو بودند که متوجه حضور آن دو نشدند. جمشید با فریادی رسا هیاهوی آنان را فرونشاند:

«بس کنید!»

دهقانان از دیدن آن‌ها، از دعوا دست کشیدند و با شرمندگی سر به زیر افکندند. جمشید به سرزنش آنان پرداخت و گفت:

«می‌بینم ابزار کشت شما که باید خاک را بشکافد، تخم را بفشاند و محصول دروکند، به خون آغشته است. چرا؟»

بعد کلاهور دهخدا را که پیشانیش زخمی بود مورد خطاب قرار داد و پرسید:

«می‌بینم دهخدا که باید مرهم زخم دیگران باشد، خود زخم به پیشانی دارد. چرا؟»

به جای او، فرود، دهقانی‌که او نیز زخم بر پیشانی داشت لب به اعتراض گشود:

«کلاهور هر جوابی بدهد راست نیست. کلاهور خود بزرگ‌ترین دروغگوست.»

جمشید او را به سکوت واداشت و خطاب به وی گفت:

«به یازاردشیر خبر داده‌اند که دعوا را تو به پا کرده‌ای، چرا؟»

فرود با اندوه جواب داد:

«جوی آب را از خار و خاشاک پاک می‌کردم، کلاهور به من بهتان زد که آب را پنهانی به کشتزارم جاری می‌کنم. برایش سوگند خوردم که چنین قصدی ندارم ولی همچنان پافشاری می‌کند که دروغ می‌گویم. فرود هرگز دروغ نگفته.»

جمشید که در سخن فرود سادگی و راستی را آشکار می‌دید، انگیزه سخن کلاهور را از خودش جویا شد و او گفت:

«من دیدم که او قصد این کار را داشت و پیرمرد رهگذری که پیشانی بلند و موهای سپیدش گواه راستگویی اوست نیز می‌تواند گواهی بدهد.»

جمشید پرسید:

«آن پیرمرد کجاست؟»

کلاهور چشم گرداند تا پیرمرد را پیدا کند و کسی را نیافت. یکی از دهقانان گفت:

«من او را دیدم که به سوی نیزار می‌رفت.»

یاد آنچه که در چند روزگذشته روی داده بود و یازاردشیر هم از آنان آگاه بود، جمشید را به واکنش واداشت و در حالی که اسبش را به سوی نیزار هدایت می‌کرد به یازاردشیر گفت:

«من باید این پیرمرد را پیدا کنم. این بار باید او را حتماً پیدا کنم!»

جمشید در حالی که یازاردشیر هم به دنبال او می‌آمد، اسب را به سوی نیزار تازاند تا در آن‌جا سر و گوشی آب بدهد. اسب میلی به رفتن درون نیزار نداشت و سرکشی می‌کرد و روی دو پا بلند می‌شد و شیهه می‌کشید، اما جمشید بر ران او می‌کوفت و به حرکت وا می‌داشت. اسب با اکراه وارد نیزار شد.

خیزران‌های بلند جمشید و اسبش را در میان گرفته بودند و زوزه‌ی باد لابلای آن‌ها می‌پیچید و آهنگ غریبی داشت. به یک‌باره شاخه‌ای از نی شعله‌ور شد و به زودی آتشی سرخ و عجیب نیزار را فراگرفت و دود همه جا را پوشاند. فریادهای یازاردشیر در بیرون نیزار که دهقانان را به کمک فرا می‌خواند، جمشید را متوجه دام آتشینی که در آن گرفتار شده بود کرد و با فراستی که از او انتظار می‌رفت، به ضرب شمشیر به قلع و قمع خیزران‌های شعله‌ور پیرامون خویش همت گماشت و اسب را از میان راه گریزی که گشوده بود گذراند و از جهنم سوزان و داغ نیزار بیرون آمد. یازاردشیر شادمانه به استقبالش شتافت و یزدان را به پاس دفع گزند از جان جمشید سپاس گفت. جمشید که یقین داشت این آتش افروزی کار آن پیرمرد مرموز بوده است، با اشاره به اتفاقات چند روزگذشته از یازاردشیر پرسید:

«این آتش افروز کیست؟ دیروز در بازار ترمه فروش‌ها، روز پیش از آن در حجره‌ی آهنگران و امروز در اینجا. هر روز در جایی آتش به پا می‌شود و همه جا ردی از یک

پیرمرد ناشناس برجای مانده است که باگواهی‌های دروغش، فتنه برمی‌انگیزد. این پیرمرد ناشناس کیست؟»

یازاردشیر که او نیز حیران ماجرا بود، گفت:

«مگر شهرسپ نیک اندیش به این راز آگاه باشد.»

جمشید چشم به کوه‌های دوردست دوخت و پس از لختی اندیشه گفت:

«برای دیدار شهرسپ به البرز می‌روم!»

•• پارسای کوه‌نشین ••

پارسای پیر، شهرسپ نیک‌اندیش، با جمعی از کاتوزیان در نیایشگاهی کهن واقع در کوه‌های البرز، روزگار را به عبادت و پارسایی و اندیشه در رمز و راز هستی سپری می‌کردند. نیاکان جمشید هیچ‌گاه خویشتن را از راهنمایی و پندهای این پیر کهن‌سال بی‌نیاز نمی‌دانستند. با تدبیر وی بود که تهمورث بر دیوان تبهکار چیره شد و آنان را به زنجیر کشید. و اینک فرزند او جمشید گذرگاه‌های پرفراز و نشیب و سخت البرز را به شوق دیدار شهرسپ به این امید پشت سر می‌نهاد که پارسای دانا راز ناشناس آتش‌افروز را برای او آشکار سازد. او اسب خسته و وفادارش را تا به مقصد راند. اکنون نیایشگاه در بلندی روبروی او شانه به آسمان می‌سایید. از اسب پیاده شد و از پله‌های سنگی گذرگاه باریک بالا رفت و در آستانه‌ی نیایشگاه ایستاد و دست را بر زانو نهاد و نفسی تازه کرد. خورشید بر فراز نیایشگاه فرو می‌نشست و پرندگان خوش‌آواز که از آخرین چهچهه‌ی روزانه غافل نبودند، غوغایی از آواهای دل‌انگیز به پا کرده بودند. جمشید چون کسی را در آن اطراف ندید، حضورش را با صدایی رسا آشکار کرد:

«درود بر کاتوزیان کوه‌نشین! میهمان نمی‌خواهید؟»

کمی بعد چندتایی کاتوزی جوان بیرون آمدند و با تعجب او را نگاه کردند. جمشید به آن‌ها گفت:

«به شهرسپ دانا بگویید که جمشید به دیدن او آمده.»

از شنیدن نام او ولوله به‌پا شد و دیری نگذشت که شهرسپ به پیشوازش آمد و آغوش گرم و پرمهر خود را بر او گشود و پدرانه بر پیشانیش بوسه زد.

«درود بر پور تهمورث! خوش آمدی!»

و از شاگردانش خواست که بستری نرم برای او بگسترانند تا خستگی پیمودن آن راه طولانی را از تن به در کند، اما جمشید ترجیح داد که زانو به زانوی شهرسپ بنشیند و پرسشی که او را به آن‌جا کشانده بود بر زبان آورد. او به شرح ماجرا پرداخت و گفت:

«نخست از دعوایی بگویم که در بازار ترمه فروش‌ها در گرفته بود. گفتند مشتری پیر ناشناسی با وعده‌های فریبنده بافندگان را به جان هم انداخته بود و حاصل این دعوا انبوه ترمه‌هایی بوده که در آتش سوخته است. در آن‌جا سراغ پیر ناشناس را گرفتیم، انگار آب شده و در زمین فرو رفته بود. روز بعد غوغایی دیگر در بازار آهنگران به پا می‌شود. در آن‌جا هم مردم از پیرمرد ناشناسی نشانی دادند که به یقین آتش فتنه را او به پا کرده بود. رد او را پی گرفتیم، تنها یک چوب‌دست از او به جا مانده بود که آنهم به طرز غریبی شعله‌ور شد و دست بینوایی که آن را برداشت، سوزاند. روز آخر، آشوب در بیشه‌ی شیرچین وگریبان دهقانان را گرفت و باز هم پیرِ ناشناسی دهخدای بردبار آن‌جا را چنان برآشفته کرد که باورش دشوار است. رد پیر فتنه‌گر را دنبال کردیم، در نیستان ناپدید شد و نیزار نیز به طرز غریبی آتش گرفت... شهرسپ دانا راز این آتش چیست؟ این پیر فتنه‌گر کیست؟»

شهرسپ که در تمام مدت با دقت به سخنان جمشید گوش فرا داده بود، پرسید:

«آیا شعله‌های آتش سرخی عجیبی نداشت؟»

جمشید هیجان زده جواب داد:

«همین طورست که می‌گویی!»

نگاه شهرسپ به دور خیره شد و زیر لب نجوا کرد:

«او خود اهریمن بوده.»

جمشید گوش تیز کرد تا بهتر بشنود. شهرسپ نگاهش کرد و گفت:

«بی‌شک او اهریمن بوده‌است. پدرت دیوان او را همه در بند کرد. نیایت
هوشنگ، فرزند او خروزان را کشت. اکنون او آتش کینه را شعله‌ور کرده و آرزویش
سوختن تو و نژاد تو در این آتش است.»

جمشید با نفرت گفت:

«کاری خواهم کرد که این آتش دامن خودش را بگیرد.»

شهرسپ توجه او را به نکته‌ی دیگری جلب کرد و گفت:

«نیاکانت هر کدام شاخه‌ای از درخت نیرنگ‌های او را بریدند، شاخه‌ای دیگر
را هم تو بینداز.»

جمشید مشتاقانه پرسید:

«راه آن چیست؟ آگاهم کن.»

شهرسپ مقصودش را روشن کرد و گفت:

«جام جهان‌بین را از چنگش درآور. این گونه انگار چشم او را کور کرده‌ای.»

جمشید به هیجان آمد و گفت:

«سوگند می‌خورم که به تنهایی این کار را بکنم.»

شهرسپ سرش را به نشانه‌ی مخالفت تکان داد و گفت:

«تنها، نه! تنها فریب می‌خوری.»

جمشید چشم به دهان او دوخت تا راهنماییش را بشنود.

«برای این کار بزرگ باید هر آنچه را دشمن خوی اهریمن است، همراه ببری...
بیناترین چشم و شنواترین گوش...»

جمشید بی‌درنگ نام دو تن را که می‌شناخت بر زبان آورد:

«کوهیار و کوشیار.»

شهرسپ ادامه داد:

«تواناترین بازو...»

جمشید کسی را جز برادرش شایسته‌ی این عنوان ندانست.

«برادرم آبتین.»

شهرسپ ادامه داد:

«طبیب و آهنگر و چنگی...»

جمشید سه نام را که در ذهن داشت برشمرد:

«روزبه و کاوه و لوری.»

و شهرسپ خود نفر هفتم را معرفی کرد:

«... و رهبری دانا، جمشید جم!»

جمشید لبخندی زد و سرش را به نشانه‌ی سپاس فرود آورد.

•••

جمشید که فقط به نوشیدن جرعه‌ای آب بسنده نموده بود، همان زمان پا در رکاب اسب کرد و راه بازگشت را در پیش گرفت. بر سر راه، سری به مکان دیوان زد تا در آن جا خطاب به دیوانی که به فرمان پدرش تهمورث به سنگ و صخره زنجیر شده بودند با همه‌ی توان فریاد سر دهد:

«ای دیوان در بند! ای نفرین شدگان ابدی! بشنوید و به گوش بسپارید و برای یکدیگر بازگو کنید تا به گوش اهریمن نیز برسد... بگویید جمشید می‌آید. جمشید با یارانش می‌آید و خواب آسوده‌ات را آشفته می‌کند. بگویید ما خواهیم آمد و با سلاح روشنی، قلب تاریکت را خواهیم شکافت!»

•• برگزیدگان ••

جمشید پس از بازگشت از البرز، یازاردشیر را فراخواند و از او خواست پیغامش را

به شش نفری که برگزیده بود برساند. یازاردشیر که اهمیت این فراخوان را درک می‌کرد، نخست دستور داد کوهیار را که در کوه‌های دوردست زندگی می‌کرد با افروختن آتش در برج‌های پیام رسانی فراخوانند و خود اسب را زین کرد و برای رساندن پیغام جمشید به پنج تن دیگر، پا در رکاب نهاد.

●●●

آن روز کوشیار و زنش روشنک در جنگل مشغول تهیه‌ی هیزم بودند. کوشیار تنه‌ی درختان بریده شده را با تبر تکه می‌کرد و روشنک آن‌ها را با ریسمان به هم می‌بست تا آماده‌ی حمل کند. در میانه‌ی کار بودند که کوشیار به یک‌باره دست از کار کشید و گوش‌هایش به شکل محسوسی از زیر موهای انبوه سرش بیرون زد. روشنک فهمید که شوهرش صدایی شنیده‌است. به اطراف نگاه کرد و چون چیزی ندید از کوشیار پرسید:

«صدایی شنیده‌ای؟»

کوشیار گوشش را به زمین چسباند و پس از لحظه‌ای دقت، از جا برخاست و گفت:

«یازاردشیر دارد می‌آید.»

و بعد کف هر دو دست را پشت لاله‌های گوش نهاد و سرش را در سوهای گوناگون چرخاند و رو به سویی ایستاد که بعد از گذشت زمانی چند، یازاردشیر سوار بر اسبش به تاخت از لابلای درختان انبوه پیدایش شد. کوشیار به پیشوازش شتافت و به او خوشامد گفت.

«درود بر یازاردشیر پاکدل! شتابان‌تر از همیشه می‌آیی؛ از صدای نفس اسب شنیدم.»

یازاردشیر به درود او پاسخ داد و گفت:

«از کوشیار تیزگوش جز این دقت نظر انتظار نمی‌رود. شتابان آمده‌ام که بگویم جمشید به شکاری بزرگ می‌رود و به گوش‌های تیز تو نیاز دارد.»

کوشیار که فهمیده بود موضوعی مهم در پیش است، بی‌آن که بیشتر بپرسد، تبر را در کنده‌ی درخت فرو نشاند و به زنش گفت:

«آن چه مانده را تو بشکن، من باید همین اکنون بروم.»

روشنک تبر را برداشت و همراه با لبخندی که از یک زن مهربان و عاشق انتظار می‌رفت گفت:

«آسوده خاطر باش، همه را می‌شکنم.»

● ● ●

نفر بعد آبتین، برادر جمشید بود. یازارد شیر سراغ او را از زنش فرانک گرفت و فهمید که او به معدن سنگ رفته‌است.

در آن‌جا، آبتین با پتک تکه‌های بزرگ سنگ را از صخره جدا می‌نمود و به قطعات کوچک‌تر و مناسب برای ساخت بنا تقسیم می‌کرد و با کمک بازوان نیرومند خود آن‌ها را از زمین بر می‌داشت و در گاری می‌چید. پسران خردسال آبتین، کیانوش و پرمایه، که بر روی سنگ‌های درون گاری نشسته و منتظر پایان کار پدرشان بودند، حوصله‌شان سر رفته بود. کیانوش گفت:

«برویم دیگر پدر؛ آفتاب مغزم را آب کرد.»

پرمایه هم در ادامه‌ی حرف برادر گفت:

«من هم دارم از تشنگی می‌میرم.»

آبتین آن دو را به بردباری ترغیب کرد و گفت:

«خودتان خواستید همراه من بیایید و اکنون یاد گرفتید که برای بزرگ کردن خانه‌مان باید سختی را تحمل کنیم.»

و بعد آخرین تکه‌ی سنگ را در گاری دستی نهاد و با قدرت بازو آن را به حرکت در آورد.

چرخ‌های گاری در زیر وزن زیاد سنگ‌ها به جیرجیر افتاده بود و شیاری عمیق به دنبال خود در زمین ایجاد می‌کرد. مسافتی به این ترتیب پیموده شده بود که

یازاردشیر از راه رسید.

«درود بر آبتین! می‌بینم که بارِ سنگ می‌کشی، می‌خواهی کوه را جا به جا کنی؟»

آبتین با خنده جواب داد:

«بچه‌ها بزرگ شده‌اند، فرانک می‌گوید خانه را بزرگ کنیم.»

یازاردشیر گفت:

«حق دارد، ولی او و بچه‌ها باید مدتی صبر کنند.»

کیانوش و پرمایه با هم پرسیدند:

«چرا باید صبر کنیم؟»

یازاردشیر در جواب به آن دو گفت:

«عمویتان جمشید عزم سفر دارد و خواسته که پدرتان همراهش برود.»

کیانوش و پرمایه همدیگر را نگاه کردند و بعد کیانوش کنار گوش برادرش زمزمه کرد:

«من می‌گویم که پدر را به جنگ اژدها می‌برد.»

و پرمایه هم کنار گوش او گفت:

«کشتن دیو سیاه مزه‌ی بهتری دارد.»

آبتین که اهمیت درخواست برادرش را دریافته بود، پس از اندکی اندیشه به یازاردشیر گفت:

«گمان نمی‌کنم که در غیاب من، خانه برای فرانک و بچه‌ها کوچک باشد. به جمشید بگو می‌آیم.»

•••

مقصد بعدی یازاردشیر، باغ بزرگ پرگل و گیاهی بود که رنگارنگی گیاهانش دیدگان را نوازش می‌داد. وقتی که او وارد باغ شد، نوای دل‌انگیز چنگ به فضای عطرآگین آن‌جا لطفی دوچندان بخشیده بود و هر چه جلوتر می‌رفت، آوای خوش چنگ را واضح‌تر می‌شنید. او ضمن عبور از گذر باریک بین گل و گیاه نگاهش در جست و جوی نوازنده‌ی چنگ، پیرامون را می‌کاوید و چون جهت نوای ساز به گونه‌ای شگفت تغییر

می‌کرد، پی در پی مجبور به تغییر مسیر می‌شد و هر بار نیز تعجبش فزون می‌گشت.
سرانجام هنگامی که نوای چنگ قطع شد، او زیر درخت پرشاخ و برگی ایستاده بود،
بی‌آن‌که از چنگی نشانی یافته باشد. پس مجبور شد با صدای بلند بپرسد:

«تو کجایی چنگی؟»

و هرگز انتظار نداشت که جواب ندای خود را از میان شاخ و برگ بالای سر
بشنود.

«در جست و جوی کدام گمشده این چنین سرگردانی؟»

یازاردشیر سرش را بالا کرد و مرد جوان ریزنقش و خوش سیمایی را بر روی
شاخه‌ای نشسته دید که چنگ در بغل داشت. پرسید:

«در جست و جوی لوری چنگ نوازم. تو هستی؟»

مرد جوان جواب داد:

«منم. تو هم باید یار و ندیم جمشید، یازاردشیر باشی. از من چه می‌خواهی؟»

یازاردشیر نخست دوست داشت از آن چه که ذهنش را مشغول کرده بود سر
در آورد. پرسید:

«ولی من نوای چنگ از هر طرف می‌شنیدم یک از یک دل انگیزتر. از کجا بدانم
لوری آن دیگری نباشد؟»

مرد جوان به جای پاسخ، پنجه بر چنگ کشید تا همان نوای دل انگیز برخیزد
و در پیش نگاه شگفت زده‌ی یازاردشیر، پی در پی و در چند سوی دیگر تکرار شود.
مرد جوان او را از تعجب در آورد و گفت:

«نوای چنگ لوری را هر پرنده‌ای بشنود، تکرار می‌کند. نشنیده بودی؟»

یازاردشیر که تازه به این راز شگفت پی برده بود، زبان به آفرین او گشود و گفت:

«نشنیده بودم، اما اکنون با چشم خودم دیدم و فهمیدم که چرا جمشید
اصرار دارد تو همراه او بروی.»

لوری پرسید:

«با جمشید؟ به کجا؟»

یازاردشیر جواب داد:

«جایی که نوای چنگت در زمهریر سرزمینی تاریک به جان جمشید و همراهانش گرمی بخشد. آیا انگشتانت در آن سرمای سخت می‌تواند تارهای چنگ را نوازش کند؟»

لوری با چابکی از بالای درخت پایین جهید و گفت:

«برای پسر تهمورث حاضرم با انگشتان بریده هم چنگ بنوازم.»

•••

همان روز یازاردشیر، کاوه را در کارگاه آهنگریش ملاقات کرد و پیغام جمشید را به او داد و منتظر پاسخ ماند. کاوه نخست فلزگداخته را از کوره درآورد و روی سندان گذاشت و با پتک بر آن کوبید و به شکل داس درآورد و در حوضچه آب انداخت و بعد از بیرون آوردن نگاهی رضایت‌آمیز به آن انداخت و رو به یازاردشیر گفت:

«به قولی که به صاحب این داس داده بودم، عمل کردم. حالا می‌توانم با خیال راحت بروم. به جمشید بگو کاوه آماده‌است.»

یازاردشیر لبخندی تشکرآمیز زد و گفت:

«به جمشید خواهم گفت کاوه از هر وقت دیگر آماده‌ترست.»

•••

نفر بعد، روزبه طبیب بود و یازاردشیر چون با اخلاق او آشنا بود، خود را آماده‌ی مواجهه با او و سخنان رک و بی‌پرده‌اش نمود. قبل از آن که یازاردشیر برسد، روزبه مشغول معاینه مرد بیماری بود که از شدت فربهی نفسش به زحمت بالا می‌آمد. روزبه پلک مرد را با دو انگشت باز کرد و پس از دقت در چشم او ازش پرسید:

«صبح‌ها دلت آشوب نمی‌شود؟»

مرد بیمار جواب داد:

«کم.»

روزبه پرسید:

«شب‌ها معده‌ات سنگین نیست.»

مرد بیمار دوباره جواب داد.

«کم.»

روزبه پرسید:

«خواب آشفته نمی‌بینی؟»

و چون مرد باز هم همان جواب را داد و روزبه می‌دانست حقیقت را پنهان می‌کند، با کنایه به او گفت:

«پس به آنچه می‌گویم عمل کن وگرنه کم‌کم می‌میری.»

سخن از مرگ، مرد فربه را آنچنان ترساند که با صدای در چنان از جا پرید که انگار فرشته‌ی مرگ در می‌زند. روزبه با صدای بلند و طوری که فرد پشت در بشنود گفت:

«اگر فرشته‌ی مرگی برگرد که بیمار من فعلاً خیال مردن ندارد.»

یازاردشیر پشت در شنید و با خنده گفت:

«نه فرشته‌ی مرگم و نه خیال برگشتن دارم که جمشید مرا بی تو نمی‌پذیرد.»

روزبه صدای یازاردشیر را شناخت و با خنده گفت:

«داخل شو یازاردشیر، ترا نمی‌شود از سر بازکرد.»

قبل از آن که یازاردشیر پیغام جمشید را بگوید، روزبه دستورات لازم را به بیمار فربه داد و او را راهی کرد. آنگاه یازاردشیر خواسته‌ی جمشید را بیان کرد. روزبه فوری به دنبال مرد بیمار شتافت و به او که خیلی دور نشده بود گفت:

«مرد فربه، گفته بودم چهار روز درمان کن و بعد بیا. حالا می‌گویم چهل روز درمان کن و بعد بیا، اگر هم دیگر مرا ندیدی برایم آمرزش بخواه و نزد طبیب دیگر برو.»

و با این سخن، از آمادگی خود برای همراهی با جمشید در چنین سفر پرمخاطره‌ای خبر داد.

•••

آخرین نفری که می‌بایست به گروه برگزیدگان می‌پیوست کوهیار تیزبین بود که از کوهستان‌های دور و با علامت آتش فراخوانده شده بود. او که اینک در راه بود و خورجین سفر بر دوش داشت، گام تندتر بر می‌داشت که خود را به روستایی در دامنه‌ی کوه برساند تا از باران سیل آسایی که رعد و برق‌های پی‌در‌پی نشانه‌ی آغاز آن بود در امان بماند. او در عین حال از چیدن قارچ‌هایی که در این فصل به وفور یافت می‌شد و فقط چشمانی تیزبین او قادر به شناسایی آن‌ها بودند نیز غافل نبود. او قارچ‌ها را که به واقع همرنگ سنگ و خاک بودند و پس از کندن معلوم می‌شد وجود داشته‌اند، یکی بعد از دیگری در خورجین جای می‌داد تا توشه‌ی سفر کم نیاورد. باران که شروع به باریدن کرد، او نیز به تندی گام‌هایش افزود. آذرخش تابناکی در آسمان درخشید و ناله‌ی مهیب رعد در دل کوه پیچید و ناخودآگاه نگاه کوهیار را متوجه ارتفاعات بالای سرش کرد. چشمانش به طرز مشهودی درشت‌تر از پیش شد و از فاصله‌ی دور سیلی را که از قله جاری شده بود دید و با توجه به خطری که روستای پایین دست را تهدید می‌کرد، درنگ را جایز ندانست و رو به پایین شروع به دویدن کرد و از آن جا که احتمال می‌داد کسی صدایش را بشنود، با همه‌ی نیرو فریاد هشدار سر داد:

«آهای مردم سیل جاری شده، فرار کنید!... آهای مردم از خانه‌ها بیرون بیایید، سیل جاری شده!»

سیل غرنده نزدیک می‌شد و کوهیار همچنان می‌دوید و فریاد می‌زد. سرانجام پنجره‌ی خانه‌ای باز شد و مرد صاحبخانه کوهیار را شناخت و بی‌درنگ با او هم آوا شد:

«مردم خود را نجات دهید؛ کوهیار تیزبین می‌گوید سیل جاری شده. آهای مردم!»

کسان دیگری نیز از خانه‌هایشان بیرون آمدند و با مرد هم آوا شدند و قبل از آن که سیل ویرانگر به روستا برسد کوچک و بزرگ و زن و مرد روستا خود را به

مکانی امن رساندند. سیل که در سر راه سنگ‌های کوچک و بزرگ از جا می‌کند و با خود می‌غلتاند، خانه‌های روستا را یکی بعد از دیگری ویران می‌کرد و دار و ندار روستاییان را در مقابل چشمان وحشت‌زده آنان با خود می‌برد. دهخدای پیر با اندوه به کوهیار گفت:

«بخت‌مان بلند بود کوهیار تیزبین از این دیار می‌گذشت، ولی افسوس که حالا خانه‌ای نداریم تا ناجی خود را به آن‌جا دعوت کنیم.»

کوهیار او و بقیه را دلداری داد و گفت:

«اندوهگین نباشید؛ خانه‌ها را دوباره می‌سازید، مردم کوه‌نشین مثل کوه استوارند. مرا ببخشید که نمی‌توانم بمانم و یاری‌تان دهم چون جمشید منتظر من‌ست، ولی شاد می‌شوم اگر خورش امروزتان را مهمان من باشید.»

آنگاه خورجین پر از قارچ را به آن‌ها داد و بدرود گفت و رفت. دهخدای پیر با چشمان اشکبار نگاهش را بدرقه‌ی راه او کرد و گفت:

«یزدان پشت و پناهت باشد یل جوان مرد! و شتاب کن که جمشید، کوهیار تیزبین را جز برای کاری بزرگ فرا نمی‌خواند .»

●●●

صبح فردای آن روز، در پرتو نارنجی رنگ طلوع خورشید، مردمان زیادی بیرون دروازه‌ی شهر گرد آمده بودند تا هفت مرد هم‌آهنگی را که پا در رکاب اسب، آماده سفر بودند بدرقه کنند.

جمشید شهرناز و ارنواز را که در آغوش داشت پس از نوازش فراوان بوسید و به آغوش به‌آفرید سپرد و بعد خم شد و بر پیشانی زادشم بوسه زد و کنار گوش او گفت :

«اکنون مرد خانه تو هستی، پس مواظب مادرت و خواهرانت باش.»

زادشم با غرور خاصی سر تکان داد و گفت:

«شب و روز مراقب‌شان هستم.»

در سوی دیگر فرانک کیانوش و پرمایه را یک به یک بلند می‌کرد تا آبتین صورت‌شان را بوسد و نوازش‌شان کند.

فرزندان کاوه که هفت پسر و سه دختر قد و نیمقد بودند، به نوبت از تخته سنگی درکنار اسب پدرشان بالا می‌رفتند تا کاوه دستی بر سرشان بکشد و بعد دوان به کنار مادرشان بر می‌گشتند.

روشنک، یال اسب کوشیار را در دست داشت و در حالی‌که اشک در چشمانش حلقه زده بود با شوهرش وداع می‌کرد.

روزبه طبیب بی‌توجه به آشنایانی که برای بدرقه‌ی او آمده بودند، با دو انگشت پلک چشم کوهیار را بازکرده و درآن دقیق شده بود که شاید فرقی میان چشم او با دیگران کشف کند و کوهیار با صبر و متانت چشم خود را در اختیار کنجکاوی حکیمانه‌ی او نهاده بود.

و در این میان لوری که کسی نداشت به بدرقه‌اش بیاید، بر تارهای چنگش پنجه می‌کشید تا نوای دلنشین سازش به این وداع شورانگیز، شکوه بیشتری بیفزاید. اکنون همه‌ی مردمان شهر می‌دانستند که جمشید و همراهانش قصد سفری پرمخاطره به دیار زمهریر، خانه‌ی اهریمن دارند. آنان گرچه نگران سرنوشت قهرمانانش بودند، اما امید داشتند که این هفت مرد دلیر همچون نیاکان پاک‌اندیش‌شان در مبارزه با پلیدی پیروزگردند و لبخند بهروزی بر لب فرزندان ایران زمین بنشانند.

جمشید رهبری قومش را در غیاب خود به یازاردشیر سپرد تا همراه یاران پولادین اراده‌اش گام در کام خطر نهند و حماسه‌ای بزرگ بیافرینند.

•• گرداب ••

هفت شبانه روز طول کشید تا مردان به ساحل دریای جنوب برسند و نخستین

مردمانی باشند که دست و پنجه نرم کردن با امواج خروشان دریای فراخ را
بیازمایند. نخست، وسیله‌ای لازم بود که آنان را بر روی آب حمل کند و جمشید
با کشیدن نقشه‌ای که قبلاً فکرش را کرده بود بر روی ماسه‌ی نرم ساحل، یارانش
را با شکل ظاهری این وسیله که کشتی نامیدش آشنا کرد و سپس همه با هم
دست به کار ساختن آن شدند. کوشیار با تبر چند درخت تنومند را فرو افکند و
آبتین کنده را بر سر دست به ساحل انتقال داد. کاوه از درون آتشی که افروخته بود
فلز گداخته بیرون می‌کشید و با پتک بر روی سندان میخ‌های بلند می‌ساخت.
در ادامه مردان کنده‌های بریده و صیقل شده را به هم میخ کردند و لوری هم که
بیکار نمانده بود، با نوای دل‌انگیز سازش به بازوان آنان توان ادامه کار می‌بخشید.

سرانجام ساقه‌های تناور درخت به یاری بازوان و دستان کارآزموده تبدیل
به شناوری گشت که سرآغاز چیرگی بشر بر امواج زورمند دریاها شود. بادبان‌ها
برافراشته شد تا باد تسلیم اندیشه‌ی انسان شود و نفس آشفته‌اش مهار گردد تا
آب‌ها درنوردیده و دروازه‌ی سرزمین‌های نو بر مردمان گشوده شود.

•••

روزهای بعد، کشتی حامل هفت دلیرمرد ایرانی به یاری باد موافق سینه‌ی
امواج را می‌شکافت و شگفتی‌های دریا را پیش چشم آنان نمایان می‌کرد. دیدن
دلفین‌هایی که کشتی را همراهی می‌کردند و هماهنگ با نوای چنگ لوری از آب
بیرون می‌جهیدند و نمایشی حیرت‌انگیز اجرا می‌کردند، خالی از شگفتی نبود.
سکوت شب‌های پر رمز و راز دریا با آسمان پرستاره و بازتاب مواج نور آن‌ها بر
سطح آب، برای مردان دور شده از دیار فرصت و خلوتی فراهم می‌کرد که به
روزهای گذشته زندگی خود بیندیشند و از شادی‌ها و غم‌های آن یاد کنند و با
خود عهد ببندند که در بازگشت کاستی‌ها را جبران کنند.

روز هفتم سفر، دریا روی خشن خود را به آنان نشان داد. آن روز جمشید و آبتین
بر عرشه‌ی کشتی تمرین جنگاوری می‌کردند و همراه با چکاچاک شمشیرهای‌شان،

صدای رجزخوانی‌های‌شان نیز بلند بود.

کوشیار گوشه‌ای لمیده بود و با چشمان بسته به لحظه‌های شیرینی که با روشنک گذرانده بود فکر می‌کرد و دلش برای نوازش‌های عاشقانه‌ی او تنگ شده بود که ناگهان لاله‌ی گوش هایش از زیر موها بیرون زد. گوش‌های تیز او خبر از اتفاقی تازه می‌داد. از جا پرید و پنجه پشت لاله‌ی گوش‌ها نهاد و آرام سرش را چرخاند و در جهتی ثابت ماند و آن چه را که می‌بایست شنید و بی‌درنگ به میانه‌ی عرشه دوید و جمشید را آگاه کرد:

«صدایی عجیب می‌شنوم، گویا توفان به ما نزدیک می‌شود.»

جمشید شمشیر را در نیام کرد و گفت:

«کوهیار کجاست؟ ببینیم او چه می‌بیند.»

و کوهیار پیش از آن که از او بخواهند از دکل بالا رفته و چشم به دور دست دوخته بود. او از همان بالا و با صدای بلند گفت:

«ابرهای سیاه به طرف ما می‌آیند. سیاه مثل قیر!»

جمشید از همه خواست کمک کنند و بادبان‌ها را پایین بکشند.

لوری دوید تا روزبه طبیب را که کلاه بر چهره کشیده و در خواب بود، از خطر آگاه کند. خواب روزبه سنگین بود. لوری شانه‌اش را تکان داد و گفت:

«هی طبیب بیدار شو توفان در راه است. بیدار شو!»

روزبه که معلوم نبود شوخی می‌کند یا خواب آلوده‌است، گفت:

«بگو برگردد که حوصله‌ی مهمان ندارم.»

باد تندی وزید و کلاه روزبه را برد. او بی‌آن که چشم بگشاید پرسید:

«کلاهم را کی برد؟»

لوری با خونسردی جواب داد:

«همان مهمان که حوصله‌اش را نداشتی.»

روزبه چشم گشود و از امواجی که کشتی را به تلاطم انداخته بود متوجه

وخامت اوضاع شد و گفت:«محکم بچسبیم که ما را با خود نبرد.»

بزودی آسمان را ابرهای سیاه پوشاندند و رگبار تندی شروع به باریدن گرفت. موج‌های بلندی که هجوم می‌آوردند، آب را به عرشه می‌ریخت و بر سر و بدن سرنشینان کشتی می‌کوبید.

و سرانجام دریا چشمه‌ی آخر را هم نشان داد تا قدرت خود را به طور کامل به رخ بکشد. اولین نفر جمشید متوجه شد و به بقیه هشدار داد:

«خود را محکم نگه دارید، گرداب!»

گرداب با غرشی مهیب از راه رسید. کشتی که توان مقاومت در مقابل این غول دریایی را نداشت، مانند جسم سبکی به چرخش درآمد و زیر و بالا می‌شد. دکل با صدای خشکی شکست و سپس صدای خرد شدن تنه‌ی کشتی از هر نقطه برخاست. جمشید و یارانش که برای نخستین بار چنین مخمصه‌ای را تجربه می‌کردند، با وجود سرگیجه، نیروی بازوان خود را به خدمت گرفته بودند که از کشتی جدا نشوند و در این میان لوری که جثه‌ی کوچکش توان این زورآزمایی را نداشت، به هر طرف پرت می‌شد و تنها تلاشش این بود که ساز از دستانش جدا نشود. کشتی کم کم به مرکز گرداب کشیده شد و در کام آن فرو رفت.

••••

وقتی که توفان فرونشست و خورشید رخشان از پشت ابرها پدیدار گشت، جمشید با صدای مرغان دریایی به هوش آمد. کشتی هنوز کاملاً غرق نشده و بخشی از آن از آب بیرون بود. بر روی آرنج تکیه داد و نیم خیز شد. ساحل از دور پیدا بود. جمشید با صدای بلند دوستانش را صدا زد. الوارهای شکسته و سنگین در کنار او جا به جا شد و آبتین خود را از زیر آن‌ها بیرون کشید. دو برادر از دیدن همدیگر شاد شدند. کوشیار و کوهیار که بر تخته پاره‌ای شناور بودند، خود را از کشتی بالا کشیدند و به عرشه آمدند. جمشید بار دیگر بقیه را صدا زد:

«کاوه... روزبه... لوری!»

در پشت تخته پاره‌ها، روزبه که مشغول مداوای گردن کج مانده‌ی کاوه بود، پیش از پاسخ به ندای جمشید، ترجیح داد اول طبابتش را انجام دهد. او به کاوه گفت:

«اگر دوست نداری که تا آخر عمر دنیا را کج ببینی، لحظه‌ای چشمانت را ببند.»

کاوه با ناله گفت:

«گردنم کج شده‌است، با چشمانم چکار داری؟»

روزبه گفت:

«ببند تا بدانی.»

کاوه چشمانش را بست و روزبه با یک تکان، سر او را به سوی خود چرخاند. صدای استخوان‌های گردن کاوه شنیده شد، اما ناله‌ای ازش برنخاست و چشمانش همچنان بسته ماند. روزبه نگران او شد و آهسته تکانش داد:

«کاوه... کاوه!»

یکی از چشمان کاوه به آهستگی باز شد و با همان چشم، چشمکی زد و خندید. روزبه نفس راحتی کشید و گفت:

«ترسیدم. گفتم کارت را ساختم. واقعاً درد نداشت؟»

کاوه سری تکان داد و گفت:

«حق داری تعجب کنی چون تا به حال پتک آهنگری بر انگشتانت فرود نیامده است.»

جمشید و بقیه آن دو را پیدا کردند. جمشید با سرزنش گفت:

«چرا جواب نمی‌دهید، نگران شدیم.»

روزبه با خونسردی مخصوص به خودش جواب داد:

«چاره‌ای نبود، بیمار گردن شکسته‌ای را مداوا می‌کردم.»

اکنون همه بودند به جز لوری. جمشید سراغ او را گرفت و همه اظهار بی‌اطلاعی کردند. روزبه با تأسف گفت:

«به او گفتم مراقب باش باد ترا نبرد. حیف شد جوان بامزه‌ای بود!»

گوش‌های کوشیار تیز شد و گفت:

«گوش کنید چه صدایی می‌آید.»

و چشمان کوهیار نیز درشت شد و گفت:

«ببینید کی می‌آید!»

مدتی طول کشید تا بقیه صدایی را که کوشیار شنیده بود، بشنوند و آنچه کوهیار دیده بود، ببینند. لوری نشسته بر امواج از دور به طرف آن‌ها می‌آمد و نوای چنگ او به گوش می‌رسید. آبتین با تعجب گفت:

«لوری است! روی آب نشسته و چنگ می‌نوازد!»

کوهیار گفت:

«روی آب ننشسته، سوار بر گُرده‌ی یک ماهی است.»

لوری چنگ زنان و سوار بر پشت یک ماهی غول پیکر به کشتی شکسته نزدیک شد. ماهی چرخی در اطراف کشتی زد و مقابل مردان ایستاد. لوری گفت:

«خوشحالم که همگی سالمید.»

جمشید گفت:

«پنداشتیم تو را از دست داده‌ایم؛ کجا بودی؟»

لوری با خونسردی جواب داد:

«در قعر دریا بودم که با این موجود کوه پیکر آشنا شدم. قرار شد او مرا نزد شما بیاورد و من در عوض برایش ساز بنوازم و تا بحال آنقدر نواخته‌ام که دیگر انگشتانم خم نمی‌شود.»

در این لحظه کشتی کج شد و کمی بیشتر در آب فرو رفت. جمشید با توجه به این اتفاق به لوری گفت:

«پس چاره‌ای نداری و تا ساحل هم باید بنوازی.»

و رو به بقیه ادامه داد:

«یاران چاره‌ای نداریم و باید تا ساحل شنا کنیم.»

روزبه گفت:

«رفتن در آب بعد از این همه چرخش و دوران سر، بی‌خوابی می‌آورد و به کسالتش نمی‌ارزد.»

آبتین گفت:

«کشتی دارد در آب فرو می‌رود، نمی‌بینی مگر؟»

روزبه واقعیت پنهان در سینه‌اش را آشکار کرد و گفت:

«برای کسی که علاقه‌ای به آب‌تنی ندارد و راستش فوت و فن شنا را هم بلد نیست، چه کشتی در آب فرو رود و چه خود او.»

جمشید تکه چوبی را به دست او داد و گفت:

«نومید نشو، مشکل تو درمان دارد طبیب.»

روزبه تکه چوب را نگاه کرد و سری با نارضایتی تکان داد و گفت:

«نجات جان چه دردسرهایی دارد، نمی‌دانستم.»

و بعد چشمان خود را بست و با حرکتی ناگهانی به درون دریا پرید و تا به آب برسد تکه چوب از دستش رها شده بود و در آب دست و پا می‌زد و غوطه می‌خورد. لوری تکه چوب را به سوی او راند تا بگیرد و خود را به آن بیاویزد. بقیه هم یکی بعد از دیگری به آب پریدند و همگی به سوی ساحل شنا کردند. لوری با شوخی و خنده از روزبه که تخته‌اش را بقیه پیش می‌راندند پرسید:

«مَرکبت راحتست طبیب؟»

روزبه به او جواب داد:

«مَرکب تو نرم‌تر است، اما اگر هوس کند به زیر آب برود، به نرمی‌اش نمی‌ارزد.»

همه از جواب روزبه خندیدند و لوری سرمستانه به نواختن چنگ ادامه داد. پشت سرشان کشتی کم‌کم در آب فرو می‌رفت و تا آن‌ها به ساحل برسند، در دل دریا ناپدید شده بود.

•• زورآزمایی ••

مردان از توفان رسته و خسته از یک شنای طولانی، در ساحل اجاقی به پا کردند و آتشی افروختند تا ماهیانی را که صید کرده بودند کباب کنند و پاسخ شکم گرسنه‌شان را بدهند. روزبه که ضمن خوردن، دانش پزشکی خود را نیز به رخ بقیه می‌کشید، گفت:

«چربی ماهی بر خلاف نامش دشمن چربی است و از فربهی می‌کاهد و مایع درون کله‌اش به قوت بینایی می‌افزاید. و تو کوهیار، سوگند می‌خورم که در کودکی مادرت ماهی خام بسیار به تو خورانده.»

کوهیار با خنده سخن او را تأیید کرد و گفت:

«یادم می‌آید، ماهی‌ها ریز و زنده بودند و گاهی از زیر دندانم می‌گریختند.»

کوشیار از حرف کوهیار چندشش شد و رو از او برگرداند.

روزبه به او گفت:

«چرا بدت آمد؟ خود تو مطمئنم که به جای شیر، حلیم تخم ماهی خورده‌ای.»

کوشیار تکه‌ی آخر ماهی را در دهان گذاشت و گفت:

«خوشحالم که به یاد نمی‌آورم.»

و هنوز لقمه را فرو نداده بود که لاله‌ی گوش‌هایش برافراشته شد و از زیر موها بیرون زد و بلافاصله گوش به زمین چسباند و گفت:

«عده‌ای دارند می‌آیند بسیار نرم و چابک. صدای پایشان را به زحمت می‌شنوم.»

جمشید پرسید:

«از کدام سو می‌آیند؟»

کوشیار پنجه پشت لاله‌های گوش نهاد و به هر طرف چرخید و چند جهت گوناگون را نشان داد. آبتین گفت:

«چون از همه طرف می‌آیند پس نیت خوبی ندارند.»

جمشید کمان را از شانه در آورد و تیری در چله نهاد و رو به یکی از جهاتی که کوشیار نشان داده بود زانو زد و زه را کشید و آماده‌ی پرتاب شد. بقیه هم هرکدام رو به جهتی همین کار را تکرار کردند و به این ترتیب نیم دایره‌ای از کمانگیران آماده‌ی نبرد تشکیل دادند. کوهیار که به دوردست می‌نگریست، چشمانش درشت شد و گفت:

«مردانی هستند با موهای بلندِ بافته که تن پوش و پاپوشی از چرم ماهی دارند.»

جمشید از حالت جنگی خارج و ایستاد و گفت:

«کمان‌ها را کنار بگذارید؛ مردم چاچ هستند. پنجه‌های خود را برای زورآزمایی آماده کنید.»

همه‌ی آن‌ها کم و بیش درباره‌ی مردمان چاچ و رفتارهای عجیب آن‌ها داستان‌هایی شنیده بودند و اکنون فرصت یافته بودند که آن را با چشم خود ببینند و تجربه کنند، پس به دستور جمشید کمان‌های خود بر شانه آویختند و منتظر مواجهه با چاچی‌ها ماندند. لحظاتی در سکوت و انتظار سپری شد و سرانجام سر و کله‌ی چاچی‌ها پیدا شد. آن‌ها که هیچ سلاحی با خود نداشتند و سر و وضع‌شان شبیه همانی بود که کوهیار گفته بود نرم و چابک از هر طرف آمدند و گردشان حلقه زدند. سرکرده‌ی آنان که موهای بافته‌اش بلندتر از بقیه بود لب به سخن گشود و پرسید:

«کی هستید و کجا می‌روید؟»

جمشید به او جواب داد:

«ایرانی هستیم و مقصدمان رازیست که مجبور به آشکار کردن آن نیستیم.»

سرکرده‌ی چاچ گفت:

«قانون ما را می‌دانید؟»

جمشید جواب داد:

«شنیده‌ایم.»

سرکرده‌ی چاچ لبخند تمسخرآلودی زد و پنجه‌ی بزرگش را نشان داد و گفت:

«پس نفر اول جلو بیاید.»

آبتین به جمشید گفت:

«من می‌روم.»

جمشید آهسته به او گفت:

«کاری کن اول او شروع کند. عرق که از بناگوشش جاری شد، نوبت توست که قدرت پنجه‌ات را نشان دهی.»

آبتین گام پیش گذاشت و روبروی سرکرده‌ی چاچ ایستاد و چشم در چشم او دوخت. سرکرده‌ی چاچ که هنوز لبخند تمسخر بر لب داشت پنجه‌های دو دستش را جلو آورد و آبتین پنجه در پنجه‌ی او افکند. نخست آن دو فقط در چشمان هم خیره شده بودند و هر دو انتظار داشتند که آن دیگری شروع کند که آبتین با درآوردن زبانش، حریف را تحریک و عصبانی نمود و او با خشم شروع به فشردن پنجه‌های آبتین کرد. در این هنگام یکی از چاچ‌ها شروع به کوفتن بر طبل کرد و بقیه هماهنگ با ضربه‌های طبل، سرهای‌شان را به دو طرف تکان می‌دادند. همه چشم به مقاومت آبتین دوخته بودند و هر طرف آرزوی خود را داشتند. روزبه با توجه به فشاری که آبتین تحمل می‌کرد، زیر لب گفت:

«بی‌انصاف دارد پنجه‌اش را خرد می‌کند.»

کاوه لبخندی زد و گفت:

«پنجه‌ی آبتین به این سادگی‌ها خرد نمی‌شود.»

کوشیار گفت:

«من هم فعلاً صدایی از این بابت نمی‌شنوم.»

مقاومت آبتین سرکرده‌ی چاچ را کلافه کرده بود و کم کم قطره‌های عرق از بناگوشش سرازیر شد. آبتین صبر کرد تا گردن و سینه‌ی او خیس عرق شود و سپس

در یک لحظه‌ی مناسب فشردن پنجه‌ی حریف را آغاز کرد و هم‌زمان لوری چنگ را در آغوش گرفت و با قدرت پنجه چنان نوایی حماسی طنین‌افکن ساخت که طبل زن از نواختن بازماند و چاچی‌ها از تکان دادن سرهای‌شان.

سرکرده‌ی چاچ اسیر قدرت پنجه‌های آبتین شده بود و خود دیگر توان فشردن نداشت. رنگ زرد رخساره‌اش گواه زبونی او بود و ناخودآگاه لبانش را گاز می‌گرفت و پلک چشمانش بی‌اراده باز و بسته می‌شد. گوش‌های کوشیار تیز شد و گفت:

«دارم کم کم صدایش را می‌شنوم.»

و کمی که گذشت، همه صدای خرد شدن استخوان‌های پنجه‌ی او را شنیدند.

وقتی آبتین پنجه‌ی مرد را رها کرد، او پس از نگاهی وحشت‌زده به دیگر افراد چاچی، به یک‌باره پا به فرار گذاشت و بقیه هم در پی او گریختند و به زودی بجز آثار پایشان بر روی شن‌ها ساحل، نشانی از آنان بر جای نماند. آبتین لبخندی پیروزمندانه نثار دوستانش کرد. روزبه که از منظر کار خود به قضایا می‌نگریست زبان به سرزنش او گشود:

«استخوان پنجه‌اش را خرد کردی بی‌رحم!»

آبتین جرعه‌ای آب نوشید و گفت:

«مگر قانونشان را من نوشته‌ام؟»

● ● ●

راه پیش روی آن‌ها در ادامه‌ی سفر، عبور از کوهی با سنگ‌های زرد و پرفراز و نشیب و به شکلی باورنکردنی خشک و بی‌آب و علف بود و گرمای آزار دهنده‌ی آن جا لوری را بیشتر از همه مشتاق رسیدن به چشمه‌ی آب خنکی کرده بود و به همین خاطر دست به دامن گوش‌های تیز کوشیار شد و به او گفت:

«کوشیار، اگر فقط مژده از چشمه‌ی کوچکی بدهی، حاضرم تا آخر عمر غلام حلقه به گوشت باشم.»

و کوشیار جوابی به او داد که هرگز باورش نمی‌شد.

«برای یافتن چشمه نیازی به گوشه‌های من نداری؛ فقط کمی دقت کن.»

لوری با کمی دقت، فریاد شادیش بلند شد:

«آره می‌شنوم! صدای آب را می‌شنوم! آب! آب!»

همه متوجه فریادهای شادمانه‌ی لوری شدند. او به طرز خنده داری خود
را از سنگ و صخره بالا کشید و در آن جا از دیدن آبی که از ارتفاع پایین می‌ریخت
و حوضچه‌ای تشکیل داده بود، گل از گلش شکفت و سر از پا نشناخته خود را به
آن جا رساند و بر روی سینه خوابید و دهانش را به آب نزدیک کرد که هم‌زمان
ندای هشداری برخاست و کمندی برگرد پیکرش افتاد و او را عقب کشید. لوری با
تعجب به پشت سرش نگاه کرد. جمشید روی صخره‌ی بالای سرش ایستاده بود
و سرکمند را در دست داشت. بقیه هم کنار او بودند. جمشید گفت:

«تو نباید از آن آب بنوشی لوری؛ کوهیار آثار خون درون آب می‌بیند و ممکن
است آلوده باشد.»

لوری که شدت تشنگی زبونش کرده بود با التماس گفت:

«آبی زلال‌تر از این ندیده‌ام جمشید؛ بگذار بنوشم!»

جمشید بی‌توجه به خواهش او گفت:

«تشنگی چشمانت را تاریک کرده است. بگذار نخست روزبه چگونگی آب چشمه
را بررسی کند.»

در این فاصله، روزبه خود را به کنار حوضچه‌ی آب رساند و شاخه‌ی پربرگی را
بر سطح آب کشید و خیسی برگ‌ها را با دقت نگاه کرد و بو کشید و گفت:

«خون آدمیزاد است.»

جمشید از کاوه خواست به جایی که آب از آن جا فرو می‌ریخت برود و سر و
گوشی آب بدهد. کاوه به چالاکی از صخره بالا رفت و سرچشمه را پیدا کرد و از آنچه
دید تعجب کرد. سرکرده‌ی چاچ، افسرده و غمگین درون چشمه‌ی آب نشسته
بود و از خراش‌های زیادی که بر صورت و تنش داشت خون جاری بود و درون

آب چشمه می‌ریخت. کاوه با اشاره‌ی دست بقیه را فراخواند و وقتی همه آمدند و اوضاع اسفناک سرکرده‌ی چاچ را دیدند، او با نارضایتی گفت:

«چه از جانم می‌خواهید؟ راحتم بگذارید.»

جمشید به او گفت:

«این قانون خودتان بود، ما میلی به این بازی نداشتیم.»

سرکرده‌ی چاچ سری تکان داد و با لبخندی تلخ گفت:

«قانون!... نفرین بر این قانون!... تا وقتی پنجه‌ی رهگذران را خرد می‌کنی، سرشار از شادی و غرور، سر از پا نمی‌شناسی، اما وقتی همین بلا سر خودت آمد همه چیز عوض می‌شود.»

و با اشاره به خراشهای خونین بدن برهنه‌اش ادامه داد:

«این زخم‌ها را می‌بینید؟ این تاوان شکستی است که خورده‌ام.»

و با غمی که دل همه برای او سوخت ادامه داد:

«یک قهرمان شکست‌خورده به درد هیچ‌کار نمی‌خورد. پس باید هرکس خراشی با ناخن بر تن او بکشد و به حال خود رهایش کند تا خونش قطره قطره از بدن خارج شود... هه! این هم قانونی دیگر!»

جمشید خود را به کنار او رساند و گفت:

«ولی ما طبیبی به همراه داریم که می‌تواند زخمهایت را مداوا کند. تو می‌توانی زنده بمانی به شرط آن که شکست تو را ناامید نکرده باشد.»

سرکرده‌ی چاچ پنجه‌ی شکسته با انگشتان لَخت و آویزانش را نشان داد و گفت:

«با این دست، زندگی چه ارزشی دارد؟»

روزبه از همان بالا گفت:

«پنجه‌ی شکسته‌ی تو را هم سالم می‌کنم، به شرط این که دردش را تحمل کنی.»

سرکرده‌ی چاچ با نومیدی سر تکان داد و گفت:

«من پنجه‌ی خیلی‌ها را شکسته‌ام و ندیده‌ام کسی از آن‌ها سالم شده باشد.»

روزبه گفت:

«آن‌ها حتماً به حال خود رها شده‌اند.»

سرکرده‌ی چاچ با تردید از روزبه پرسید:

«یعنی تو واقعاً می‌توانی؟»

روزبه لبخندی زد و گفت:

«امتحان می‌کنیم.»

با اشاره‌ی روزبه، کاوه و آبتین به درون چشمه پا نهادند و زیر بغل سرکرده‌ی چاچ را گرفتند و از چشمه بیرون آوردند و گوش‌های نشاندند. روزبه پنجه‌ی شکسته‌ی او گرفت و با فشار آرام انگشت آن را معاینه کرد.

لوری که دل نازکی داشت از روزبه پرسید:

«انگشتانش خوب می‌شود طبیب؟»

روزبه حرفی را که قبلاً زده بود تکرار کرد:

«اگر دردش را تحمل کند.»

سرکرده‌ی چاچ با اشاره آبتین را نشان داد و گفت:

«دردش بیشتر از وقتی این مرد پنجه‌ام را می‌فشرد که نیست.»

آبتین با فروتنی گفت:

«زور پنجه‌ی تو هم کم نبود، اشکم داشت در می‌آمد.»

سرکرده‌ی چاچ در گفتار و کردار مردان ایرانی صداقتی می‌دید که به او جرأت می‌داد بی‌دلواپسی خود را در اختیار طبابت روزبه قرار دهد .

روزبه که اولین فشار را بر پنجه‌ی شکسته مرد چاچ وارد کرد، چشمان او تنگ شد و پوست زیر چشمش چروک افتاد. با فشارهای بعدی سر او تکان می‌خورد و لبش را مدام می‌گزید، ولی با وجود درد شدید، تحمل می‌کرد و صدایش در نمی‌آمد اما در آخر از شدت درد بی آن‌که ناله‌ای کند از هوش رفت. روزبه که کار

شکسته‌بندی را با موفقیت به اتمام رسانده بود گفت:

«تحمل این درد فوق طاقت است.»

جمشید لب به تحسین مرد چاچ گشود و گفت:

«مردی قوی است، مثل او کم دیده‌ام.»

روزبه از کاوه میله‌ی گداخته طلب کرد و از لوری خواست که تا مرد چاچ بیهوش است، با دقت و حوصله خراش‌های عمیق بدن او را بسوزاند.

بقیه هم بسیج شدند تا مرهم مورد نظر روزبه تهیه شود. جمشید پرنده‌ای شکار کرد. آبتین با با ضربات پتک سنگ سیاهی را تبدیل به خاک نرم کرد. کوشیار با مهارت بزکوهی ماده‌ای را گرفت و از پستان‌هایش شیر دوشید و در کاسه کرد. کوهیار گیاه مشخصی را در لابلای سنگ‌ها پیدا کرد و آورد.

مرد چاچ که به هوش آمد، زخمهایش دیگر خونریزی نداشت. لوری از بادیه به او شیر خوراند و جمشید تکه‌های مرغ بریان را در دهان او گذاشت و لوری با خاک نرم سیاه و ساقه‌ی گیاه و شیر مرهمی ساخت و بر پارچه مالید و پنجه‌ی او را با آن بست. روزبه حین این کار به شوخی گفت:

«پنجه‌ات به زودی خوب می‌شود و با خیال راحت می‌توانی پنجه‌ی رهگذران غریب بیشتری را خرد کنی.»

مرد چاچ سرش را پایین انداخت و با شرمندگی گفت:

«پشت این کوه مردمی زندگی می‌کنند که کارشان حصیربافی است. مردمی که با یک دست و دندان‌ها حصیر می‌بافند و هرکدام یادگاری از قانون ظالمانه‌ی ما را در یک دست ازکارافتاده‌ی خود دارند. می‌خواهم پیش آن‌ها بروم و تا آخر عمر خدمتکارشان باشم.»

جمشید فکر او را ستود و گفت:

«از پهلوانان جز این انتظار نمی‌رود.»

سرکرده‌ی چاچ پیش از آن که آن‌ها را ترک کند گفت:

«ای مردان ایرانی، نمی‌دانم مقصدتان کجاست، اما راهی که می‌روید از قلمرو بازورِ برف‌ساز می‌گذرد. او شاگرد اهریمن خبیث است و به سحر و جادو برف می‌سازد و یخبندان پدید می‌آورد. آیا خیال ندارید راهتان راکج کنید؟»

جمشید گفت:

«نمی‌توانیم.»

سرکرده‌ی چاچ گفت:

«پس به پاس جوان‌مردیتان رازی را آشکار می‌کنم... به هنگام غروب آفتاب، سایه‌ی بلندترین قله که هرجا بیفتد، درآن‌جا جنگلی از خلنج می‌روید که عمرش با آغاز شب به پایان می‌رسد. در میان این جنگل، درختی وجود دارد که تنها یک شاخه‌اش بی‌برگ است. ازآن شاخه تیری خدنگ بسازید.آن تیر اگر بتواند دست بازور را، همان دستی که چوب‌دست ساحری راگرفته‌است، ازکاربیندازد نیروی جادویش باطل می‌شود و برف و سرما از بین می‌رود.کاردشواریست، اما تنها راه نجات است.»

•• زمهریر ••

جمشید و یارانش صبرکردند که آفتاب غروب کند. کوهیار چشم تیزکرده بود و حرکت سایه‌ی بلندترین قله را تعقیب می‌کرد. درست هنگام غروب آفتاب اتفاق عجیبی که انتظارش را داشتند به وقوع پیوست و جنگلی از خلنج شروع به رویش کرد. کوهیار خبر را اعلام کرد وکوشیارکه منتظر این لحظه بود با سرعتی فوق تصور، رو به سویی که کوهیار اشاره کرده بود، شروع به دویدن کرد و تا به آن‌جا برسد، جنگل به طور کامل روییده بود. کوشیار می‌دانست که بین غروب آفتاب تا تاریک شدن هوا، زمان زیادی نیست و در این فاصله تا قبل از ناپدید شدن جنگل باید به هدفی که به او سپرده شده بود برسد، پس پنجه در پشت لاله‌های گوش نهاد و منتظر شنیدن پیغام‌های کوهیار شد. چشمان تیزبین کوهیار به سرعت درختان جنگل را یک

به یک می‌کاوید و بقیه بی‌صبرانه منتظر نتیجه‌ی این دیدبانی بودند و سرانجام درختی را که مرد چاچ نشانه داده بود پیدا کرد و نزدیک‌ترین مسیر تا رسیدن به آن جا را به کوشیار اطلاع داد. کوشیار با همه‌ی نفس دوید و درست در آخرین لحظه قبل از تاریک شدن هوا خود را به درخت رساند و تنها شاخه‌ی خشک درخت را پیدا کرد و آن را برید و هم‌زمان جنگل خلنج با همان شگفتی که پدید آمده بود، ناپدید گشت.

دستان ماهر کاوه، بر چوب صیقل یافته‌ی درخت خلنج پیکانی محکم و برنده استوار ساخت و در اختیار جمشید نهاد تا در زمان خود آن را به کار گیرد.

•••

با برآمدن خورشید، صعود از قله‌ی بلندی که به آشیانه‌ی اهریمن منتهی می‌شد آغاز گشت. به میانه‌ی راه که رسیدند، گرمای هوا شدیدتر از روز پیش و طاقت فرسا شده بود. لوری که تحملش از همه کمتر بود، زودتر از بقیه صدای شکوه‌اش برخاست و گفت:

«گرمای هوا آدم را کلافه می‌کند، یا بازور به خواب رفته و یا آن مرد به ما دروغ گفته!»

و هنوز حرفش به آخر نرسیده بود که پی در پی شروع به عطسه زدن کرد. روزبه به او گفت:

«آن مرد دروغ نگفته و هم اکنون اندام نازک تو، پیش از بقیه به نزدیک شدن سرما گواهی می‌دهد.»

چانه‌ی لوری شروع به تکان خوردن کرد و دندان‌هایش به صدا در آمدند. روزبه فریاد بلند کرد:

«آتش روشن کنید!... سرگین‌ها را بیاورید!»

تا کاوه آتش را بیفروزد، کوهیار توبره‌ای پر از سرگین بزکوهی را که در راه و به دستور روزبه جمع آوری کرده بود، روی زمین خالی کرد، روزبه چند مشت از آن‌ها

را در زیر پیراهن خود ریخت و بقیه را نیز به این کار ترغیب کرد.

«سرگین بین لباس و پوست بدن خود بریزید. بوی بدی دارد، اما تحمل کنید تا تخمیر شود و گرمای حاصل از آن مثل ذغال عمل کند.»

همه آن چه را که روزبه گفته بود انجام دادند و هم‌زمان باد سردی شروع به وزیدن کرد. جمشید گفت:

«همه در پناه صخره گرد هم جمع شویم.»

اهریمن که در جام جهان‌بین ناظر گفتار و رفتار هفت دلیرمرد ایرانی بود، قهقهه‌ای زد و با صدای زنگ‌دار و آزاردهنده‌اش گفت:

«با پای خود به دام مرگ آمدید!... بازور قدرت اهریمنی‌ات را نشان بده!»

بازور صدای اربابش را شنید و هیکل اسکلتی‌اش را تکانی داد و چوب دستی‌اش را دور سر چرخاند. از اطراف چوب دست دانه‌های برف به اطراف پراکنده می‌شد و هر چه سرعت چرخش آن زیادتر می‌شد، برف شدت بیشتری می‌گرفت و کم‌کم تبدیل به کولاکی تند شد و مردان را اسیر سوز و سرمای خود کرد. برف بر سر و صورت‌شان قندیل بسته بود و تکلم را برایشان سخت می‌کرد. وضع لوری از همه بدتر بود. روزبه به جمشید گفت:

«جمشید چاره‌ای بیندیش؛ سرما بیداد می‌کند و مدتی نمی‌گذرد که استخوان‌های‌مان را   می‌ترکاند.»

جمشید گفت:

«باید تحمل کنیم تا بازور خودش را نشان دهد.»

کاوه گفت:

«شاید این کار را نکند.»

جمشید گفت:

«وقتی احساس کند که پیروز شده است، این کار را می‌کند. موجودی در جهان پیدا نمی‌شود که نخواهد خودش را به رخ شکست‌خوردگان بکشد.»

لوری به زحمت گفت:

«خون در رگهایم دارد منجمد می‌شود!»

جمشید به او قوت قلب داد و گفت:

«پایداری کن لوری. برایمان چنگ بنواز.»

«نمی‌توانم؛ انگشتانم یخ زده.»

«می‌توانی. خودت مگر نگفته بودی با انگشتان بریده هم این کار را می‌کنی. پس سعی کن.»

لوری همه‌ی توان انگشتانش را به کار گرفت تا از تارهای سازش نوایی برانگیزد.

جمشید به کوهیار و کوشیار گفت:

«چشم و گوش خود را به کار اندازید و نشانه‌ای از آن پلید به من بدهید.»

بازور که از قدرت شیطانی خودش به سر کیف آمده بود، قهقهه‌ی شادمانی سر داد. کوشیار صدای خنده‌ی او را شنید و به جمشید خبر داد:

«صدای منحوسش را می‌شنوم. قهقهه سر داده‌است.»

جمشید خوشحال شد و گفت:

«خوب است. بگذار تا می‌تواند بخندد. کوهیار جایش را پیدا کن.»

چشمان درشت و درخشان کوهیار هر سو را کاوید و بازور را پیدا کرد و با شادمانی گفت:

«او را دیدم. بر فراز آن صخره ایستاده که شبیه منقار عقاب است!»

جمشید صخره را دید و گفت:

«خودم را به او نزدیک می‌کنم، اما کسی باید حواس او را پرت کند.»

آبتین تخته سنگ بزرگی را از جا بلند کرد و به زیر غلتاند. انعکاس صدای برخورد سنگ با صخره‌ها توجه بازور را به آن سوی جلب کرد و قهقهه زنان گفت:

«ای فلک‌زدگان بیهوده به خود رنج ندهید. بزودی مرگ سیاه را در آغوش خواهید گرفت و تبدیل به تندیس‌های یخ خواهید شد!»

آبتین سنگ‌های دیگری را هم به زیر می‌غلتاند و بازور فشار برف و کولاک را متوجه او کرده بود و همین به جمشید مجالی داد که از جهت دیگر به بازور نزدیک شود.

اهریمن در جام جهان‌بین نقشه‌ی جمشید را فهمید و بازور را متوجه موضوع کرد:

«نادان دارند فریبت می‌دهند. جمشید از پشت سر می‌آید.»

بازور شنید و به سوی جمشید چرخید و او را در پایین صخره دید و قهقهه‌ی بلندی زد و گفت:

«منتظرت بودم. سالیان درازی است که انتظارت را می‌کشم. امروز کاری خواهم کرد که داستان مرگ جمشید افسانه‌ای جاودان شود.»

جمشید کلامش را با نفرت آمیخت و ندای بلند سر داد:

«نیرنگ‌باز پلید، پایان عمرت سر رسیده؛ بجنگ تا بجنگم!»

بازور چوب‌دست را به طرزی دیگر چرخاند و قندیل‌های بلند و تیز یخ به سوی جمشید باریدن گرفت. جمشید سپر را محافظ خود قرار داد و دست برد تا تیر خدنگ را از تیردان بیرون بکشد. تیر در تیردان یخ زده بود. نام یزدان را بر لب آورد و با همه‌ی نیرو تیر خدنگ را از تیردان بیرون کشید و آن را در چله‌ی کمان نهاد و زه را تا جایی که می‌توانست عقب کشید و دست بازور را نشانه گرفت. بازور شروع به چرخش کرد و تبدیل به هاله‌ای چرخان شد و هر بار که می‌ایستاد و نمایان می‌شد، چوب‌دست در دست دیگرش بود تا جمشید را گیج کند. اما جمشید با هوش سرشار خود دستی را که باید شناسایی کرد و تیر را رها نمود. تیر زوزه‌کشان هوا را شکافت و بر بازوی بازور نشست. شعله‌ای درخشان پدید آمد و مدتی فروزنده ماند و بعد خاموش شد. کولاک برف فروکش کرد و ابرها پراکنده شدند و خورشید رخشان نمایان گشت. از بازور فقط مشتی خاکستر سیاه به جا مانده بود. کاوه شتابان خود را به جمشید رساند و هیجان زده گفت:

«نگاه کن جمشید، آن قصر اهریمن نیست که آشکار شده؟»

جمشید به قله نگاه کرد. قصری سیاه در هاله‌ای از مِه پدیدار بود. گفت:

«قصر اهریمن‌ست، همان که شهرسپ دانا نشانه داده‌است.»

اهریمن که مرگ بازور را در جام‌جهان‌بین دیده و اکنون طنین نوای چنگ لوری دیوانه‌اش کرده بود، جام را در توبره‌ای انداخت و با تنفر و کینه گفت:

«پسر تهمورث، مگر به خواب ببینی که جام من به چنگ تو بیفتد!... آن را به جایی می‌فرستم که دست خورشید هم به او نرسد!»

●● نبرد باگاوشید ●●

جمشید با مهارت کمند را دور سر چرخاند و به سوی بام قصر افکند. چنگک کمند برکنگره‌ی دیوار مهار شد. به خواست جمشید، روزبه و لوری همانجا ماندند و بقیه پشت سر جمشید به‌کمک ریسمان بلند کمند از دیوار سنگی قصر بالا رفتند تا خود را به بام برسانند.

اهریمن که شتابان خود را به بام قصر رسانده بود، چنگک را برکنگره دید و خنجر کشید و دوید ریسمان کمند را پاره کند که هم‌زمان جمشید بالا آمد و او را دید و با یک جست بر بام جهید و شمشیر از نیام بیرون کشید و چشم در چشمان سرخ و آتشین اهریمن دوخت و آماده‌ی نبرد شد. کمی بعد اهریمن دید که چهار مرد دیگر هم یکی بعد از دیگری بالا آمدند و با شمشیرهای آخته در مقابل او آرایش جنگ گرفتند. خواست که برگردد و از راهی که آمده بود بگریزد، اما جمشید به چالاکی دوید و راه فرار را بر او بست. اهریمن که حلقه‌ی محاصره را بر خود تنگ می‌دید، عقب نشست و خود را به انتهای بام رساند. پشت سر او، در پایین، دریای خروشان امواجش را به صخره می‌کوفت. اهریمن جام‌جهان‌بین را از توبره‌ای که در دست داشت بیرون کشید و به جمشید گفت:

«شهرسپ تو را فریب داده و رهسپار وادی نومیدی کرده‌است. جام‌جهان‌بین مال من‌ست و هرکس دیگر که بخواهد تصاحبش کند، این آرزو را به‌گور خواهد برد.»

جمشید گامی به جلو نهاد و گفت:

«اما من مصمم که آن را از چنگ تو بیرون آورم.»

اهریمن با لحنی اغواگرانه گفت:

«با من پیمان آشتی ببند، تا از قدرت سیرابت کنم.»

جمشید گفت:

«نفرین بر من اگر با اهریمن پیمان دوستی بندم. آماده‌ی مرگ باش که افسانه‌ی فرمانروایی تو بر جهان پلیدی‌ها به پایان نزدیک است!»

اهریمن جام را بالا برد و گفت:

«پس برای همیشه حسرت داشتن جام را به دل داشته باش!»

و جام را با همه‌ی قدرت به دریا پرت کرد و هم‌زمان رو به افق دور نعره کشید:

«ای گاوشید مرگ آفرین! ای یاور روزهای سخت اهریمن، جام‌جهان‌بین مرا دریاب!»

جمشید و یارانش به کنار بام دویدند تا از سرنوشت جام آگاه شوند. جام معلق‌زنان پایین رفت و به دریا افتاد و پس از اندکی که بر سطح آب شناور ماند، در قعر دریا فرو رفت. جمشید با خشم به سوی اهریمن برگشت، اما اثری از او به جز توبره‌ای که به جا مانده بود و در آتش می‌سوخت، دیده نمی‌شد. جمشید زره از تن درآورد و به یارانش گفت:

«یاران با وفای من، برای من به درگاه یزدان نیایش کنید.»

آبتین که قصد او را فهمیده بود، مانعش شد و گفت:

«نه، نمی‌گذارم!»

جمشید شمشیرش را بالا برد و گفت:

«جلو نیا!... بعد از این رنج بسیار، برای مردم‌مان چه به ارمغان بریم؟... چشمان منتظر آنان را با کدام وعده فریب دهیم؟... من باید این کار را بکنم!»

و در یک حرکت ناگهانی و با جستی بلند از کنگره‌ی قصر عبور کرد و به سوی

دریا شیرجه رفت. یارانش که ناظر فرو رفتن او به قعر امواج خروشان بودند، موجود غول‌پیکر و ترسناکی را دیدند که پروازکنان در افق پدیدار شده بود. گاوشید به فرمان اربابش از راه می‌رسید.

•••

جمشید نفس را در سینه حبس کرده بود و با چشمان باز عمق دریا را در جست‌وجوی جام جهان‌بین می‌کاوید و بوته‌های بزرگ مرجان را به ضرب شمشیر جدا می‌کرد. جام جهان‌بین در میان یکی از همین بوته‌ها گیر کرده بود و با جدا شدن از آن جمشید برای گرفتنش اقدام کرد، اما هنوز دستش به جام نرسیده بود که ضربه‌ی قدرتمندی او را در آب غوطه‌ور کرد و به سطح آب راند. جمشید که برای لحظه‌ای منگ شده بود، به خود آمد و نفس تازه کرد و با دیدن گاوشید که در سطح آب ظاهر شد، منشأ ضربه‌ای را که خورده بود شناخت. شمشیرش را بالا آورد و برای نبرد با او آماده شد و گفت:

«برای مرگ آماده شو، نوکر اهریمن!»

گاوشید نفیر می‌کشید و پیرامون جمشید می‌چرخید. جمشید او را زیر نظر گرفته و منتظر فرصت مناسب برای وارد کردن ضربه بود. گاوشید یورشی تند آورد و با ضربه‌ی دم شمشیر را از دست جمشید پراند. جمشید تعادلش را به دست آورد و بی‌درنگ خنجرش را از غلاف بیرون کشید. گاوشید بار دیگر حمله‌ور شد و این بار جمشید فوری در آب فرو رفت و از پشت سر گاوشید که سردرگم شده بود بیرون آمد و بر گرده‌ی او سوار شد. گاوشید در آب فرو رفت، ولی جمشید گردن او را رها نکرد و با قدرت هرچه تمام، تیغه‌ی خنجر را در میان دو چشم او فرو کرد. گاوشید به خود پیچید و جمشید از او رها شد و خسته و نفس‌زنان به سطح آب آمد. آنان که از بام قصر ناظر این جدال ترسناک بودند و نفس در سینه‌هاشان حبس شده بود، با آمدن جمشید به سطح آب نفس راحتی کشیدند و دیدند که نخست خون تیره رنگی بر سطح آب پدیدار گشت و سپس پیکر بزرگ گاوشید بالا

آمد. او لحظه‌ای به خود پیچید و جان کند و سرانجام به پشت غوطه‌ور شد و جام از میان پنجه‌ی بزرگش رها گشت و بر آب شناور ماند.

•• شکوه بازگشت ••

پهلوانان راه بازگشت در پیش گرفتند و بعد از چندین شبانه روز وقتی که هفت مرد دلیر سوار بر اسب و پیروزمندانه به دروازه‌ی شهر رسیدند، جمعیت انبوهی به پیشواز آن‌ها آمدند و یکسر با هلهله‌ی شادی ندا سر دادند:

«درود بر جمشید!... درود بر یاران جمشید!... درود بر کشنده‌ی بازور و گاوشید!»

یازاردشیر در حالی که اشک شادی از چشمانش سرازیر بود، جلو آمد و پرچمی را که در دست داشت به جمشید داد. جمشید پرچم را که نقش او در حین کشتن بازور و گاوشید را بر خود داشت، به اهتزاز درآورد تا هلهله‌ی شادمانی مردم دو چندان شود. آنگاه جام جهان بین را بر سر دست بلند کرد و با صدای رسا سخن گفتن آغاز کرد:

«درود بر شما مردم مهربان!... اینک ای یاران وفادار، جام جهان بین در دست من ست... ای مردم بدانید که اینک چشمان اهریمن بر شما بسته است... ای مردم! از این پس با خاطری آسوده بکارید، بورزید، درو کنید، بتابید، بریسید، ببافید، بدوزید و بسازید و از مکر اهریمن در ایمن باشید... و امروز را که آغاز بهار و روزِ نو است گرامی بدارید. نوروز بر شما خجسته باد!»

دوم • داستان ضحاک •

•• سرپیچی از پند پدر ••

روزی که جمشید برای مشورت در کاری بزرگ به دیدار آبتین می‌رفت، او با قطعات سنگ دیوار می‌چید تا خانه‌اش را بزرگ کند و فرانک در کمک به او گِل درست می‌کرد و در لاوک چوبی می‌برد تا شوهرش لای سنگ‌ها بریزد. کیانوش و پرمایه هم گِل بازی می‌کردند. آن دو ضمن درست کردن خانه‌ی گِلی در دنیای کودکانه‌شان غرق بودند. پرمایه از کیانوش پرسید:

«این چه خانه‌ایست که مثل حلوا نرمست؟»

کیانوش به او جواب داد:

«در آفتاب می‌گذاریم محکم شود آنقدر که پتک پدر هم خرابش نکند.»

پرمایه با خوشحالی گفت:

«آنوقت خودمان هم برویم آن تو زندگی کنیم.»

کیانوش به حرف او خندید و گفت:

«ما که این تو جا نمی‌شویم نادان!»

پرمایه که از جواب برادرش دلخور شده بود گفت:

«پس حالا که این لانه‌ی موش است، بهترست خرابش کنیم.»

و با چوبی که در دست داشت محکم بر خانه‌ی گِلی کوبید و آن را متلاشی کرد. کیانوش بر سرش داد زد:

«چه کردی دیوانه؟»

و تا خواست به طرف او حمله کند، پرمایه گریخت و کیانوش سر در پی او نهاد. فرانک متوجه دعوای آن دو شد و با صدای بلند گفت:

«به جای دعوا بیایید به پدرتان کمک کنید!»

آبتین به فرانک گفت:

«برادرها اگر با هم دعوا نکنند، مزه‌ی آشتی را چگونه بفهمند؟»

فرانک با ناز و خنده جواب داد:

«آن وقت با وجود سه مرد جنگجو در خانه، خدا به من رحم کند.»

آبتین گردنش را کج کرد و گفت:

«من که از یک بره هم آرام‌ترم.»

هنگامی که آن دو گرم سخن عاشقانه بودند، کمی آنطرف‌تر، پنجه‌های قوی جمشید که از راه رسیده و از اسب پیاده شده بود، کیانوش و پرمایه را که با هم گلاویز بودند از زمین جدا کرد و همانند دو عروسک در هوا آویزان نمود و گفت:

«پسران آبتین بر سر چه دعوا می‌کنند؟»

کیانوش و پرمایه با دیدن عموی‌شان هر دو لب به شکوه از یکدیگر گشودند. کیانوش گفت:

«پرمایه خانه‌ام را خراب کرد عمو.»

پرمایه گفت:

«دروغ می‌گوید؛ آن که خانه نبود، لانه‌ی موش بود.»

«من راست می‌گویم. او دشمن من‌ست.»

جمشید گفت:

«نه، هرگز! برادرها در این سرزمین هرگز با هم دشمن نمی‌شوند.»

بعد آن دو را رو به یکدیگر روی زمین گذاشت و گفت:

«حالا دست یکدیگر را بگیرید و به روی هم لبخند بزنید.»

کیانوش و پرمایه در انجام این کار تردید داشتند که صدای آبتین هر سه را متوجه او ساخت.

«منظور عموی‌تان این است.»

آبتین دست دراز کرد تا جمشید آن را بفشارد و هم‌زمان با آن به روی هم لبخند نیز زدند و به این ترتیب کیانوش و پرمایه هم وادار شدند که کار آن دو را تقلید کنند و شاد و سبک‌بال به طرف مادرشان بدوند تا مژده‌ی آمدن عمو را به او بدهند. در این فاصله جمشید به برادرش گفت:

«آبتین، به پتک و بازوانت احتیاج دارم.»

آبتین به شوخی گفت:

«چه شده آیا فرانک هم از تو خواسته خانه را بزرگ کنی؟»

جمشید گفت:

«آنچه من می‌خواهم در جام جهان‌بین دیده‌ام.»

آبتین پرسید:

«آن چیست که این چنین بی‌تابت کرده؟»

«چیزی که در دل سنگ خارا جا دارد.»

«سنگ خارا به مفت هم نمی‌ارزد.»

«اما نه آن چه که در دلش جای دارد.»

آبتین خیلی کنجکاو بود که بداند جمشید به خاطر چه چیزی از او تقاضای

کمک دارد، ولی با آمدن فرانک گفت‌وگوی‌شان ادامه نیافت. فرانک از کوزه‌ی آبی که با خود آورده بود در کاسه ریخت و به دست جمشید داد و به آبتین گفت:

«برادرت را به خانه دعوت نمی‌کنی؟»

جمشید آب را خورد و تشکر کرد و گفت:

«در فرصتی دیگر، اکنون باید بروم.»

جمشید به چابکی سوار بر اسب شد و قبل از رفتن به آبتین گفت:

«پس برای کمکی که از تو خواستم، فردا می‌آیم.»

بعد از رفتن جمشید، فرانک با کنجکاوی از آبتین پرسید:

«فردا برای چه کاری می‌آید؟»

آبتین جواب داد:

«منظورش را روشن نگفت؛ فردا آشکار می‌شود.»

و فردای آن روز جمشید، آبتین را با خود به غاری تاریک برد و در روشنی مشعلی که با خود آورده بود از او خواست که با پتک، سنگ دیواره‌ی غار را بشکند. آبتین به خواسته‌ی برادر تن داد و به کار شکستن و کندن سنگ کوشش ورزید و چون کار به درازا کشید و شکاف بزرگی در دل سنگ کنده شد از جمشید پرسید:

«هدف از این لانه خرسی که می‌سازیم چیست؟»

جمشید پتک را از دست آبتین گرفت و ضمن انجام ادامه‌ی کار به او جواب داد:

«اگر جام جهان‌بین درست نشان داده باشد، به زودی نتیجه‌ی این تلاش را می‌بینی.»

«در جام چه دیده‌ای که این گونه شیفته‌ات کرده؟»

«بردگان خاقان چین کاری را می‌کردند که ما اکنون می‌کنیم.»

«غار می‌ساختند؟»

«در جست‌وجو بودند.»

آبتین با کنایه و شوخی پرسید:

«در جست‌وجوی سنگ، سنگ را می‌شکافتند؟»

و هنوز طنین کلام آبتین فرو ننشسته بود که جمشید پتک را انداخت و ندای شادمانه سرداد:

«نه، در جست‌وجوی این سنگ جادویی بودند!»

آبتین با کنجکاوی مشعل را به جایی که جمشید کنده بود نزدیک کرد و در آن‌جا دقیق شد. رگ‌های زرد رنگ در میان سنگ می‌درخشید. جمشید با نوک خنجر تکه‌ای از آن را کند و در کف دست نهاد. درخشش آن خیره‌کننده بود. آبتین بر آن انگشت سایید و پرسید:

«این فلز چه نام دارد؟»

جمشید با شیفتگی جواب داد:

«زر!»

«محکم نیست؛ به چه کار می‌آید؟»

«خود شاید به کار نیاید، اما هر آنچه که در جهان به کار می‌آید را با این می‌توان به دست آورد.»

«آنچه که خود به کار نیاید به سرگین گاو هم نمی‌ارزد.»

صدای قهقهه‌ی جمشید در غار طنین افکند و گفت:

«ای ساده دل! این سرزمین به زودی به شوکتی خواهد رسید که رشک جهانیان شود. در دلِ این سنگ نه فقط زر که یاقوت و کهربا و سیم و الماس هم نهفته است.»

جمشید هر دو بازوی آبتین را در پنجه گرفت و ادامه داد:

«کمکم کن آبتین! کسانی را می‌خواهم که دست‌شان پاک باشد. کسانی که زر را از صخره بیرون بکشند. کسانی که با آتش خالصش کنند. کسانی که اندازه و مقدارش را شمارش کنند و بر چند و چونِ کم و بیشش آگاه باشند... و کسانی که خزانه را از چشم ناپاک محفوظ دارند. سوگند یاد می‌کنم آنان را چنان از مال دنیا بی‌نیاز کنم که فرزندانِ فرزندان‌شان هم سیر بخورند.»

•••

بلندپروازی‌های جمشید فقط به انباشت ثروت محدود نماند و به خاطر ساخت کاخی عظیم و شاهانه، تصمیم به انجام کاری گرفت که آبتین را هراسناک می‌کرد و به همین دلیل برای ممانعت از عمل برادرش دست به اقدام زد و روزی که شنید جمشید عازم البرز است، خود را زودتر از او به آن‌جا رساند و بر بلندای صخره‌ای کمین گرفت و صبر کرد تا جمشید سوار بر اسبش از راه برسد و در یک فرصت مناسب بر روی او جهید و همراه خود بر روی زمین سرنگون کرد. جمشید فوری از او جدا شد و شمشیر از نیام کشید، اما از دیدن آبتین تعجب کرد و پرسید:

«مگر دیوانه شده‌ای آبتین؟ ممکن بود ترا بکشم.»

آبتین از جا بلند شد و قامت در مقابل جمشید استوار کرد و با لحنی راسخ گفت:

«نمی‌گذارم بروی. تو نباید این کار را بکنی.»

جمشید پوزخندی زد و گفت:

«می‌دانستم ترا تحریک می‌کنند. این کوته‌اندیشان چه کسانی هستند؟»

«همه‌ی آن‌هایی که پدرمان را دوست داشتند و ترا دوست دارند.»

«پس آنچه که من می‌خواهم را نیز باید دوست بدارند.»

«خانه‌ای را که می‌خواهی من برایت می‌سازم.»

«آیا دیوار را با سنگ آنقدر می‌توانی بالا ببری که از یک فرسنگی پیدا باشد؟... نه، نمی‌توانی. آنچه که من می‌خواهم فقط از دیوان بر می‌آید. من مصمم هستم که دیوان دربند را به کار گیرم و برخلاف تصور تو و دیگران قصد ندارم آنان را آزاد کنم. از‌شان بیگاری می‌کشم تا کار پایان یابد.»

آبتین برای آن که پند پدرشان تهمورث در لحظه‌ی مرگ را به یاد او بیاورد گفت:

«طوری می‌گویی که انگار پند پدر را در بستر مرگ فراموش کرده‌ای که گفت، دیو را نباید از بند رها کرد حتی اگر صد هنر داشته باشد.»

جمشید با خنده گفت:

«آیا پدر جام جهان بین داشت تا آنچه من می‌بینم، ببیند؟»

و چون آبتین جوابی برای گفتن نیافت، جمشید پا در رکاب اسب نهاد و چنین به حرفش ادامه داد:

«این را به خاطر بسپار آبتین؛ تو ازین پس برادری داری که در جهان همتا ندارد.»

و در حالی که نگاه نگران آبتین به دنبال او بود، اسب را هِی کرد و به تاخت دور شد.

•• طعمه‌ی اهریمن ••

فرسنگ‌ها دورتر از ایران، در سرزمین نیزه‌وران، ضحاک جوان سوار بر اسب سیاهش به کنار چاه آبی در نخلستان رسید. از اسب پیاده شد و دَلو را در چاه افکند و پُرآب بیرون آورد و همه‌ی آب دَلو را با ولع سر کشید. صدای بع‌بع بزی توجهش را جلب کرد و از دیدن بز در میان نخل‌ها، برقی عجیب در چشمش درخشید و بی‌اختیار به سویش رفت و بز گریخت. تلاش کرد که با استتار در پشت درخت‌ها خود را به بز نزدیک کند و او را بگیرد و اما بز هر بار از چنگ او می‌گریخت و با این وجود ضحاک با ولع بیشتری او را تعقیب می‌کرد و سرانجام در کنار چاه آب به چنگش آورد. بی‌معطلی دو دست بز را گرفت و بر زمین کوفت و خنجر از زیر شال کمر بیرون کشید تا سر او را ببرد که فریادی بلند او را از این کار باز داشت.

«این کار را نکن!»

در فاصله‌ای که ضحاک سخت در پی به چنگ آوردن بز بود، دو سوار که به فرمان مرداس، پدر ضحاک و فرمانروای نیزه‌وران، همه جا او را زیر نظر داشتند به سر وقت او آمده بودند. آن که با فریاد خود ضحاک را از کشتن بز منع کرد، کندرو، وزیر مرداس، بود. به فرمان کندرو، سوار همراهش با مهارت کمند افکند و بز را از چنگ ضحاک بیرون کشید. فریاد ضحاک از این کار بلند شد و با خشم گفت:

«روزی به خاطر این گستاخی شما را ادب خواهم کرد!»

ضحاک این را گفت و با خشم سوار بر اسبش شد و رفت و کسی نفهمید که اهریمن در میان شاخ و برگ نخل بلندی نشسته و ناظر ماجرا است. او که لبخند رضایت‌آمیزی بر لب داشت با خود گفت:

«شکم‌باره‌ای مثل تو هرگز ندیده‌ام ضحاک!»

اهریمن که با از دست دادن جام‌جهان‌بین، کینه جمشید را به دل داشت، در جست‌وجوی کسی که انتقامش را توسط وی از جمشید بگیرد، گزینه‌ای بهتر از ضحاک را نیافت و اما برای آن که او را به موجود مورد نظر خود تبدیل کند، نقشه‌های درازی در ذهن داشت که می‌بایست یکی بعد از دیگری پیاده کند و نخستین آن از سر راه برداشتن مرداس، پدر ضحاک بود که پاک اندیشی او در نظارت بر رفتار فرزندش، با آرزوهای پلید او درباره‌ی ضحاک در تضاد بود.

آن روز مرداس درحالی‌که از شدت عصبانیت آرام نداشت، ضحاک را به نزد خود فراخواند و او راکه سر به زیر افکنده بود، به تندی مورد سرزنش قرار داد وگفت:

«مرگ بر من! مرگ بر من! که پسر مرداس، همچون راهزنی گرسنه، درکمین بز نحیف گم شده‌ای می‌نشیند! مرگ بر من که کسی این چنین آبرو به هیچ می‌فروشد که شمار گله‌هایش در این سرزمین همتا ندارد و آن وقت برای سیرکردن شکم، دزدی می‌کند. مردم جز این می‌گویند؟»

و چون ضحاک همچنان سکوت کرده بود، بر سرش داد کشید:

«حرفی بزن تا آرام بگیرم، مگر مرگ زبانت را خورده است؟»

ضحاک با صدایی لرزان لب به سخن گشود و گفت:

«نیاز به خوردن در مهار من نیست پدر، آن لحظه می‌پنداشتم که اگر بز را نخورم، نیمی از بدن خود را خواهم خورد.»

و در مقابل پدرش زانو زد و سر در پای او نهاد و با زاری ادامه داد:

«پدر بگذارید از آنچه می‌خواهم سیر بخورم!»

مرداس خودش را از او دور کرد و گفت:

«نمی‌توانی. طبیب گفته است مرض جوع داری و این مرض را فقط با نخوردن باید دفع کرد وگرنه خوردنِ سیری ناپذیر، پایان مرگبار این مرض است. آنقدر باید در خوردن امساک کنی تا اژدهای این مرض از درونت بیرون رود.»

و بعد به طرف ضحاک آمد و او را از زمین بلند کرد و با عطوفتی پدرانه به او گفت:

«از من مخواه که فرزندم را با دست خود به چاه مرگ بیفکنم. برو خودت را با اسبان بی‌شمارت سرگرم کن، آنچنان که خواهش شکم را از یاد ببری.»

ضحاک که می‌دانست پدرش پیگیر سخن خود است، قصر را ترک کرد و به سراغ گله‌ی اسبان خود رفت. دشتی پهناور و محصور، از اسبان عربی سیاهی می‌زد و در آن میان اسبانی هنوز زین نداشتند و باید رام می‌شدند. ضحاک در محوطه گشتی زد. میل به رام کردن اسب وجودش را فراگرفته بود. اولین اسب را انتخاب کرد و او را دور زد و در فرصتی مناسب برگرده‌ی او جهید و با دو دست یالش را چسبید. اسب تلاش کرد که شانه از زیر بار ضحاک خالی کند، اما در نهایت رام شد و از تک و پو افتاد. مهتری دوان آمد و بر دهان اسب لگام زد. ضحاک گشتی دیگر در محوطه زد و توجهش به گوشه‌ای جلب شد که در آن جا اسب زیبا و قدرتمندی با چند اسب دیگر در نزاع بود. شیهه می‌کشید و بر سر دوپا بلند می‌شد و با سم ضربه می‌زد. ضحاک که محو تماشای او شده بود خود را به او نزدیک کرد. اسب سیاه که لکه‌ی سفید بزرگی در پیشانی او را از بقیه متمایز می‌کرد، به تدریج سایر رقیبان را از میدان به در کرد و اطرافش خالی شد. ضحاک به او نزدیک شد و چرخی پیرامونش زد. اسب بر خلاف بقیه کمترین واکنشی نشان نداد و با غرور گردنش را بالاگرفته بود. ضحاک برای تحریک او اسبش را واداشت که روی دو پا بلند شود، ولی چون این کار نیز اسب را به واکنش وا نداشت، کمند را دور سر چرخاند و با مهارت به سوی اسب افکند. کمند بر دورگردن اسب افتاد و او یک‌باره به خروش درآمد و تلاش کرد که خود را از قید کمند برهاند. ضحاک سعی کرد او را مهار کند،

اما زور اسب چربید و وی را از روی اسب پایین کشید و سرِ کمند از دستش رها شد. اسب پیشانی سفید در حالی که ریسمان کمند را در پی خود می‌کشید، به سوی حصار گریخت و با پرشی بلند از فراز آن گذشت و در دشت بی‌انتها دور شد. ضحاک با خشم از زمین برخاست و سوار بر اسبش شد و پس از پرش از حصار، سر در پی اسب رمنده نهاد. اهریمن که در قالب یک مهتر ناظر حرکات ضحاک بود با لبخندی رضایت آمیز و موذیانه در دل گفت:

«لجوج و کینه توزی مثل تو هرگز ندیده‌ام ضحاک!»

و ضحاک که هر لحظه خود را به اسب پیشانی سفید نزدیک‌تر می‌کرد، وقتی به کنار او رسید در یک فرصت مناسب برگرده‌اش جهید و حلقه‌ی کمند دور گردن او را محکم چسبید. اسب شروع به چرخشی دوار کرد و توانست ضحاک را از پشت خود پایین بیفکند. ضحاک فوری از زمین برخاست و انتهای کمند را به چنگ گرفت و با همه‌ی زور عقب کشید و اسب را از حرکت باز داشت. اسب به سوی ضحاک چرخید و بر دوپا بلند شد و قصد داشت سم بر سر او بکوبد. آتش خشم در چشمان ضحاک شعله‌ور شد و با یک حرکت پرقدرت، ریسمان کمند را چنان کشید که صدای شکستن استخوان گردن اسب برخاست و با شیهه‌ای مذبوحانه بر زمین غلتید و جان داد. ضحاک روی سر اسب آمد و با نگاهی به جسد او گفت:

«اسب زیبا و سرکشی بودی، اما اسبی که نخواهد رام ضحاک شود، همان بهتر که گردنش بشکنند!»

این را گفت و سوار بر اسبش شد و به تاخت دور شد و راه نخلستان را در پیش گرفت. به سر چاه آب که رسید از اسب پیاده شد و خواست دَلو را در چاه بیفکند که بویی مشامش را تحریک کرد. دَلو را رها کرد و در جست‌وجوی منشاء بو به اطراف نگریست. دودی از لابلای نخلها به هوا بلند بود. به طرف دود رفت و در آن جا دید که مردی پشت به او کنار اجاق نشسته‌است و دو گوسفند بزرگ را با هم بر آتش بریان می‌کند. خطاب به او گفت:

«رویت را برگردان ببینم به تو می‌آید که دو گوسفند را با هم در شکمبه فرو بری؟»

مرد رویش را برگرداند و ضحاک متوجه شد که او پیرمرد کهن‌سالی است. پیرمرد در پاسخ ضحاک با خونسردی گفت:

«تماشا کن تا بفهمی.»

آن‌گاه چنان دو گوسفند بریان را با دست و دندان تکه کرد و جوید و بلعید که انگار گله‌های کفتار به خوردن طعمه‌ای مشغولند. چشمان ضحاک از تعجب باز مانده بود و وقتی که پیرمرد از بلعیدن فارغ شد و دور دهانش را با آستین پاک کرد، شگفت زده از او پرسید:

«به راستی هر دو گوسفند را خوردی؟»

پیرمرد لبخندی زد و گفت:

«حالا دیگر تا غروب آفتاب گرسنه نمی‌شوم.»

ضحاک با تعجب بیشتر پرسید:

«یعنی آفتاب غروب کند، باز میل به خوردن داری؟»

پیرمرد با همان خونسردی جواب داد:

«برای اول شب شتری کافی‌ست و میانه‌ی شب گوساله‌ای و آخر شب بزی بریان با شکمی پر از ماکیان.»

ضحاک به یاد سخن طبیب افتاد و گفت:

«تو مرض جوع داری، چطور زنده مانده‌ای؟»

پیرمرد با صدای بلند خندید و گفت:

«این حربه‌ی طبیبان یاوه‌گوست. بس که خود دندان جویدن ندارند، به اشتهای ما حسادت می‌کنند.»

ضحاک که شاهدی بر خلاف مدعای طبیب یافته بود به پیرمرد گفت:

«می‌خواهم پیش پدرم بیایی. اطمینان دارم که سخنانت برایش شنیدنی‌ست.»

پیرمرد پرسید:

«طبیبان او را گرفتار یاوه کرده‌اند؟»

ضحاک جواب داد:

«او را نه، بیچاره‌ای دیگر را.»

پیرمرد پرسید:

«نگفتی پدرت کیست و خانه‌اش کجاست؟»

ضحاک از پرسش او خشمگین شد و گفت:

«چگونه نمی‌شناسی نادان؟ پدرم مرداس است و من فرزند او ضحاکم!»

پیرمرد در دل خنده‌ای کرد و با خود گفت:

«تو همانی که من می‌خواهم، ضحاک!»

و بدین‌سان آشکار ساخت که وی همان اهریمن است و در این قالب سر راه ضحاک سبز شده‌است.

•••

اهریمن دعوت ضحاک را اجابت کرد و شب هنگام به قصر مرداس رفت. مرداس که بواسطه‌ی سخنان ضحاک نسبت به قضیه کنجکاو شده بود، دستور داد خوان پر از طعام بگستردند و پیرمرد شکم‌باره را بر سر آن بنشانند. در این مجلس بجز او و ضحاک، طبیب و کندرو وزیر هم حضور داشتند. پیرمرد با ولعی حیوانی سفره را از هر چه خوردنی بود تهی کرد و باز هم طلب خوراکی نمود. ضحاک از طبیب پرسید:

«چگونه است طبیب که این مرد طعام صد نفر را می‌بلعد و عمر به این درازی کرده‌است؟»

طبیب که هنوز از عمل پیرمرد شگفت‌زده بود، گفت:

«قسم می‌خورم که او بشر نیست.»

ضحاک قهقهه‌ی بلندی سر داد و به تمسخر گفت:

«بهترست او را جست‌وجو کنیم، شاید شکم دیگری در جیب داشته باشد!»

و سپس خطاب به پدرش گفت:

«پدر، بهترست طبیبی را نزد خود راه دهید که سخنانش اشتهای بیمار را کور نکند و با اجازه شما می‌خواهم ماه‌ها گرسنگی را در کنار این سفره جبران کنم.»

ضحاک منتظر اجازه‌ی پدر نماند و کنار پیرمرد نشست و با ولع به خوردن طعامی که آورده بودند مشغول شد و ضمن خوردن از پیرمرد پرسید:

«به من بگو پیرمرد که آیا سفره‌ی ما پاسخگوی شکمت است؟»

پیرمرد با بی‌علاقگی پاسخ داد:

«معده را پر می‌کند، اما اشتهای انسان را بر نمی‌انگیزد.»

ضحاک بر سر او زد و گفت:

«یاوه نگو! طعام این سفره را بهترین آشپز این سرزمین فراهم کرده.»

پیرمرد خندید و گفت:

«پس معلومست غذای آشپزی را که من می‌شناسم نخورده‌ای.»

ضحاک کنجکاو شد و گفت:

«سخن فایده‌ای ندارد؛ باید قیاس کنم.»

مرداس که تحمل دیدن پرخوری ضحاک را نداشت، بعد از ترک مجلس به کندرو دستور داد که پیرمرد شکم‌باره را تعقیب کند و بفهمد که کیست و کجا زندگی می‌کند.

•••

پیرمرد و ضحاک تا پاسی از شب پا به پای هم خوردند و تلی از استخوان باقی گذاشتند و سرانجام هنگامی که ضحاک کنار سفره به خواب رفت، پیرمرد آن‌جا را ترک کرد.

کندرو که به دستور مرداس شخصاً مأمور تعقیب پیرمرد شده بود، با صورت پوشیده، او را تحت نظر گرفت، اما در اولین پیچ کوچه چنان او را گم کرد که انگار غیب شده بود. شتاب‌زده هر طرف را در جست‌وجوی او زیر پا نهاد و در سر راه به پیرزن گدایی رسید که از او طلب نان می‌کرد. از پیرزن پرسید:

«آیا ندیدی مرد پیری که هم اکنون از این جا گذشت، به کدام سو رفت؟»

پیرزن جواب داد:

«نمی‌بینی که نابینا هستم؟»

کندرو با بی‌حوصلگی گفت:

«در این شب تاریک چگونه ببینم؟»

پیرزن دامن او را گرفت و گفت:

«ولی اگر سکه‌ی سیاهی بدهی، با وجود این شبِ همیشه تاریک چشمانم، ستاره‌ات را خواهم دید.»

کندرو دامن از چنگ او رهاند و گفت:

«در حال حاضر ستاره‌ی من به یک پول سیاه هم نمی‌ارزد.»

و هنوز چند گامی از گدای سمج دور نشده بود که او با صدای بلند گفت:

«آن که به فرمانش راه افتاده‌ای، به زودی خواهد مرد!»

کندرو ایستاد و پس از نگاهی خشم آلود به او گفت:

«اگر می‌دانستی به فرمان که راه افتاده‌ام، به خاطر این حرفت زبانت را می‌خوردی.»

پیرزن بدون واهمه از تهدید کندرو به حرف ادامه داد و گفت:

«دل به کسی که ازش فرمان می‌بری مبند.»

کندرو با خشم به طرف او رفت و پرسید:

«گدایی یا منجم؟»

پیرزن با خونسردی جواب داد:

«گدای منجم.»

کندرو خنجر از کمر کشید و گفت:

«پس اگر نگویی که من آغاز شب کجا بوده‌ام و چه می‌کردم، گدای منجمِ مرده خواهی شد.»

پیرزن فوری جواب داد:

«در قصر مرداس، ناظر شکم چرانی پیرمردی بودی که اینک به دنبالش

سرگردانی.»

کندرو لحظه‌ای در فکر فرو رفت و سپس سکه‌ای از جیب بیرون آورد و پیش پای پیرزن انداخت و گفت:

«بگو ستاره‌ام دیگر چه می‌گوید؟»

پیرزن سکه را قاپید و جواب داد:

«می‌گوید مرده‌ها به وزیر نیاز ندارند، به زنده‌ها بیندیش.»

کندرو که اراده‌اش مغلوب سخنان پیرزن شده بود با گام‌های کُند و لنگ از آن‌جا دور شد تا به آنچه شنیده بود بهتر بیندیشد. او که رفت پیرزن گدا که همان اهریمن بود در قالبی دیگر، قهقهه سر داد و گفت:

«طمع کلاهی‌ست که هیچ‌گاه پشمش نمی‌ریزد!»

•• پدرکشی ••

حرف‌های اهریمن چنان ذهن کندرو را به خود مشغول کرده بود که تا ضحاک سفر پدرش به باهله را غنیمت شمرد و او را به نزد خود فراخواند، بی‌درنگ خود را به باغ قصر رساند و چاپلوسانه به ضحاک که در مکانی دنج منتظرش بود گفت:

«سرورم پیغام‌تان را شنیدم و آمدم. مرا ببخشید که پاهایم تندتر ازین به فرمانم نیست.»

ضحاک با اندوهی ساختگی گفت:

«آنقدر غمگینم که به عذر تو فکر نمی‌کنم.»

کندرو با وجودی که تظاهر او به اندوه را به خوبی تشخیص داده بود گفت:

«چه چیز سرورم را خوشحال می‌کند تا برای فراهم کردنش به آب و آتش بزنم؟»

«طعام قصر اشتهای مرا تحریک نمی‌کند. آیا ما بهترین آشپز را در اختیار داریم؟»

«ازو بهتر کسی نیست. او اندازه‌ی شوری غذا را از بوی آن می‌فهمد.»

«کاش به جای بینی، مغزش کار می‌کرد... من تعریف آشپز دیگری را شنیده‌ام.»

«آسوده خاطر باشید که او را هم در خدمت می‌گیریم.»

«او را می‌شناسی مگر؟»

«نمی‌شناسم، ولی زیر سنگ هم بوده پیدا می‌کنم. به کندرو اعتماد کنید.»

«پس تا پدرم از باهله بازنگشته او را پیدا کن.»

کندرو همان روز آشپزان شهر را به آشپزخانه‌ی قصر فراخواند و درِ انبار آذوقه را بر آنان گشود و گفت:

«هرکس هرچه می‌خواهد بردارد. تا ظهر امروز مجال دارید لذیذترین غذایی را که می‌شناسید فراهم کنید. هرکس ذائقه‌ی سرورم را خشنود کند، نانش میان روغن است و آشپزخانه‌ی قصر از این پس در اختیار او قرار می‌گیرد.»

آشپزان به طرف انبوه مواد غذایی هجوم بردند و هر یک آنچه را که لازم داشتند، سوا کردند. در میان آشپزان جوان خوش چهره‌ی کم سن و سالی بود که دیگر آشپزان به او مجال انتخاب نمی‌دادند و هرگاه برای برداشتن چیزی دست دراز می‌کرد، دستی او را عقب می‌زد و در نتیجه آنچه که در آخر نصیب او شد ته مانده‌ی مواد غذایی بود. چند تکه استخوان بی‌گوشت، چند پای مرغ، مقداری سبزی گندیده و حبوباتی که زیر دست و پا مانده بود. هنگامی که مورچه‌های همراه با حبوبات را با دقت جدا می‌کرد، نگهبان انبار آذوقه به تمسخر به او گفت:

«مورچه‌ها را دور نینداز که لااقل آشت مزه‌ی گوشت بدهد!»

دیگران هم خندیدند و آشپز جوان را مسخره کردند، ولی او توجهی به آن‌ها نکرد و رفت تا از مخزن هیزم، سهمی بردارد. مخزن از هیزم تهی بود و مأمور آن‌جا به تمسخر گفت:

«چاره‌ای نداری جز این که به طویله بروی و هرچه می‌خواهی سرگین خشکیده‌ی گاو برداری.»

کار پخت و پز که شروع شد، از زیر اجاق جوان آشپز دود غلیظی به هوا بلند بود

و همه از بوی گند اجاق و غذایی که در دیگ روی آن می جوشید صدای شان در آمده بود و بینی های شان راگرفته بودند، اما خود او با خرسندی خاطر به آشپزی مشغول بود و محتویات دیگ را هم می زد و ازآن می چشید.

•••

وقت ناهار ضحاک بر روی تخت لمیده بود و منتظر بود که دست پخت آشپزها را بچشد. آشپزها هر یک با ظرفی از غذاکه پخته بودند، به ترتیب پیش می آمدند و کندرو ظرف را از دست آنان می گرفت و سرپوش آن را بر می داشت تا ضحاک از آن بچشد.

ضحاک با چشیدن از غذا و عکس العمل هایی مانند تکان دادن سر، پس زدن ظرف غذا و انداختن ظرف غذا از دست کندرو بر زمین، نارضایتی اش نشان می داد و هر لحظه به خشم او افزوده می شد وکندرو بیشتر به خود می لرزید. آخرین نفر آشپز جوان بود که با ظرف کوچکی از غذا پیش آمد و تعظیم کرد. ضحاک نگاهی به ظرف او کرد و با تمسخر گفت:

«ظرف غذای به این بزرگی، خوراک گربه است؟»

جوان با حاضر جوابی گفت:

«سرورم تا به خود جنبیدم سایرین هر چه راکه بود بردند، اما نمی دانستند آن چه که طبخ می کنند، گربه شما را هم راضی نمی کند.»

ضحاک از شیرین زبانی جوان خوشش آمد و به کندرو اشاره کرد که ظرف را از دست او بگیرد. کندرو ظرف غذا را آورد و سرپوش آن را برداشت. رایحه ی دلپذیر غذا دیگر آشپزان را شگفت زده کرد و نجواهای «چه بویی دارد! چه عطری دارد! بویش اشتها را بر می انگیزد.» از هر طرف به گوش می رسید.

ضحاک لقمه ی اول را در دهان گذاشت و جوید و قورت داد و معلوم بود که از غذا خوشش آمده است. لقمه بعدی و بعدی را هم فرو داد و هر لحظه به اشتهایش افزوده گشت و دیری نگذشت که محتویات ظرف را تا آخر خورد و ظرف را از دست

کندرو بیرون کشید و ته آن را لیسید و به سوی آشپز جوان درازکرد و حریصانه گفت:

«باز هم. باز هم می‌خواهم. به آشپزخانه برو و باز هم درست کن. ازین پس آشپز قصر تو هستی.»

••••

روزهای بعد نیز پی‌درپی سپری شدند و علاقه‌ی ضحاک به غذاهایی که آشپز جوان می‌پخت، هر روز بیشتر از روز پیش می‌شد تا روزی که مرداس در بستر بیماری افتاد.

آن روز طبیب مرداس را معاینه کرد و بعد از نگاه در چشمان او و دقت در زبانش گفت:

«بارِ زبانتان سنگین است. غذا چه خورده‌اید؟»

مرداس با بی‌حالی جواب داد:

«کندرو می‌داند، از او بپرس.»

کندرو که کنار بستر مرداس حضور داشت گفت:

«سرورم کبک بریان میل کرده‌اند.»

طبیب گفت:

«به احتمال قریب به یقین کبک نبوده، کلاغی پیر بوده که در روغن بسیار سرخ شده و به ادویه‌ی هندی معطر شده.»

مرداس با خشم گفت:

«آشپز کلاغ به خورد من داده؟ چطور جرأت کرده؟»

کندرو دستپاچه شد و گفت:

«سرورم، آشپز جوان کم سن و سالی است که به دستور پسرتان به کار گمارده شده.»

مرداس با خشمی بیشتر گفت:

«در غیاب من چه اتفاقی افتاده؟ ضحاک را بگو بیاید، آشپز را هم به زندان بیفکن!»

کندرو شتابان خود را به نزد ضحاک که سرگرم رام کردن اسبان بود رساند و به او گفت:

«سرورم اتفاق بدی افتاده.»

«چه اتفاقی؟»

«پدرتان بیمار شده و طبیب می‌گوید به او گوشت کلاغ پیر خورانده‌اند. پدرتان فرمان داد آشپز را زندانی کنم.»

ضحاک برآشفت و گفت:

«آشپز مرا؟»

«بله سرورم. او هم گویا بو برده و ناپدید شده‌است.»

ضحاک شلاق بر زمین کوبید و داد زد:

«لعنت به طبیب!»

کندرو با ترس و لرز گفت:

«سرورم، پدرتان شما را احضار کرده.»

ضحاک سوار بر اسبش شد و گفت:

«تو آشپز را پیدا کن و به او بگو جانش در امان است. بگو ضحاک این را گفته.» و بعد به تاخت راه قصر را در پیش گرفت و خود را به بالین پدرش رساند، اما در آن جا نتوانست پدرش را که تحت تأثیر حرف‌های طبیب بود به نادرستی سخنان او مجاب کند و خودش نیز مجبور شد که باز هم پرهیز غذایی گذشته را رعایت کند، اما دو روز بیشتر دوام نیاورد و دوباره دست به دامن کندرو شد و به او گفت:

«کندرو زود پسرک آشپز را پیدا کن، دیگر طاقت ندارم و هر چه می‌خورم دلم را آشوب می‌کند!»

کندرو که می‌دانست سرپیچی از دستور ضحاک به نفعش نیست گفت:

«گفته‌ام همه جا در جست‌وجوی او باشند، ولی انگار قطره‌ای آب شده و به زمین فرو رفته. نه کسی او را می‌شناسد و نه کسی مکانش را می‌داند.»

ضحاک به یاد پیرمرد شکم‌باره افتاد و گفت:

«آن پیر شکم‌باره را پیدا کن. او باید از آشپز نشانی بداند.»

کندرو گفت:

«او نیز ناپدید است. آن شب به دستور پدرتان تعقیبش می‌کردم که به یک‌باره ناپدید شد.»

ضحاک نتوانست عصبانیت از رفتار پدرش را پنهان کند و آن را بر زبان جاری ساخت و گفت:

«مگر پدرم دیوانه شده؟ گویا افسار عقلش را به دست آن طبیب دیوانه سپرده. به من می‌گوید که به باهله بروم، جایی که آن‌جا در طعام‌شان نشانی از گوشت نیست. آن دو می‌خواهند من با چارپایان همسفره باشم.»

بعد سرش را در میان دو دست فشرد و نالید:

«کیست، کیست که به من بگوید سرنوشت به کجا می‌راندم؟»

کندرو خود را تا جایی که می‌توانست به ضحاک نزدیک کرد و آهسته به او گفت:

«رازی در سینه دارم که گفتنش به اندازه‌ی پنهان کردنش دل آزار است.»

نگاه کنجکاو ضحاک به دهان کندرو دوخته شد و کندرو چون اشتیاق به دانستن را در نگاه او آشکار دید، جرأت کرد و گفت:

«در آن شب تاریک که به تعقیب پیرمرد شکم‌باره رفته بودم، پیرزن گدای نابینایی را ملاقات کردم که به مهارت ستاره‌شناسان، گذشته و آینده را پیش بینی می‌کرد.»

ضحاک با کنجکاوی پرسید:

«آن گدای نابینا چه گفته‌است که از تکرارش واهمه داری؟»

کندرو گامی از ضحاک فاصله گرفت و پس از اندکی مکث، گفت:

«زبانم لال، گفت پدرتان به زودی خواهد مرد.»

ضحاک چهره در هم فشرد و گفت:

«آیا به خاطر این یاوه‌اش او را نکشتی؟»

کندرو که می‌دانست این سخن او از دلش بر نمی‌آید، گفت:

«آنچه او می‌دانست، اراده‌ام را سست کرده بود.»

ضحاک به کندرو نزدیک شد و با کنجکاوی بیشتر پرسید:

«او چه می‌دانست؟»

«او می‌دانست که من تمام شب را کجا بوده‌ام و چه می‌کرده‌ام.»

«شاید جاسوسان به آسودگی در شهر پرسه می‌زنند و ما گرفتار خود شده‌ایم.»

«او را ملاقات کنید تا به آنچه که گفتم باور آورید.»

همان شب کندرو، ضحاک را به مکانی که قبلاً پیرزن گدا را در آن جا دیده بود برد، ولی او را در آن جا پیدا نکردند و مدتی انتظار هم ثمر نداشت. ضحاک حوصله‌اش سر رفت و به کندرو گفت:

«آیا باید تا صبح سرگردان باشیم که شاید توهمات تو حقیقت پیدا کند؟»

کندرو گفت:

«قسم می‌خورم او را در همین مکان دیدم. حتی شب‌های بعد هم آمدم و او را همین جا دیدم، ولی چون از سخنانش وحشت داشتم به او نزدیک نمی‌شدم.»

«پس شب‌های دیگر هم بیا، با مشعل هم بیا تا گرفتار اوهام نشوی. و اگر او را یافتی به گردنش ریسمان بینداز و پیش من بیاور.»

ضحاک این سخن را به تمسخر گفت و به قصد ترک آن جا گام برداشت که هم زمان صدای پیرزن گدا او در جا میخکوب کرد:

«اگر مرا نمی‌بینی، حاضرم دو چشمم را به تو عاریه بدهم!»

کندرو که با دیدن پیرزن از خوشحالی دچار لکنت شده بود، گفت:

«سرورم... آن که... می...گفتم این جاست!»

ضحاک که از حضور یک باره‌ی پیرزن متعجب شده بود، گفت:

«چگونه آمده‌است؟ ما که چند لحظه قبل در جای او بودیم.»

شاید اگر ضحاک می‌دانست که با کسی مواجه است که برای فریب او هر زمان به رنگی در می‌آید، واکنشی دیگر نشان می‌داد، اما میل سیری ناپذیرش به خوردن، او را تبدیل به طعمه‌ای مناسب برای اهریمن ساخته بود و به این زودی از دام نقشه‌های او رهایی نداشت و اینک نیز در پاسخ به تعجب او گفت:

«نابینایان گدا راه‌شان را در تاریکی بهتر پیدا می‌کنند.»

ضحاک گفت:

«می‌گویی گدایم، ولی شنیده‌ام که ستاره‌ی مردمان را هم می‌بینی.»

پیرزن با کنایه پاسخ داد:

«البته نه همه را، آنان را که به سودم است.»

ضحاک پرسید:

«مرگ پدرم چه سودی برای تو دارد؟»

پیرزن فوری جواب داد:

«برای من نه، سودش به تو می‌رسد.»

ضحاک که اکنون به دانستن منظور او حریص شده بود، پرسید:

«چه سودی؟»

پیرزن با عشوه‌ای گدایانه جواب داد:

«گفتنش سکه‌ای بها دارد.»

کندرو فوری سکه‌ای پیش پای او افکند. پیرزن با خنده‌ای فریبکارانه رو به ضحاک گفت:

«سودش درین است که با مرگ او، آن که می‌تواند اشتهای پایان ناپذیرت را سیراب کند دوباره به قصر باز می‌گردد.»

ضحاک شمشیرش را از نیام کشید و زیر گلوی پیرزن گذاشت و گفت:

«تو می‌دانی آن جوانک آشپز کجاست. بگو وگرنه می‌کشمت.»

پیرزن با خونسردی جواب داد:

«اگر بکشی هرگز نخواهی فهمید که پدرت چگونه کشته خواهد شد.»

ضحاک با تعجب پرسید:

«کشته خواهد شد؟ چه کسی او را خواهد کشت؟»

«فقط به خودت خواهم گفت.»

ضحاک شمشیرش را در نیام گذاشت و با اشاره از کندرو خواست که دور شود و بعد مقابل پیرزن بر زانو نشست و بی‌صبرانه منتظر سخن او ماند. پیرزن آهسته به او گفت:

«تو او را خواهی کشت.»

ضحاک با خشم گفت:

«یاوه می‌گویی!»

اما پیرزن فوری به سخن ادامه داد و گفت:

«بر سر راهش چاهی خواهی کند و با خاشاک آن را می‌پوشانی تا هنگامی که...»

«بس است!»

ضحاک با فریاد این سخن را گفت و از جا بلند شد. اما پیرزن که خیال ساکت شدن نداشت همچنان به سخن ادامه داد و گفت:

«در غیر این صورت او ترا خواهد کشت. با کمک طبیب ترا آنقدر گرسنگی خواهند داد که الهه‌ی مرگ را خودت به خانه دعوت کنی.»

ضحاک با خشم گفت:

«طبیب را خواهم کشت و برای کشتن او به پیشگویی تو هم احتیاج ندارم.»

پیرزن چشمکی زد و با موذیگری گفت:

«آن که مانعی را از پیش پای خود برمی‌دارد، برای برداشتن مانع دیگر تردید به خود راه نمی‌دهد.»

تلقینات پیرزن ضحاک را آشفته حال کرده و دیو درونش را به جنگ با او برانگیخته بود. وقتی که ضحاک سرگشته و پریشان حال آن جا را به همراه کندرو

ترک کرد، پیرزن به صورت اهریمنی خود در آمد و مکارانه با خود گفت:

«آنچه که گفتم خواهی کرد. تو یک اهریمن دیگر خواهی شد ضحاک!»

•••

ضحاک به زودی ادعای خود را عملی ساخت و در شبی تاریک و طوفانی، خنجرش سینه‌ی طبیب را شکافت و خود را برای همیشه از نظرات او رهایی بخشید و سپس همان‌طور که اهریمن وعده داده بود، وسوسه‌ی رهایی از سلطه‌ی پدر، دیو درونش را به تکاپو واداشت و چاهی در مسیر عبور او کند و با خاشاک پوشاند تا در گرگ‌ومیش بامداد و به هنگام رفتن او به نیایشگاه، در آن سقوط کند.

با مرگ مرداس فرمانروایی بر سرزمین پهناور نیزه‌وران نصیب ضحاک گردید تا او ضمن ارضای امیال خود، افکار بلندپروازنه‌ی دیگری را هم در ذهن بپروراند.

•• خواب غفلت ••

در روزهایی که جمشید فارغ از پندهای برادر و دیگر یاران، سرش از باده‌ی غرور گرم بود و هر روز بر دامنه‌ی شکوه و شوکت پادشاهی خود می‌افزود، غافل بود که دیوی در همسایگی ایران بر اریکه قدرت تکیه داده‌است که آرزویی جز رهایی دیرپای سرزمین نیزه‌وران از فرمانبری ایران را در ذهن نمی‌پروراند.

بلندپروازی‌های جمشید و حایل شدن دیوارهای بلند و دروازه‌های بسته‌ی کاخ بین او و مردم، بیم دور شدن فره ایزدی را از او هر آن بیشتر می‌کرد.

به زندان افکنده شدن فروهل آهنگر به جرمی واهی، کاوه را واداشت تا به کاخ جمشید برود و عهدی را که پدران او، در گسترش عدالت بین مردم پذیرفته بودند، به او یادآوری کند. کاوه که با همان چرم آهنگری که بر تن داشت به کاخ آمده بود با جلوگیری نگهبانان نیزه به دست مواجه شد. فریاد زد:

«بگذارید وارد شوم، من کاوه‌ی آهنگرم. به جمشید بگویید کاوه به دادخواهی

آمده. بگذارید وارد شوم!»

اما با وجود پافشاری کاوه، نگهبانان همچنان مانع ورود او بودند که در همین زمان یازاردشیر از راه رسید و متوجه کلنجار کاوه با نگهبانان شد و خطاب به او گفت:

«چه چیز کاوه‌ی بردبار را چنین به خروش آورده؟»

کاوه بی‌تعارف جواب داد:

«نیزه‌هایی که راه را بر دوستان می‌بندد.»

یازاردشیر که به خوبی معنی کنایه‌ی کاوه را دریافته بود از آن‌جا که خود در این مدت به سیاست‌مداری کارکشته بدل شده بود در پاسخ به کنایه‌ی او گفت:

«اگر نیزه‌ها نباشند، راه دشمنان نیز باز است. دژ را محکم کرده‌ایم که دوست را از دشمن بازشناسیم.»

و سپس کاوه را به کاخ دعوت کرد و با لبخند گفت:

«شاه از دیدار کاوه شادمان می‌شود.»

در کاخ، جمشید از دیدار یار دیرین خود خوشحال شد و از علت این که او چنین بی‌مقدمه و با جامه‌ی کار به دیدن او آمده بود جویا شد. کاوه در پاسخ گفت:

«سوگند به جان فرزندانم، سوگند به این چرم که به عرق پیشانیم آغشته است؛ فروهل آهنگر بی‌گناه است.»

جمشید از یازاردشیر پرسید:

«مگر او چه کرده‌است؟»

یازاردشیر جواب داد:

«تا جایی که من خبر داشته باشم، زربانان گفته‌اند زری که او از سنگ جدا کرده به اندازه نبوده‌است.»

جمشید از کاوه پرسید:

«و آیا تو فکر می‌کنی که زربانان با وی دشمنی داشته و نسبت دروغ به او داده‌اند؟»

کاوه جواب داد:

«نمی‌دانم، ولی این را می‌دانم که فروهل پاک است. من او را ازکودکی می‌شناسم و درگواه پاکی‌اش حاضرم دستانم را درآهن مذاب بشویم.»

سخن کاوه تأثیری ژرف در جمشید نهاد و گفت:

«گرچه زر فریبنده‌است و طمع را بر می‌انگیزد، ولی حال که تو ایمان داری که وی بی‌گناه است، می‌گویم که او را آزاد کنند.»

و خطاب به یازاردشیر گفت:

«دست این مرد را در دست کاوه بگذار.»

•••

یازاردشیر کاوه را با خود به زندان برد و درآن‌جا منتظر ماندند تا زندان‌بانان فروهل را از بند آزاد ساخته و به نزد آن دو بیاورند. زندانیان که متوجه حضور کاوه درآن‌جا شده بودند، هریک به نحوی صدای دادخواهی بلندکردند و دراین میان سخنان فرود دهقان در پشت میله، گرچه نشانی از جنون وی به همراه داشت، لیکن تا اعماق جان کاوه رسوخ کرد. او می‌گفت:

«دهخدا می‌گوید نیمی از محصول را می‌دهیم تا مزد نیساریان باشد و آنان با شمشیرها و نیزه‌هاشان نگذارند دشمن همه‌ی محصول‌مان را تاراج کند، حال اگر دشمن به یک چهارم محصول قانع باشد، می‌شود یک چهارم دیگر را ازتاراج نیساریان جمشید رهانید.»

فرود این را می‌گفت و مجنون‌وار می‌خندید. یازاردشیر که اندوه کاوه را از چهره‌اش می‌خواند، گفت:

«دهقانی از بیشه‌ی شیرچین است. بیچاره گرفتار جنون شده‌است.»

کاوه پرسید:

«آیا او فرود راستگو نیست؟ چرا در بند افتاده؟»

«برکلاهور دهخدا شوریده‌است و از دادن سهمی که بر محصول او معین شده،

خوداری کرده‌است و بدتر ازین گروهی را هم با خود هم‌داستان کرده.»

«می‌گویند راستگویی چون فرود از مادر زاده نشده.»

«ولی ای کاش از قانون جمشید سرپیچی نکرده بود.»

زندان‌بان فروهل را آورد و گفت‌وگوی آن دو ادامه نیافت. کاوه فروهل را در آغوش کشید و به او گفت:

«به پاکیت ایمان آوردند. این بیغوله سزوار تو نبود.»

فرود دوباره سخن آغاز کرده بود.

«می‌گویند نیمی از آنچه با دو دست کاشته‌اید به ما بدهید و بپندارید که یک دست داشته‌اید. بیچاره آن که یک دست دارد! او چگونه با نیمی از آن بکارد؟»

قهقهه‌ی جنون آمیز فرود بعد از سخن، دل کاوه را به درد آورد و گفت:

«این بیغوله سزاوار او هم نیست!»

فروهل به کنایه گفت:

«از بخت بدش دوستانی چون کاوه ندارد.»

•••

بازگویی کاوه از آنچه که دیده و شنیده بود، دل آبتین را هم به درد آورد و راهی دیدار برادرش شد. ارنواز و شهرناز که در باغ کاخ گردش می‌کردند، با دیدن او به پیشوازش آمدند و دست در گردنش کردند. آن دو اکنون دختران زیبایی شده بودند که شور و نشاط جوانی از حرکات‌شان می‌جوشید. شهرناز بوسه‌ای برگونه‌ی عمویش زد و گفت:

«عمو جان به موقع آمدی.»

آبتین از او پرسید:

«چه شده مگر؟»

به جای شهرناز، ارنواز جواب داد و گفت:

«عمو جان، مگر درختان از ریشه نمی‌رویند؟»

آبتین جواب داد:

«همین‌طور است.»

شهرناز گفت:

«پس چگونه درختی می‌تواند از شاخه بروید و ریشه در هوا بگستراند؟»

آبتین سر تکان داد و گفت:

«نمی‌شود. کی گفته‌است؟»

ارنواز جواب داد:

«زادشم می‌گوید. او ما را کودن پنداشته.»

آبتین که پیش از این سخنان اندیشمندانه فراوانی از زادشم جوان شنیده بود، گفت:

«اگر زادشم گفته، شاید دلیلی داشته.»

شهرناز با اشاره به برادرش که به سوی آن‌ها می‌آمد، گفت:

«او دارد می‌آید، دلیلش را از خودش بپرسید.»

زادشم که اکنون جوانی برومند و خوش قامت شده بود، کاسه‌ای لبالب از آب بر روی سر داشت و در حالی که سعی داشت قطره‌ای از آن نریزد، با دقت گام به پیش می‌نهاد. او چنان در این کار متمرکز بود که از پیرامونش غافل مانده بود.

آبتین با اشاره‌ی انگشت از دخترها خواست که ساکت باشند و روی پنجه‌ی پا خود را آهسته و بی‌صدا به پشت سر زادشم رساند و در حالی که همگام با او جلو می‌رفت، با احتیاط لب را به کاسه‌ی آب روی سر زادشم نزدیک و به نوشیدن آب آن مشغول شد. دخترها سعی می‌کردند جلو خنده‌ی خود را بگیرند و اما نتوانستند و زادشم با توجه به خنده‌ی آن‌ها به خود آمد و متوجه موضوع شد و با خنده به عمویش گفت:

«گواراترین آب شب مانده را خوردی.»

و چون آبتین از خوردن آن آب ابراز چندش کرد، در ادامه حرفش گفت:

«شبنمی بود که بسختی از روی برگ گل و گیاه جمع کرده بودم.»

آبتین سخت او را در آغوش فشرد و بلافاصله پرسید:

«حالا اگر راست می‌گویی به من بگو آن چه درختی‌ست که شاخه‌هایش در زمین و ریشه‌اش در آسمان‌ست؟»

و زادشم بلافاصله جواب داد:

«آن درخت آفرینش است که ریشه‌اش در آسمان و شاخه‌هایش در زمین است.»

شهرناز و ارنواز از این که عموی‌شان با زیرکی جواب پرسش زادشم را از زیر زبان او بیرون کشیده بود، شادمانه بالا پریدند. زادشم فهمید که چه کلاهی سرش رفته است با عصبانیت به خواهرانش گفت:

«ولی این معما را من پرسیده بودم. شما فریبم دادید و دیگر هرگز به شما معمایی نخواهم گفت!»

آبتین او را نوازش کرد و گفت:

«بهترست دانایان هم بدانند که می‌شود بر سرشان کلاه نهاد. حال من باید بروم که سخنان تازه‌ای برای پدرتان دارم.»

زادشم گفت:

«مادرم می‌گوید که پدر دیشب را تا سپیده‌دم نخفته و زیر درخت انجیر ایستاده و چشم به قرص ماه دوخته‌است. به‌گمان من او اندیشه‌ای بزرگ در سر دارد.»

آبتین سکوت کرد و در دل با خود اندیشید که ای کاش برادرش راه درستی را انتخاب کرده باشد.

در ملاقاتش با جمشید، ابتدا او مجال سخن به آبتین نداد و وی را با خود به خزینه‌ی جواهرات برد. آبتین برای اولین بار بود که پا در آن مکان شگفت‌انگیز که به گنج گاوان مشهور بود می‌نهاد. دو گاومیش زرین که چشمانی از یاقوت درخشان داشتند و گرداگرد آن پرندگان زرین با چشمانی از سنگ‌های درخشان فقط جزیی از این مجموعه‌ی گرانبها بود که هر بیننده‌ای را مبهوت می‌ساخت.

جمشید با اشاره به انبوه جواهرات پرارزش آن جا گفت:

«بنگر آبتین... به این گنجینه‌ی عظیم که افسانه‌اش در جهان شهره شده بنگر. چه کسی فکر داشتن آن را حتی در خواب می‌کند؟... اما این همه قطره‌ای کوچک از آن چشمه نمی‌شود که آرزوی یافتنش خواب از چشمانم ربوده‌است.»

آبتین با کنجکاوی پرسید:

«آن چه چیزست که این گنج بیکران در قیاسش قطره‌ای ناچیزست؟»

جمشید در حالی که بیانش از فرط تمنا می‌لرزید، جواب داد:

«آنچه که در آرزویش بی‌تابم، چشمه‌ی آب زندگی‌ست.»

آبتین جا خورد و گفت: «ولی چشمه‌ی آب زندگی دست نیافتنی‌ست.»

جمشید که از فرط خواهش بی‌قرار بود، دست‌ها را گشود و گفت:

«اما جمشید می‌خواهد به آن دست یابد... آبتین، برایم سپاهی گرد بیار که سیاهی آن دشت‌های فراخ را در برگیرد. لشکری می‌خواهم که انبوهی آن تن هر بدخواهی را بلرزاند. می‌خواهم تا یافتن چشمه‌ی آب زندگانی، همه شاهد شکوه این سفر باشند. آبتین، کسانی را نزد ضحاک می‌فرستم که از دشت نیزه‌وران اسبان بسیار بیاورند.»

جمشید همچنان در میان جواهرات راه می‌رفت و از میل بلندپروازانه‌اش سخن می‌گفت و آبتین نظاره‌گر جوشش مهار ناشدنی اوج خواسته‌ی بشری که فناناپذیری می‌باشد، در وجود برادر بود. او در این لحظه به قدری نگران حال جمشید بود که فراموش کرد برای چه به دیدار او آمده‌است.

•• آش شوم ••

هوس‌های جمشید و خواسته‌های بلندپروازانه‌ی جمشید، وی را از اتفاقاتی که در قلمرو او رخ می‌داد غافل کرده بود و خریدار پند دوستان نیز نبود. نیساریان او

درگرفتن سهم از برزگران و پیشه‌وران بیداد روا می‌داشتند و داد ستمدیدگان به گوش کسی نمی‌رسید و چنین بود که گروهی از آنان به دشت نیزه‌وران پناهنده شدند. این خبر به گوش ضحاک رسید و فرصت را برای گرفتن ماهی از آب گل‌آلود غنیمت شمرد و دستور داد تا عده‌ای از بزرگان آن‌ها به حضورش بیایند.

آشپز جوان که پس از مرگ مرداس به قصر برگشته بود، هر روز با انواع طعامی که می‌پخت اشتهای سیری ناپذیر اربابش را سیراب می‌کرد و آن روز هم که فراریان ایرانی به حضور ضحاک رسیدند، او هنوز به شکم چرانی مشغول بود و آشپز جوان نواله‌های خوردنی را تقدیم او می‌کرد.

دهقان جوانی که سخنگوی بقیه بود، لب به سخن گشود و گفت:

«نامم آذرمه است و دهقانی از بیشه‌ی نارون مازندرانم. ما همه برزگران و پیشه‌ورانی زحمت‌کشیم و روزگار درازی‌ست که نان از مهارت بازوان و رنج جان خورده‌ایم و بر آنچه که داشته‌ایم قانع بودیم. سالی چند است که چنگال آز و حرص کارگزاران جمشید، گلوی‌مان را می‌فشارد و زندگی را بر ما سخت کرده‌است. به همین نیز می‌ساختیم و دل خوش داشتیم که در خاکی بذر می‌افشانیم که پدران‌مان آباد کرده بودند و پیشه‌ای داشتیم که آنان آسان ساخته بودند، ولی وقتی به ما گفتند که باید سپاهی لشکریان ناآزموده‌ای باشیم و در رکاب جمشید عمر خود را در جست‌وجوی واهی چشمه‌ی آب زندگانی تلف کنیم، تصمیم گرفتیم که خان و مان رها کنیم و به سرزمین پادشاهی پناه آوریم که دادگسترست و از فرستادگان جمشید ایمن‌مان می‌دارد. آیا ضحاک عادل به ما پناه می‌دهد؟»

ضحاک، نواله‌ای را که آشپز جوان در دهانش گذاشته بود، بلعید و با تفاخر جواب داد:

«ای بیچارگان! بروید و هر یک به کاری که می‌دانید مشغول شوید. می‌گویم تا ده سال از شما بهره‌ای نگیرند. لیکن به پاس این رحمت، آنچه از سرزمین‌تان می‌دانید به ما بگویید. آنان را که با جمشید دشمنند به ما بشناسانید و همچنین

یاران جمشید را. اکنون بروید.»

آشپز جوان، به ضحاک نزدیک شد و کرنش کرد و چیزی به او گفت که وی خطاب به پناهجویان ادامه‌ی سخن داد و گفت:

«آشپز ما تنی چند از شما را برای کار در آشپزخانه می‌خواهد و این عده را خود انتخاب می‌کند.»

آشپز جوان به میان گروه پناهجو رفت و آذرمه و چند جوان دیگر را به اشاره‌ی انگشت برگزید. چشمان او به هنگام گزینش جوانان به طرز غریبی ترسناک شده بود.

•••

شب آن روز، کابوس ترسناکی به سراغ ضحاک آمد و در خواب دید که از چنگ دشمن ناپیدایی به هر سو می‌گریزد و اما از او خلاصی ندارد و سرانجام در حین گریز همانند پدرش به درون چاهی فرو افتاد که رویش با خار و خاشاک پوشانده شده بود. درون چاه، مارهای زیادی به‌گرد پیکر او می‌پیچیدند و آزارش می‌دادند و در حالی که فریاد می‌زد و استمداد می‌طلبید، از خواب پرید. عرق سردی بر اندام او نشسته بود. در بیرون قصر توفان شدیدی درگرفته بود. رعد می‌غرید و آذرخش می‌درخشید و توفان باد و باران تند در هم آمیخته بود و پنجره‌ی خوابگاه ضحاک به شدت از هم گشوده شد و هم‌زمان صدای گریه‌ای که به شیون آمیخته بود و از بیرون به‌گوش می‌رسید، به رعب و وهم محیط می‌فزود. ضحاک ناخودآگاه و با فریادی بلند کندرو را فراخواند و کمی بعد او سراسیمه به خوابگاه آمد و گفت:

«سرورم آیا شما بودید که با فریاد مرا فرا می‌خواندید؟»

ضحاک که از بستر بیرون آمده و به کنار پنجره رفته بود با اشاره به صدای شیونی که هنوز از بیرون شنیده می‌شد، به کندرو گفت:

«این کیست که بر سرِ ما شیون می‌کند؟ آیا خیال دارد که درین شب وهمناک، وحشت بیافریند؟ زود پیدایش کن و صدایش را خفه کن!»

کندرو فوری همراه با چند نگهبان مشعل به دست، ردگریه را دنبال کرد و به

بام قصر رسید. در آن جا شخصی بر کنگره‌ی بام خم شده بود و با صدایی عجیب گریه می‌کرد. کندرو به او نزدیک شد و با تندی گفت:

«کیستی و بر بام قصر چه می‌کنی؟»

آن مرد رویش را برگرداند و کندرو دید که او آشپز جوان است. پرسید:

«تو این جا چه می‌کنی؟»

آشپز با لحنی سوزناک جواب داد:

«ببینید که کابوس شبانه، چگونه آشپز بینوای شما را بی‌تاب کرده!»

کندرو با سرزنش پرسید:

«بر بام قصر چه می‌کنی؟ مگر راه آشپزخانه را گم کرده‌ای؟»

«آمده‌ام خود را سرنگون کنم تا از رنجی که می‌برم آسوده شوم.»

«چه رنجی‌ست که به خاطرش خواب سرور ما را آشفته کردی؟»

«فقط به شما می‌گویم و جرأت گفتن آن به سرورم را ندارم.»

آشپز جوان پیش آمد و کنار گوش کندرو حرف‌هایی زد که چشمان کندرو از تعجب باز ماند.

کندرو که به نزد ضحاک برگشت، ماجرای جوانک آشپز را تعریف کرد و در آخر افزود:

«سرورم، خواسته‌ی این جوانک آنقدر گستاخانه است که نمی‌دانم تکرارش شما را می‌خنداند یا بر من خشم می‌گیرید.»

ضحاک پرسید:

«چه می‌خواهد؟»

«می‌گوید دیگر تحمل تمسخر دیگران را ندارد. می‌گوید کسی مهارت او را باور ندارد و جادوگرش می‌پندارند. می‌خواهد که یا او را از خود برانید و یا ...»

کندرو اکراه داشت که سخنش را کامل کند. ضحاک با کنجکاوی پرسید:

«چرا ساکت شدی؟ بگو چه می‌خواهد؟»

کندرو ناچار به گفتن شد.

«می‌گوید یا او را از خود برانید و یا همچون مقربان خود اجازه دهید که بر شانه‌های شما بوسه زند.»

بر خلاف تصور کندرو، ضحاک از این سخن برآشفته نشد. او لختی در اندیشه فرو رفت و از پنجره به تاریکی و توفان در بیرون زل زد و در دل با خود نجوا کرد:

«به راستی که جادوگرست. مگر از جادوی طبخ او نبود که طبیب را کشتم و بر سرِ راه پدرم چاه کندم؟ حال چگونه او را از خود برانم؟ پاسخ اشتهای بی‌پایانم را چگونه بدهم؟ ... به راستی که او جادوگرست!»

و سپس رو به کندرو گفت:

«به جوانک بگو فردا جامه‌ی آراسته بر تن کند. بگذار همه ببینند که خدمتگزاران واقعی ضحاک، همانند نزدیکان اویند.»

●●●

صبح فردا، ضحاک بر تخت نشست. بزرگان همه فراخوانده شده بودند و باور نمی‌کردند که آنچه شنیده‌اند حقیقت دارد، تا لحظه‌ای که آشپز جوان به آراستگی اشراف درباری به حضور فراخوانده شد. او که عصایی از آبنوس به دست داشت و با تفاخر گام بر می‌داشت تا کنار تخت آمد و روبروی ضحاک ایستاد چشم در چشم او دوخت. ضحاک با اشاره‌ی سر به او رخصت داد. آشپز جوان جلوتر آمد و ضحاک دید که چشمان او به طرز عجیبی به سرخی می‌گراید و زبانش همچون زبان مار از دهان بیرون می‌آید، اما آنچنان مسحور چشمان او شده بود که قدرت عکس‌العمل نداشت. آشپز جوان با ولع بر هر دو شانه‌ی ضحاک بوسه زد. شانه‌های ضحاک داغ شدند و عرق بر پیشانیش نشست و نفسش به شماره افتاد. آشپز که سر از دوش ضحاک برداشت، او از دیدن چهره‌اش متوحش شد، ولی نفهمید آن که مقابلش ایستاده است، اهریمن است. اهریمن قهقهه زنان چندگام عقب رفت و با خنده‌ی کریهی گفت:

«ای پسر مرداس! ازین پس مرا برای همیشه همراه خواهی داشت!»

و بعد در حالی که همچنان صدای قهقهه‌اش بلند بود به توده‌ای از آتش تبدیل شد و در زمین فرو رفت. از جای بوسه‌ی اهریمن بر شانه‌های ضحاک، بخاری سرخ رنگ متصاعد شد و او از درد به خود پیچید و لحظه‌ای بعد شانه‌هایش، همچون پوسته‌ی تخم مرغ ترک برداشت و شکافته شد و دو مار سیاه سر بیرون آوردند. فریاد ضحاک از وحشت برخاست و بی‌اختیار به هر سو می‌دوید و استمداد می‌طلبید. حاضرین وحشت‌زده از مقابل او می‌گریختند و کسی جرأت نزدیک شدن به او را نداشت و سرانجام خودش خنجر از نیام کشید و با فریادی وحشیانه اندام هر دو مار روی شانه‌هایش را از ریشه قطع کرد. سربازان نگهبان به سوی مارهای سیاه که هنوز روی زمین می‌جنبیدند، حمله‌ور شدند و نیزه‌های فراوان در سر آن‌ها فرو کردند. ضحاک هنوز نفس نفس می‌زد و آرامشش را باز نیافته بود که دوباره رعشه و درد طاقت‌فرسا تن او را به لرزه افکند و دو مار سیاه دیگر بر شانه‌اش روییدند. ضحاک از دیدن آن‌ها فریادی جگرخراش سرداد و صورتش را در میان پنجه‌ها پنهان کرد و دریافت که اهریمن یادگاری بر شانه‌های او نهاده است که چاره‌ای جز میزبانی آن‌ها ندارد.

•••

چند روز گذشت و شیوه‌های پزشکان برای نابودی مارها سودی نداشت. نه آتش بر آن‌ها کارگر بود و نه هیچ سم مهلکی. پزشکان حاذق شهر که از درمان عاجز مانده بودند، یکی بعد از دیگری در آتش خشم ضحاک سوختند و جان‌شان را از دست دادند. به دستور کندرو پیک‌های سوار به هر سو راهی شدند تا پزشکان کارکشته را به دربار فراخوانند و پزشکان همه از ترس متواری می‌شدند تا سرانجام پیری خمیده قامت با ادعای درمان این مشکل به قصر ضحاک آمد.

کندرو به او گفت:

«اگر آن طور که ادعا می‌کنی به رنج سرور ما پایان دهی، از آنچه که آرزویش را

داشته باشی بی‌نیاز خواهی شد.»

طبیب پیر که پشت خمیده‌اش به کوتاهی قد او افزوده بود و انبانی بر دوش داشت و با کمک عصا به زحمت راه می‌رفت، در جواب وعده‌ی کندرو با تواضع گفت:

«عمرم کوتاه‌تر از آن‌ست که آرزوی جوانان را در سر داشته باشم، ولی می‌خواهم کاری کنم که آوازه‌اش جهان را پرکند.»

کندرو گفت:

«پزشکان فرزانه بسیار شیوه‌ها آزمودند و کارگر نیفتاد و جان خود بر سر خشم ضحاک نهادند. مارها را نه آتش چاره است و نه تیغ. بخار مسمومی که فیلی تنومند را از پا می‌افکند، آنان را به وجد می‌آورد. مدام می‌جنبند و سرورم را به ستوه آورده‌اند و موهای سرش از نفس داغ‌شان سوخته است و حتی لحظه‌ای آرام نمی‌گیرند تا جسم فرسوده‌ی سرورم مجال آرامشی یابد.»

کندرو این نکات را به طبیب پیر گوشزد کرد و سپس او را به خوابگاه ضحاک برد. ضحاک پشت به آن‌ها داشت و مارها بر دوش او در جنبش بودند. کندرو خود را به او نزدیک کرد و گفت:

«سرورم، طبیبی آمده‌است و می‌گوید درمان این درد را می‌داند. می‌گوید داروی درد را در انبان خود به همراه دارد.»

ضحاک رویش را برگرداند. مارها با دیدن طبیب پیر از جنبش ایستادند و در جای خود چنبر زدند و فقط زبان سرخشان پیوسته در جنبش بود. ضحاک با نگاهی به انبان پیرمرد، به او گفت:

«در انبان چه داری که می‌تواند به این رنج پایان دهد؟»

پیرمرد به آرامی درِ انبان را گشود و از درون آن ماری سیاه، شبیه به مارهایی که بر دوش ضحاک روییده بودند، بیرون خزید. پیرمرد با یک ضربه‌ی چوب‌دستش سرِ مار را از بدنش جدا کرد. سر جدا شده‌ی مار تا پیش پای ضحاک غلتید و تن مار، همچون موجود زنده‌ای حرکت کرد و به سر جدا شده‌اش وصل شد و مقابل

ضحاک قد علم کرد. ضحاک از ترس به تخت چسبید و پیرمرد با خونسردی جلو رفت و گردن مار را گرفت و در انبان افکند و به ضحاک گفت:

«این مار سیاه، همزاد آن ماران است و او را در بیابانی شکار کرده‌ام که صد فرسنگ از هر سو، قطره‌ای آب یافت نمی‌شود. این ماران را خاصیتی عجیب است که هرگز کشته نمی‌شوند.»

ضحاک با خشم گفت:

«پیر خرفت، آمده‌ای به من مژده دهی که این دو موجود کریه المنظر تا پایان عمر بر گُرده‌ام سوارند؟»

پیرمرد جواب داد:

«ولی اگر با آنان مدارا کنی، دوستانی همدل می‌شوند و بر هیبت تو می‌افزایند، طوری که هرگز مرگ‌شان را آرزو نکنی و سه جان در یک بدن گردید.»

ضحاک از سر بیچارگی تسلیم سخن پیرمرد شد و از او پرسید:

«چگونه آرام می‌گیرند؟»

پیرمرد جواب داد:

«همزادشان را رها می‌کنم تا پاسخ را پیدا کند.»

آنگاه در انبان را گشود و مار از درون آن بیرون خزید و به طرف در رفت. ضحاک بی‌اختیار در پی مار روان شد.

مار، سرسراها و پلکان‌های قصر را پشت سر گذاشت و وارد آشپزخانه‌ی قصر شد و در مقابل چشمان وحشت‌زده‌ی آشپزها، از میان دیگ‌ها و کنار اجاق‌ها گذشت و پیش پای آذرمه، جوان ایرانی، که از بدو ورود در آشپزخانه به کار گمارده شده بود، ایستاد و سپس به دور پاهای او پیچید و بالا رفت و خود را بر سر او رساند و کله‌اش را راست کرد. چشمان آذرمه از ترس گشاد شده و نفسش به شماره افتاده بود و جرأت هیچ واکنشی نداشت. ضحاک منتظر بود که چه اتفاقی قرار است بیفتد. مار زبان سرخش را در آورد و چرخاند و بعد با یک حرکت شدید به

فرق سر آذرمه حمله کرد. آذرمه بر زمین غلتید و فریادزنان به خود می‌پیچید. ضحاک از پیرمرد که در کنارش ایستاده بود، پرسید:

«این کار او چه معنی می‌دهد؟»

پیرمرد با لبخندی موذیانه جواب داد:

«دو ماری که بر دوش شما رسته‌اند، تنها با خورشی از مغز جوانان ایران زمین آرام می‌گیرند.»

مار سیاه که فرق آذرمه را شکافته و به خوردن مغز او مشغول بود، به سخن پیرمرد که کسی جز اهریمن نبود، عینیت می‌بخشید.

‌‌•• شکاف ••

در ایران، جمشید فارغ از اژدهایی که در همسایگی قلمروش، مغز جوانان ایرانی را طلب می‌کرد، در اندیشه‌ی سفر برای دستیابی به چشمه‌ی آب زندگی بود و هر روز عده‌ی بیشتری از ایرانیان به سرزمین نیزه‌وران می‌گریختند تا ناخواسته خوراک ماران ضحاک را مهیا کنند. آبتین که از این موضوع ناراحت بود، رفت تا از موضع سردار سپاه ایران دلخوریش را نزد برادر ابراز کند. او در حضور به‌آفرید به جمشید گفت:

«جمشید، مردم اکنون به ما همچون غریبگان می‌نگرند. حرف‌شان را کنار گوش یکدیگر زمزمه می‌کنند و پسران خود را از ما پنهان می‌دارند.»

جمشید با عصبانیت در جواب او گفت:

«آیا مردم فراموش کرده‌اند که جمشید و نیاکان او برایشان چه کرده‌اند؟ آیا این کیومرث نبود که بر تن برهنه‌شان جامه پوشاند؟ چه کسی جز هوشنگ آتش و آهن را برایشان ارمغان آورد؟ آیا این تهمورث نبود که به ایشان آموخت چگونه رشته‌ها را ببافند و بافته‌ها را بدوزند؟ آیا ما به آنان نیاموختیم که چگونه دام وحشی

را رام کنند؟ آیا این جمشید نبود که هرکسی را پیشه‌ای معین کرد؟ یا از یاد برده‌اند که جمشید برایشان کشتی ساخت و بر آب شناور ساخت تا سرزمین‌های دیگر را بشناسند و با مردمانش داد و ستد کنند؟ آیا همه‌ی این‌ها را از یاد برده‌اند؟»

جمشید در حالی که صدایش هر لحظه بلندتر می‌شد، همه‌ی این سخنان را گفت و آبتین گوش داد و بعد در پاسخ او با حزن گفت:

«و اکنون چه شده‌است که همان مردمان از هول فرستادگان جمشید، به سرزمین‌های دیگر می‌گریزند؟»

جمشید با خشمی فزون‌تر گفت:

«پس جهان را خواهم گرفت تا برای ناسپاسان مجال گریزی باقی نماند.»

در همین زمان یازاردشیر آمد و از آشفتگیش پیدا بود که حامل خبر مهمی است. جمشید با وجود مشاهده‌ی این آشفتگی در او، گفت:

«بگو چه مژده‌ای آورده‌ای که شاید زهر تلخی که آبتین به کامم ریخت، با شنیدن آن شهد شیرین شود. آیا اسبان تازی، دشت‌های ما را پوشانده‌اند؟»

یازاردشیر سر به زیر افکند و سکوت کرد. جمشید با کنجکاوی پرسید:

«چرا ساکت مانده‌ای؟»

یازاردشیر لب به سخن گشود و با اندوه گفت:

«ای کاش هرگز پیام‌آور این خبر جان‌سوز نمی‌بودم.»

به‌آفرید با نگرانی گفت:

«چه شده یازاردشیر؟ بگو.»

یازاردشیر پس از اندکی مکث گفت:

«اهریمن بر شانه‌های پسر مرداس بوسه زده و دو اژدهای سیاه از جای آن روییده است. این دو مار آرام نمی‌گیرند مگر با خوراکی از مغز جوانان ما.»

و با ناله ادامه داد:

«تاکنون مغز بسیاری از جوانان ایرانی که به نیزه‌وران گریخته‌اند، خوراک مارهای

ضحاک شده است.»

به‌آفرید جلوی دهانش راگرفت تا فریادی راکه از عمق جان برآمده بود مانع شود. آبتین که سیمایش از خشم و تأثر برافروخته شده بود، از یازاردشیر پرسید:

«آیا آنان خود را تسلیم کرده‌اند؟»

«به کوه‌ها و نخلستان‌های پیرامون گریخته‌اند، اما روزبانان ضحاک آنان را شکار می‌کنند و جایی در امان نیستند.»

به‌آفرید پرسید:

«چرا به سرزمین‌شان بازنمی‌گردند؟»

آبتین فرصت را برای ابراز حقیقتی مناسب دانست و زودتر از یازاردشیر، در جواب پرسش به‌آفرید گفت:

«به کجا بازگردند؟... آن‌جا روزبانان ضحاک در جست‌وجوی‌شان هستند و این‌جا نیساریان جمشید. یا باید آن‌جا مغزشان را تقدیم اژدها کنند و یا این‌جا جسم‌شان را در سفری بی‌پایان بفرسایند.»

جمشید از کنایه‌ی آبتین به خروش آمد و با خشم گفت:

«سزای ناسپاسان همین است! آنان که ضحاک را با جمشید یکی می‌دانند، همان بهتر که مغزشان خوراک اژدها شود.»

آبتین از سخن جمشید برآشفته شد و زره و آثار سپهسالاری از تن درآورد و بر کف زمین ریخت و خروش برآورد:

«من هم دیگر نمی‌خواهم سردار سپاه پادشاهی باشم که زاده‌ی اهریمن مغز جوانان سرزمینش را ببلعد و او از اندوه خون نگرید!»

آبتین این را گفت و با چهره‌ای برافروخته، آن‌جا را ترک کرد. برای لحظاتی سکوت بر تالار کاخ حاکم شد و سرانجام جمشید سکوت را شکست و خطاب به یازاردشیر گفت:

«می‌خواهم سپاهیان را تو آماده کنی؛ چشمه‌ی آب زندگی مرا فرا می‌خواند.»

یازاردشیر بی‌آن که سخنی بگوید، سری به نشانه‌ی فرمانبری خم کرد و رفت. به‌آفرید با اندوه گفت:

«هرگز آبتین را این چنین رنجیده ندیده بودم.»

جمشید سخنی راکه تا آن روز به زبان نیاورده بود بیان کرد و گفت:

«می‌دانستم که این روز فرا می‌رسد. آبتین گرچه خون پدرم را در رگ‌ها دارد، اما در دامن مادری پرورش یافته که آتش حسادت به مادر من، جسمش را سوزانده و روحش را تباه کرده بود آن‌سان که چشمه‌ی عاطفه را نیز در فرزندان خود خشکانید.»

به‌آفرید با گلایه گفت:

«آیا این آبتین نبود که در مبارزه با اهریمن همراه تو شد؟»

جمشید با سرزنش به او پاسخ داد:

«حالا چه شده که بانوی کاخ من نیز بر من خرده می‌گیرد؟»

و با این سخن آشکار ساخت که هیچ چیز نمی‌تواند مانع عزم او در انجام خواسته‌اش شود.

آبتین بعد از ترک کاخ، لحظه‌ای فرصت را از دست نداد و بی‌آن که به کسی بگوید عازم البرز شد تا با شهرسپ دانا ملاقات کند. او مسیر کوهستانی تا رسیدن به نیایشگاه را بدون توقف پیمود. کاتوزیان نیایشگاه خبر آمدن آبتین را به شهرسپ دادند و او با آغوش باز به استقبالش آمد و گرامیش داشت و بعد از آن که با هم به خلوت نشستند، آبتین با لحنی پردرد لب به سخن گشود و گفت:

«شهرسپ دانا، قلبم در سینه آرام ندارد. پایم دیگر توان تحمل جسم افسرده‌ام را ندارد. اژدهایی در همسایگی ما سایه‌ی شومش را می‌گستراند و خواب فراموشی سرزمین مرا فراگرفته است. جمشید سوار بر شهباز غرور، در آسمان خیال پرواز می‌کند و آن چه را در زمین می‌بیند ناچیز و کوچک می‌شمارد. بیم آن دارم که مردمان سرزمینم از بیم کژدم، آغوش به روی اژدها بگشایند. ای پارسای پیر، آیا آنچه که جمشید شیدای یافتن آن‌ست، سرابی فریبنده است یا چشمه‌ای زندگی بخش؟ ای

دانای پاکدل، یاری‌مان ده!»

●●●

شهرسپ درخواست آبتین را اجابت کرد و آفتاب نزده، نیایشگاه را به قصد شهر ترک کرد و با رسیدن او به آن‌جا، جمشید را از آمدنش خبردار کردند. جمشید به استقبال او شتافت و به گرمی پذیرایش شد. شهرسپ پس از تعارفات معمول وارد اصل موضوع شد و به جمشید گفت:

«جمشید، هرآنچه را که در پیرامونت می‌بینی از جنبنده و ساکن، همه فانیند و روزی نیست می‌شوند. آیا در این جهان فانی، چشمه‌ی آب زندگی درخت آرزوهایت را سیراب می‌کند؟»

جمشید با شیفتگی ابراز کرد:

«آری می‌خواهم بمانم و همه‌ی رازهای ناگشوده را بگشایم. چشمه‌ی آب زندگی پایان آرزوهایم است.»

شهرسپ گفت:

«چشمه‌ی آب زندگی، مردمان سرزمین تو هستند. آنان بارور می‌شوند، می‌زایند، می‌بالند و ریشه می‌گسترند و اگر خودکامگان بر سرشان سایه نیفکنند، رازهای ناگشوده بسیار می‌گشایند.»

استدلال شهرسپ جمشید را قانع نکرد و گفت:

«به آنان نمی‌شود اعتماد کرد. مغزهای کوچک‌شان گنجایش اندیشه‌های بزرگ را ندارند. گروه گروه به ما پشت کرده‌اند و به اهریمن پناه برده‌اند. چشمه‌ی آب زندگی مرا از آنان بی‌نیاز خواهد کرد.»

شهرسپ زبان به سرزنش او گشود و گفت:

«جمشید، دیوارهای کاخت بسیار بلندند و درها همه بسته. بترس از روزی که مردم ندانند در خانه‌ات چه می‌گذرد.»

جمشید که انگار از یاد برده بود که چه کسی مقابل او ایستاده‌است، در جواب

شهرسپ پوزخندی زد و گفت:

«همین که من در جام‌جهان‌بین بدانم که در خانه‌ی آنان چه می‌گذرد، کافی ست.»

شهرسپ با وجودی که می‌دانست دیگر سخنش در جمشید نافذ نیست، گفت:

«جام‌جهان‌بین آن می‌نماید که در قلب تست. مبادکه با آن اهریمن را به خانه دعوت کنی!»

جمشید که در اوج غرور سیر می‌کرد با خودپسندی جواب داد:

«عجیب است که شهرسپ دانا را گرفتار وهم می‌بینم. بگذار به چشمه‌ی آب حیات دست یابم، خواهی دید که برگرده‌ی اهریمن زین افکنم و تا جهان باقی‌ست او را به تازیانه بتازانم.»

شهرسپ سری به نشانه‌ی تأسف تکان داد و گفت:

«آن چه من می‌بینم، اهریمن هم اکنون نیز در کنار تست. اما این اوست که بر پشت تو زین افکنده و به هر سو که بخواهد می‌راند. آن چه که داری به تو بهایی نیفزوده و آن چه می‌خواهی، از خواسته‌هایت نخواهد کاست. جام‌جهان‌بین تو را کشته است.»

شهرسپ این را گفت و رفت. برای لحظاتی سکوت برقرار شد. به‌آفرید که در مجلس حضور داشت، آشفته خاطر شده بود. جمشید نگاهی به او کرد و گفت:

«می‌بینم که رنگ از رخساره‌ات پریده. آیا پرگویی پیرمرد در تو اثر کرده؟»

به‌آفرید با صدایی لرزان جواب داد:

«می‌ترسم جمشید. جام‌جهان‌بین را از خود دور کن.»

و جمشید در پاسخ به نگرانی زنش چنان بلند خندید که صدای قهقهه‌اش در تالار کاخ طنین‌افکن شد و نشان داد که مهار اسب سرکش غرور از کَفَش به در آمده است.

•••

آبتین نومید از رفتار و کردار برادر، زندگی اشرافی در کاخ را ترک کرد و همراه زن و فرزندانش به خانه‌ی قدیمی خود بازگشت و همان روز به بزرگ کردن خانه اقدام نمود و مثل گذشته، فرانک در این کار به او کمک می‌کرد با این تفاوت که وی اکنون باردار بود و فرزند سوم آبتین را در شکم می‌پرورید. آبتین سنگ برگِل نهاد و با مشت کوبید و با آه و افسوس گفت:

«همان روز که پتک را به خواست او بر سنگ خارا کوفتم، باید به این روزهای تیره می‌اندیشیدم. امیدوارم عادت به زندگی باشکوه، برای زیستن در این خانه‌ی ساده تنبل‌مان نکرده باشد.»

فرانک با لبخند و مهربانی گفت:

«سرنوشت این بوده که فرزند دیگرمان نیز در همین خانه به دنیا بیاید. من شکوه‌ای ندارم و خرسندم که شوی و پسرانم در کنار من هستند.»

بر خلاف آن دو، کیانوش و پرمایه از ترک کاخ ناخشنود بودند. پرمایه از کیانوش پرسید:

«کیانوش، فکر می‌کنی ازین پس، زادشم به میهمانی ما بیاید؟»

کیانوش با اخم و دلخوری جواب داد:

«درین خانه‌ی زمخت، کلاغ هم به میهمانی ما نمی‌آید.»

فرانک که گفت‌وگوی پسرانش را شنیده بود، در سرزنش آن‌ها گفت:

«بهترست ساکت بمانید و به پدرتان کمک کنید!»

و هنوز سخنان فرانک به آخر نرسیده بود که سربازانی غرق اسلحه و سوار بر اسب به تاخت نزدیک شدند و آن‌ها را محاصره کردند. فرمانده سربازان با اسبش پیش آمد و روبروی آبتین ایستاد و با تأکیدی آمرانه به او گفت:

«شاه فرمان داده که به کاخ بازگردید.»

آبتین با قاطعیت جواب داد:

«به جمشید بگو، آبتین آن لباس و آن مقام و آن کاخ را با هم دور افکنده. بگو،

او زندگی در خانه‌ی کهنه‌ی خودش را ترجیح می‌دهد.»

فرمانده‌ی سربازان دوباره سخنش را این بار آمرانه‌تر تکرار کرد. آبتین طوری که فرانک بشنود، آهسته گفت:

«او مرا اسیری در کاخ می‌خواهد. می‌پندارد که مبادا در غیابش به تاج و تخت چنگ اندازم. چه خیال باطلی!... با این وجود، بر خلاف میل، اسارت را می‌پذیریم که برادرکشی رسم نشود.»

•••

آبتین همراه با زن و فرزندانش به کاخ برگشت و دیری نگذشت که جمشید با سپاه عظیمی که یازاردشیرگرد آورده بود، در جست‌وجوی چشمه‌ی آب زندگی، رهسپار سفری دراز شد. او را در این سفر، پسرش زادشم همراهی می‌کرد و بیشتر یاران قدیم خود را درکنار نداشت. آبتین که درکاخ محبوس بود وکاوه به خاطر هواخواهی از او به زندان افتاد. کوهیار و کوشیار نیز پس از سرپیچی از فرمان جمشید، همچون اسیرانی در بند، بر اسب نشانده و همراه سپاه برده شدند تا درس عبرتی باشد برای دیگران.

ولوری که بر سر تنگه‌ای نشسته و نظاره‌گر عبور سپاهیان بود، همراه با نوای سوزناک چنگش، برای یاران اسیر و دربند خود اشک می‌ریخت.

•• میوه‌ی تلخ ••

چند روز که از سفر سپری شد، اتفاقاتی رخ داد که زادشم لازم دانست تا آن چه را که پدرش جویای آن بود به اطلاع او برساند. زادشم سوار بر اسب خود را به گردونه‌ی حامل جمشید نزدیک کرد و به او گفت:

«پدر، آنچه شایع شده راست است. به جز آنان که از پا افتاده‌اند، شماری دیگر از سپاهیان کم شده و به گمانم در تاریکی شب گریخته‌اند.»

جمشید آب دهان بر زمین فکند و با خشم گفت:

«تف بر شما ناسپاسان! مطمئن باشند که جهان برای پناه دادن‌شان تنگ است!»

زادشم که با وجود جوانی، درک درستی از ماجرا داشت، در توجیه اتفاقی که افتاده بود، گفت:

«پدر، راه‌پیمایی در بیابان خشک پیادگان ما را رنجور و ناتوان کرده است. شمار بیماران رو به فزونی است و طبیبی برای درمان آنان نداریم و این‌گونه پیادگان را همه از دست می‌دهیم.»

جمشید در جام‌جهان‌بین نگریست و گفت:

«به زودی به اروند می‌رسیم و مشکل چاره می‌شود. تا آن‌جا، آنچه را می‌گویم به کار بندید. گروهی فقط هیزم گرد آورند که شبانگاهان تا بامداد لشکرگاه از روشنایی آتش همچون روز باشد. و گروهی کماندار را بگمار تا آنان را که قصد گریز دارند، از پای درآورند.»

• • •

در آن‌سوی اروند، کندرو، که جاسوسانش تازه‌ترین اخبار درباره‌ی لشکرکشی جمشید را به او می‌دادند، به اطلاع ضحاک رساند که فرمان جمشید موجب شده‌است که سربازی زهره‌ی فرار نداشته باشد و در چند روز گذشته روزبانان موفق به شکار فراریان نشده‌اند. ضحاک که در این مدت، مارهایش از خوردن مغز سربازان فراری از لشکرگاه جمشید اشباع شده و آرام گرفته بودند، خطاب به کندرو گفت:

«بدا به روزگارتان اگر این آرامش پایان پذیرد!»

کندرو به ضحاک اطمینان خاطر داد که مارهایش گرسنه نخواهند ماند و گفت:

«دستور داده‌ام جست‌وجو کنند و جوانانی را که نژاد ایرانی دارند، بیابند. فقط بیم آن دارم که جمشید به قصد انتقام از اروند بگذرد.»

ضحاک به تمسخر گفت:

«جمشید در پی چشمه‌ی آب حیات است و نمی‌داند که این چشمه بر شانه‌های من سوارست! به گوش بسترِ رودبان پیغام فرست که کشتی‌ها را برای عبور لشکریان جمشید آماده کند.»

و با لبخندی موذیانه ادامه داد:

«جمشید، میزبانی به مهربانی ما هرگز در خواب هم ندیده است!»

•••

فرمان ضحاک، آن‌طور که خواسته بود، اجرا شد و رودبان که به دلیل بزرگی گوش‌هایش به گوش‌بستر معروف بود، مقدمات عبور جمشید و لشکریانش را با کشتی‌های زیادی که در اختیار داشت، فراهم کرد و پس از انجام آن، به کنار گردونه‌ی حامل جمشید آمد و زانو بر خاک نهاد و گفت:

«جمشید، شاه ایران پاینده باد! سپاهیان شما به آسودگی و سلامت همه از شط گذشتند. چه خدمت دیگری از ما چاکران، شاه را خشنود می‌سازد؟»

جمشید گفت:

«نزد ضحاک برو و بگو پیادگان جمشید به اسب فراوان نیاز دارند. ما این‌جا لشکرگاه می‌زنیم و منتظر اسبان می‌مانیم.»

گوش‌بستر پرسید:

«آیا فرستاده‌ای از شما، همراه ما می‌آید؟»

جمشید خنجر از نیام کشید و به سوی گوش‌بستر افکند و کنار پای او در خاک فرو نشاند و گفت:

«بگو این دشنه، فرستاده‌ی جمشید است. بگو آنچه را که گفته، می‌خواهد.»

•••

پیغام جمشید به ضحاک رسانده شد و او در حالی که با خشم به خنجر می‌نگریست، گفت:

«خنجرِ بی‌نیام، وبال گردن است؛ منتظرم که جمشید روزی با دست خود، نیام را نیز به من تقدیم کند!»

همان روز به دستور ضحاک دسته‌ی بزرگی از اسبان ویژه که تربیت شده‌ی مهتران وگوش به فرمان آنان بودند، به لشکرگاه جمشید پیشکش برده شدند. هنگام بردن آن‌ها، ضحاک با موذی‌گری گفت:

«اسبان را زین و برگ شده برایت فرستادم جمشید، تا طعام مارهای مرا با خود به آشپزخانه بیاورند!»

دو مار سیاه روی دوش او با شنیدن این مژده از شعف می‌جنبیدند و دور دهان‌شان را لیس می‌زدند.

•••

وقتی که گله‌ی اسبان تازی توسط قشقر، سپهسالار ضحاک، به اردوگاه سپاهیان جمشید رسیدند، زادشم به استقبال او آمد و هنگامی که به هم رسیدند، قشقر کرنش کرد و گفت:

«درود بر شاهپور زادشم! قشقر، فرستاده‌ی ضحاک، پیشکش او را برای شاه ایران آورده است.»

زادشم به درود او پاسخ داد و گفت:

«شاه ایران شما را می‌پذیرد.»

زادشم، قشقر را به سراپرده جمشید برد. خیمه و بارگاه جمشید، شکوهی خیره‌کننده داشت. پارچه‌های ابریشمِ آویخته، ترکیب چشم‌نوازی از ظرافت و رنگ پدید آورده بودند و جمشید بر تخت زرنگار تکیه داده بود. قشقر مقابل او زانو زد و گفت:

«امیرِ دشت نیزه‌وران، با درود بیکران به جمشید، شاه ایران، اسبانی جوان و مهترانی کارکشته را پیشکش کرده تا مردان ایران زمین، سوار بر مرکبان تک‌تاز، شاه نیکبخت را به مقصد چشمه‌ی آب زندگی همراه باشند.»

جمشید در پاسخ به فرمانبری ضحاک گفت:

«به ضحاک بگو، گرچه او را به خاطر کردار بدش سرزنش می‌کنم، ولی به پاس فرمانبریش گناهان او را می‌بخشم.»

•••

شبانگاه، هنگامی که اردوگاه جمشید از آتش هیمه‌ها روشن بود و سربازان در حال استراحت بودند و کمانداران هر جنبشی را زیر نظر داشتند، در نخلستان‌های پیرامون آن‌جا، قشقر نقشه‌ی خبیثانه‌ای راکه ضحاک طراحی کرده بود، برای همراهانش توضیح داد و به آنان گفت:

«صبر می‌کنیم تا مهتران اسبان را رم دهند. به نخلستان که رسیدند، بر سر سواران‌شان تور می‌افکنیم. جمشید فردا باید بفهمد که مزد فرمانبری ضحاک را ارزان نپرداخته.»

•••

آفتاب که برآمد و سپاهیان ایران با نوای کوس و کرنای آهنگ سفر کردند. مهتران ضحاک، در فرصتی مناسب و غافلگیرانه، اسبان تعلیم دیده را هِی کردند و در حالی که تازیانه‌هایشان را در هوا به جنبش درآورده بودند و اصواتی مخصوص از حنجره خارج می‌کردند، به سوی نخلستان تاختند. به یک‌باره سپاه منظم ایران دچار آشفتگی شد و هر یک از اسبان پیشکشی، مهار از کف سوارش ربود و سر در پی مهتران نهادند. زادشم که می‌دید اسبان عربی علیرغم تلاش سواران‌شان گروه گروه از سپاه جدا گشته و با هدایت مهتران تازیانه به دست به سوی نخلستان کشانده می‌شوند، متوجه توطئه شد و بی‌درنگ، اسب را به سوی گردونه‌ی پدرش تازاند و فریاد زد:

«گردونه را نگهدارید... گردونه را نگه دارید!»

جمشید با شنیدن صدای پسرش، پرده‌ی حریر زربفت را کنار زد. زادشم با صدایی که از خشم می‌لرزید به او گفت:

«پدر، ما را فریب داده‌اند.»

جمشید با کنجکاوی پرسید:

«چه شده؟»

زادشم با نشان دادن گروه اسبانی که از هر سو به سوی نخلستان می‌تاختند، گفت:

«آنان که بر اسبان پیشکشی سوارند، از سپاه جدا می‌شوند.»

جمشید با خشم گفت:

«کمانداران در پی آنان بروند. حتی خائنی زنده نماند.»

زادشم فوری منظورش را کامل کرد و گفت:

«نه پدر. اسبان در اختیار سواران نیستند و فرمان از مهتران ضحاک می‌برند. بگمانم آنان سربازان ما را می‌ربایند.»

جمشید لحظه‌ای کوتاه اندیشد و بعد گفت:

«کمانداران در پی آنان بروند و اسبان را هدف قرار دهند.»

تا زادشم گروه کمانداران را جمع کند و به فرماندهی خودش راهی نخلستان شوند، جنگجویان قشقرکه در میان شاخ و برگ نخل‌های بلند پنهان شده بودند، با نزدیک شدن اسبان عربی، بر سر سواران بیچاره‌ای که همچنان در تلاش برای مهار اسبان‌شان بودند، تور می‌افکندند و یک به یک راگرفتار می‌کردند تا توسط مردان دیگر به اسارت برده شوند. و تا زادشم وکمانداران برسند، تقریباً همه‌ی آنان اسیر شده بودند. با نزدیک شدن کمانداران، مردانی که در میان شاخ و برگ نخل‌ها پنهان بودند، آنان را آماج تیرهای‌شان قرار دادند. زادشم فریاد برآورد:

«در میان نخل‌ها پنهانند. نخلستان راگورستان‌شان می‌کنیم!»

و در نبردی که درگرفت، گرچه تعدای ازکمانداران ایرانی از پای درآمدند، لیکن کمانداران عرب، یکی بعد از دیگری همچون میوه‌های رسیده از فراز درختان فرو افتادند و موقعیتی فراهم شد تا زادشم وگروهش بتوانند به تعقیب اسیران بروند.

به بالای تپه‌ای از شن که رسیدند، در دور دست، ایرانیان اسیر سوار بر اسبان گوش به فرمان مهتران و در محاصره‌ی قشقر و افرادش برده می‌شدند.

زادشم به کمانداران گفت:

«می‌رویم و اسبان را شکار می‌کنیم. حتی یک نفر از اسیران نباید زخمی شود. ضحاک باید آرزوی یک اسیر ایرانی را نیز باید به گور ببرد. پیش بتازید کمانگیران نستوه!»

در سوی دیگر، قشقر با دیدن گروهی که به تعقیب‌شان می‌آمدند، به افرادش فرمان داد:

«ایرانیان در پی ما می‌آیند. اسبان را بتازید، آن سان که به گَردِ ما هم نرسند.»

تعقیب و گریز مدت زمانی ادامه داشت و کمانداران ایرانی توانستند فاصله‌شان را با دشمن کم و کمتر کنند. زادشم تیری در کمان نهاد و اسب حامل یک اسیر ایرانی را هدف قرار داد. اسب از پا درآمد و اسیر ایرانی که به زمین افتاده بود، به سوی کمانداران هم میهنش دوید. اسب‌های حامل دیگر اسیران ایرانی هم یکی بعد از دیگری هدف تیر کمانداران قرار گرفتند و دیری نگذشت که تمامی اسیران از بند رهیدند و دشمنان از مهلکه گریختند.

•••

قشقر سرافکنده از شکست به حضور ضحاک رفت و ماجرا را تعریف کرد. ضحاک برآشفت و با خشم به او گفت:

«تمام اسبان ما را از دست دادید و دریغ از یک اسیر ایرانی؟... اگر شما بی‌لیاقتان را صد بار گردن زنند، کم است!»

و بعد با حرکتی خشن گریبان قشقر را گرفت و به او گفت:

«اگر تا سپیده دم فردا، سپاهی مهیا نکنی که سیاهیش رعشه بر اندام ایرانیان بیندازد، قسم می‌خورم مغزت را خوراک ماران می‌کنم، حتی اگر از تنفر آن را قی کنند!»

قشقر پیش پای ضحاک زانو بر زمین نهاد وگفت:

«سرورم، کوهی از کینه در سینه دارم که مگر با خراب شدن بر سر ایرانیان، سبک شود. سرورم، فرمان‌تان مقدس است!»

ضحاک مشت گره کرد وگفت:

«اکنون نه گنج گاوان و نه حتی جام جم عطشم را تسکین نمی‌دهد، من سرِ جمشید را می‌خواهم!»

•••

سپیده دم فردا، فرمان ضحاک اجرا شده بود و دشت از فوج جنگجویان سیاهپوش، سوار بر اسبان سیاه، تیره شد. ضحاک خود سوار بر اسبی غول پیکر، گرز سنگینی در دست داشت و دو مار سیاه بر دوش او چنبره زده بودند و با زبان‌های سرخ و جنبنده، بر هیبت ترسناک او افزوده بودند.

به زودی، خبر لشکرکشی ضحاک به گوش جمشید رسید. جمشید، زادشم و دیگر فرماندهان را فراخواند و به آنان گفت:

«سرنوشت این بوده که پیش از رسیدن به چشمه‌ی آب زندگی، نخست رشته‌ی زندگی ماردوش را بگسلم. پس هم اینک سپاه را برای جنگی بزرگ آرایش دهید.»

روز بعد دو لشکر جنگجو به هم رسیدند و مقابل یکدیگر صف آراستند. ضحاک پیشاپیش لشکریانش بود و اما جمشید، در پشت سپاه و سوار بر گردونه‌ی شاهی، فرماندهی را به زادشم سپرده بود و خود نبرد را زیر نظر داشت.

اولین نفر خود ضحاک بود که اسب را به میانه‌ی میدان راند و هماورد طلبید.

«ای بخت برگشتگان! ضحاک خود به میدان آمده. کیست که از جان حقیرش به تنگ آمده باشد؟»

پشوتن، از صف پهلوانان ایرانی جدا شد و به مقابل زادشم آمد وگفت:

«پشوتن اجازه می‌خواهد که دهان یاوه‌گوی ماردوش را به خاک بمالد.»

پشوتن این را گفت و پرچم دسته کوتاهی را که در دست داشت به سوی زادشم

درازکرد. زادشم پرچم را به نشانه‌ی پذیرفتن درخواست او، از دستش گرفت. پشوتن به میانه‌ی میدان تاخت و مقابل ضحاک ایستاد و رجز خواند:

««اکنون پیک مرگت از راه رسید، بیازما که از مردی چه نشان داری؟»

ضحاک قهقهه‌ای زد و گفت:

«مجال پاسخ ندارم که مارانم بسیار گرسنه‌اند.»

و هم‌زمان با سخن، ضربه‌ی سنگین گرزش را به قصد پشوتن بالا برد. پشوتن سپر را مانع ضربت کرد و گرز بر سپر فرود آمد. اسب و سوار برای لحظه‌ای خشک ماندند. مارها بر دوش ضحاک سر برافراشته بودند و نفیر نفس‌های‌شان به گوش می‌رسید. لشکریان، در هر دو سو، منتظر بودند که چه اتفاقی می‌افتد و سرانجام، ابتدا سپر پشوتن از دستش رها شد و بعد خودش از اسب به زیر افتاد و در آخر اسب نیز بر زمین غلتید. ضحاک فوری شمشیر از نیام کشید و فرق سر پشوتن را شکافت تا ماران خود را از مغز او بی‌نصیب نگذارد.

•••

جنگ تن به تن ضحاک با پهلوانان سپاه ایران تا غروب آفتاب به طول انجامید و آن سروهای سرفراز یکی بعد از دیگری به دست ضحاک بر خاک غلتیدند.

شبانگاه، زادشم اندوهگین و پژمرده به نزد پدرش رفت و پرچم‌های رنگین پهلوان‌های کشته را پیش او افکند و با گریه گفت:

«پشوتن... رهام... فرشیدورد... گرشاسب... کشواد... و برزین به ضربت گرز ماردوش به خون غلتیدند و مغزشان خوراک ماران او شد!»

جمشید آن شب را تا بامداد نخفت و با خود اندیشید که آیا ستاره‌ی اقبالش همچنان درخشان است.

•••

خورشید که برآمد، ضحاک سوار بر اسب و نیزه در دست به میانه‌ی میدان تاخت و هماورد طلبید و بهرام، پهلوان دیگری از ایران به میدان آمد. هر دو به سوی هم

تاختند و نیزه را به قصد حریف بلند کردند و بر سپر هم فرود آوردند. فشار بازوی ضحاک، بهرام را از اسب سرنگون کرد و تا خواست از جا برخیزد در کمند ضحاک گرفتار شد. ضحاک او را بر سنگ و خاک کشید و بدنش را پاره پاره کرد و در آخر به سوی کشتگان دیگر برد و در کنار آن‌ها رهایش کرد تا مغزش را چاشت صبح ماران کند.

آن روز نیز با اندوه مرگ پهلوانانی که با تیغ ضحاک خون‌های‌شان بر زمین ریخت، سپری شد و زادشم شبانگاه، داستان غم‌انگیز آنان را نزد پدر بازگو کند.

«توفان کین اهریمن، درختان راست قامت میهنم را از بن می‌کند و به ورطه‌ی سیاه مرگ می‌افکند. داغ مهربان‌ترین یاران قلبم را می‌فشارد. پدر، به کدام گناه آلوده بودیم که باید تاوانش را به اژدهاپروری بدکنش پس دهیم؟»

سپس پیش پدر زانو زد و دست او را گرفت و با زاری ادامه داد:

«پدر، سرداران و پهلوانان یک به یک جان خود بر سر پیمان نهادند و سپاه از آنان تهی شد. کسانی که به میل خود نیامده‌اند گروه گروه می‌گریزند. خیمه‌ها و سراپرده‌ها در آتش انتقام فراریان می‌سوزد و کمانگیران را توان پیشگیری نیست. پدر، ضحاک قوی است و بیم دارم قهرمانِ نجواهای شبانه‌ی سپاهیان ما شود. هنگام آن‌ست که اجازه دهید پسرتان به مصاف او رود.»

جمشید لحظه‌ای اندیشید و بعد گفت:

«بگو اسب، زره و جنگ افزار من را آماده کنند.»

و تا زادشم خواست صدای اعتراض بلند کند، با فریاد ادامه داد:

«بگو اسب، زره و جنگ افزار جمشید را آماده کنند!»

زادشم که فهمید عزم پدرش در جنگ تن به تن با ضحاک استوار است، سر به نشانه‌ی اطاعت خم کرد. جمشید به آسمان پرستاره نگریست و نجواکنان گفت:

«فردا، روز دیگری‌ست!»

•••

صبح فردا، صفوف سپاهیان به احترام عبور جمشید شکاف برداشت. از زین

و برگ اسب تا زره جمشید به زر آراسته بود و تاج شاهی بر سر او از درخشش جواهر، چشم را خیره می‌کرد. وقتی که او به صف اول کارزار رسید، به میدان نبرد نظر افکند. ضحاک، سوار بر اسب در میانه‌ی میدان ایستاده بود و سرمست از باده‌ی پیروزی، گرز خود را به بالا می‌افکند و می‌گرفت و مارهای روی دوشش را از حرکت خود مسرور می‌کرد. جمشید که با نفرت به او می‌نگریست، تاج را از سر خود برداشت. زادشم پیش آمد و تاج را از دست او گرفت و جمشید کلاه‌خودی را که آوردند بر سر نهاد. یکی گرز گران‌سر آورد و دیگری نیزه و سپر. جمشید که به جنگ افزار مجهز شد، دست بلند کرد تا کوس جنگ نواخته شود و سپس اسب به میانه‌ی میدان تازاند. ضحاک که او را دید، با تبسمی مکارانه زیر لب گفت:

«عاقبت شیر از کنام به در آمد!»

جمشید پیش تاخت و مقابل ضحاک ایستاد. لحظه‌ای هر دو چشم در چشم دوختند و بعد جمشید با قدرت هر چه تمام، گرزش را به هوا انداخت. گرز چرخ‌زنان، بیشتر از آن که ضحاک افکنده بود، بالا رفت تا به این ترتیب آب چشم از ضحاک و ماران ستانده باشد. گرز که در دست جمشید آرام گرفت، بانگ نهیب از وی برخاست و گفت:

«ای نابکار! چشم ناپاک به چه دوخته‌ای؟ ای فریب خورده‌ی نادان، هوس چه کرده‌ای؟ آیا از فرجام آنان که بر پورِ تهمورث شوریده‌اند، شنیده‌ای؟ از آموزگارت اهریمن چه آموخته‌ای که باد غرور به دماغ افکنده و خشت بر آب می‌زنی؟»

ضحاک با تمسخر جواب داد:

«باز هم رجز بخوان که صدایی خوش داری!»

جمشید با نفرت گفت:

«مرثیه‌ای بر مرگت بخوانم که اهریمن در عزایت خون گریه کند.»

ضحاک چهره در هم کشید و با کین و نفرت گفت:

«پس بگو که شاید دیگر مجالی برای سخن نیابی.»

جمشید گفت:

«و اما سخن آخر... فریب خوردگان را همیشه روزنی باقی‌ست که از آن به سلامت بگذرند. اگر در مقابل چشم سپاهیانت به خاک بیفتی و پوزش بخواهی، گرچه گناهت نابخشودنی‌ست، اما دریای رحمت جمشید نیز بیکران است.»

و چون ضحاک پاسخی نداد، با لحنی مهربان‌تر ادامه داد:

«می‌دانم اندیشه‌ی رنجی که بر دوش داری، آسوده‌ات نمی‌گذارد لیکن خیال آسوده دار که من بسیار ناسپاسان گنهکار می‌شناسم که سزاوار مرگند و مغزشان مارهای تو را خشنود خواهد کرد.»

ضحاک که تا آن روز جمشید را این‌گونه ناتوان تصور نکرده بود، با لحنی تحقیرآمیز جواب داد:

«شکار مُرده به مزاج مارهای من نمی‌سازد. آن شکار گریزنده که خون از ترس در مغزش انباشته شود، نزد ایشان طعم بهتری دارد.»

و با تحقیر و توهین بیشتری ادامه داد:

«تو که یک جان بیشتر نداری، به چه جرأت به ضحاک که سه جان در یک بدن دارد فرمان می‌دهی؟ بهتر آن‌ست که پورِ تهمورث بر کف پای من بوسه زند که شاید امارتی کوچک به او بدهم تا نزد فرزندانش شرمسار نباشد.»

جمشید گرز را بلند کرد و گفت:

«این‌گونه پیداست که مرگ را انتخاب کرده‌ای، پس آغوش بگشا که به سویت می‌آید.»

جمشید گرز را گرد سر چرخاند و چنان بر سپر ضحاک فرود آورد که صدای رعد برخاست و اسب ضحاک تا انتهای ران در زمینی که شکاف برداشت، فرو رفت. ضحاک بر زمین غلتید، اما فوری از جا برخاست و گریخت. قشقر دید و فریاد زد:

«اسب! اسب!»

اسبی دیگر، با اشاره‌ی تازیانه‌ی مهترش به سوی میدان تازانده شد و ضحاک

قبل از آن که به کمند جمشید که در پی او می‌تاخت، گرفتار شود، با جهشی شگفت‌انگیز بر اسب سوار شد و با خشم به سوی جمشید بازگشت و گرز بر سپر او کوفت طوری که از گرز و سپر جرقه‌ی آتش برخاست. بعد از آن، کوبش پیاپی گرزها بر سپرهای دو جنگاور، بازار آهنگران را تداعی کرد تا سرانجام هر دو گرز از کف افکندند و نیزه برداشتند و آنقدر بر سپر یکدیگر فرو کردند که هر دو نیزه شکست. شمشیرها را از نیام کشیدند و چکاچاک آن‌ها و برق تیغه‌های‌شان چشم و گوش همه را پر کرد و نبرد آنقدر به طول انجامید تا آسمان رنگ باخت و ستارگان سوسو زدند. در هر دو سوی میدان هیمه‌های بسیار افروخته شد تا آن دو در روشنای آتش، از اسب فرود آیند و پیاده نبرد کنند. جمشید شمشیر بر زمین افکند و گفت:

«اکنون نوبت آن‌ست که پولاد سرد را رها کنیم و بازوان گرم را بیازماییم.»

ضحاک هم شمشیرش را انداخت و گفت:

«می‌آزماییم.»

آن دو پنجه در پنجه‌ی هم افکندند. ابتدا فشار بازوان جمشید، ضحاک را تا نزدیک صف ایرانیان عقب راند و غریو شادی از آنان برخاست. ضحاک فریادی جگرخراش کشید و بر پنجه‌ی جمشید نیرو وارد آورد. جمشید کمی مقاومت کرد، ولی سرانجام تسلیم شد و تا صف لشکریان ضحاک عقب نشست. این بار غریو شادی از ضحاکیان برخاست. تا طلوع آفتاب، لشکریان در دو سوی به نوبت غریو شادی سر می‌دادند و هیچ یک از دو جنگجو بر دیگری چیره نمی‌شدند و کارشان به کشتی کشیده شد و چون دو پلنگ خسته، امید به از پای افتادن دیگری داشتند. مارهای ضحاک، در جنبشی دایم، بر سر و گردن او می‌پیچدند و کلافه‌اش می‌کردند. ضحاک به سخن آمد و گفت:«مارهایم گرسنه‌اند و خوراک مغز می‌طلبند.»

جمشید جواب داد:

«مغزت را تقدیم‌شان کن تا زمین از اندیشه‌ی پلید پاک شود.»

ضحاک در حرکتی ناجوانمردانه، دست زیر زره برد و خنجر مرصعی را که قبلاً

جمشید برایش فرستاده بود بیرون کشید و ضمن یورش گفت:

«اندیشه‌ی پلید اکنون فرمان می‌دهد تا آنچه را که روزی برایم فرستادی به کار گیرم!»

جمشید که غافلگیر شده بود، بازو را سپر سر قرار داد. تیغ خنجر زره را شکافت و بازوی جمشید را درید. جمشید فریادی از درد کشید و به سوی سپاه ایران گریخت و از آنان یاری طلبید و گفت:

«تیغ در دست اهریمنی فریبکار، سایه‌ی مرگ بر سرم افکنده؛ جمشید را دریابید!»

زادشم ندای پدر را شنید، شمشیر از نیام کشید و فرمان جنگ داد:

«ای مردان شجاع، هنگام نبرد فرا رسیده. بر دشمن بتازید!»

در سوی دیگر قشقر هم فرمان جنگ داد:

«سربازان دلیر، خاک را از خون دشمن سیراب کنید!»

هر دو لشکر به جنبش درآمدند و به زودی باران تیر از هر دو سو باریدن گرفت و لشکریان در هم آمیختند. گرد و غبار، پرده‌ای تار بر میدان جنگ کشید و فقط صدای چکاچاک شمشیرها و فریاد دردآلود آنان که زخم برمی‌داشتند، به گوش می‌رسید.

• • •

شب که پرده‌ی سیاه گستراند، هر دو سپاه دست از جنگ کشیدند و به جمع‌آوری کشته‌ها و تیمار زخمیان پرداختند.

جمشید که با بازوان خون آلود در بستر خفته بود و از دردی جان‌کاه رنج می‌برد، لحظه‌ای به هوش آمد و با چشمان نیم‌باز از زادشم که در کنار بستر او زانو زده و نگران حالش بود، پرسید:

«آیا طبیبی نیست که بر این درد جان‌کاه مرهم گذارد؟ یا سرانجام زهری که خون را آلوده‌است بر من غلبه خواهد کرد و فرجام تلخ زندگی جمشید رقم خواهد خورد؟»

زادشم پاسخ داد:

«پدر، در جست‌وجوی طبیب ناشناسی هستیم که زخمیان را تیمار می‌کند و از نشان دادن چهره پرهیز می‌کند.»

جمشید چشم بازکرد و با ناله گفت:

«آیا جمشید آنقدر بیچاره شده که طبیبان ناشناخته باید درمانش کنند؟»

در همین زمان پرده کنار زده شد و مردی با چهره‌ی پوشیده به درون آمد. او که سخن جمشید را شنیده بود، گفت:

«آیا مگر این جمشید نبود که خود را بی‌نیاز از یاری می‌دانست؟»

جمشید که صاحب صدا را شناخته بود با اندوه گفت:

«چهره‌ات پوشیده‌است، اما صدای آشنایت بر من پوشیده نیست... بیا روزبه، بیا که جمشید اکنون بیچاره‌تر از آن‌ست که نشود بر او ترحم کرد. بیا و جسم خسته‌ام را آرام ببخش.»

روزبه پوشش را از چهره برداشت و با اندوه فراوان کنار بستر جمشید زانو زد و گفت:

«آیا این کشنده‌ی گاوشید است که از درد می‌نالد و رنگ به رخسار ندارد؟ بر پورِ تهمورث چه گذشته است؟»

جمشید با آه و افسوس جواب داد:

«سرزنش‌های بدتر ازین بر من رواست، بگو شاید بار سنگین ندامت اندکی سبک شود.»

روزبه نی و نیشتر از انبان بیرون آورد و به جمشید گفت:

«چشمانت را ببند تا خون مسموم را با نیشتر و نی از رگانت بیرون کشم.»

هنگامی که روزبه مشغول کار شد، جمشید پرسید:

«آیا زنده می‌مانم که کاری ناتمام را به سرانجام رسانم؟»

روزبه پرسید:

«هنوز هوس چشمه‌ی آب زندگی را در سر داری؟»

جمشید جواب داد:

«هرگز.»

جمشید آن لحظه توضیح نداد که چه کاری را می‌خواهد به سرانجام برساند و صبر کرد که طبابت روزبه نتیجه دهد و از بستر برخیزد، آن‌گاه لباس ساده‌ی دهقانان به تن کرد و به زادشم گفت:

«فرزندم، دیوی زورمند همچون ضحاک بر خاک پدید نیامده است. استخوان‌هایش چون پولاد آبدیده است و نیروی بازوانش، پتکی سنگین را ماند که هیچ سندانی را تاب وزن آن نیست. اکنون که بخت بر من شوریده است و یاران از گِردم پراکنده‌اند، چاره‌ای جز گریز ندارم و تو را نیز از جنگ با او پرهیز می‌دهم. مبادا که خوی جوانی بر عقل دوراندیش تو چیره شود و در دام هولناکی بیفتی که من افتادم. مادر و خواهرانت را از کام اژدهایی که نازل شده برهان. شاید روزی از نژاد تو شیرمردی پا به عرصه نهد که تومار زندگی ماردوش را در هم پیچد.»

روزبه که حضور داشت، لب به اعتراض گشود و گفت:

«جمشید چرا یاران خود را فراموش کرده‌ای؟ آبتین و کاوه در ایران، کوشیار و کوهیار در این جا و بسیار مردان دیگر که قلب‌شان برای میهن می‌تپد، آماده‌اند که ترا در جنگی دوباره با اهریمن یاری دهند.»

جمشید نومیدانه سر تکان داد و گفت:

«به دست آوردن دل آن‌ها که رنجیده‌اند، دشوارست و حکومت بر قلب‌هایی که از نیش خودکامگی زخم خورده‌اند، ناممکن. جمشید را به حال خود رها کنید تا در جهان سرگردان شود و آنقدر پیشانی ندامت بر سنگ کوبد تا مگر زنگار غرور از قلبش زدوده شود... شاه دیگر مرده است.»

ضحاک فرمان داده بود که لشکریان جمشید را آنقدر در محاصره گیرند که از تشنگی و گرسنگی زبون شوند تا جمشید ناچار شود که با دستان خود تاج شاهیش را بر سر او نهد و با این وجود، شبانه راهی در محاصره‌ی ضحاکیان گشوده شد تا

جمشید بتواند از آن جا بگریزد و در پی سرنوشت نامعلوم خود آواره‌ی جهان شود.

•••

ضحاک که از فرار جمشید باخبر شد، به زادشم پیغام داد که تسلیم او شود و زادشم که تن به این ننگ نمی‌داد، با سپاهیان اندکش وارد جنگ با ضحاک شد. در این نبرد کوشیار و کوهیار که ماه‌ها درکند و زنجیر گرفتار بودند، به زادشم پیوستند. جنگ روزها به درازا کشید و از دو طرف کشته‌ی فراوان به جا ماند، تا سرانجام ایرانیان با وجود ایستادگی شجاعانه، در این نبرد شکست خوردند. زادشم و کوشیار و کوهیار به اسارت درآمدند و ضحاک پیروزمندانه به خاک ایران پا نهاد. پرچم جمشید از فراز دروازه‌ی شهر سرنگون شد.

جمشید که در کوه‌ها متواری بود، برای آخرین بار با اندوهی جانکاه، ورود پیروزمندانه‌ی ضحاک به کاخ را در جام‌جهان‌بین دید و در حالی‌که اشک از چشمانش جاری بود، برای آن که شاهد خواری بیش از این نباشد، جام‌جهان‌بین را از فراز کوه به دریایی که بر آن مشرف بود، فرو افکند تا کار ناتمامی را قبلاً به آن اشاره کرده بود به انجام رسانده باشد.

••کابوس••

ضحاک، پس از ورود به کاخ جمشید، نخست به سراغ گنجینه‌ی آن جا رفت تا آن چه را که به گنج گاوان شهره بود از نزدیک ببیند.

پس از ورود به خزانه با دیدن گنج هنگفتی که به چنگ آورده بود، شگفت زده شد و در حالی‌که با شادی کودکانه در بین گنجینه‌ی عظیم جواهرات می‌پلکید، گاهی با کندرو که به کندی راه می‌رفت و از او عقب می‌ماند نیز شوخی می‌کرد.

«آه، کندرو! کمی تند گام بردار. در تعجبم که چگونه شوق دیدار این گنج بی‌همتا، همچون شلاقی بر گُرده‌ی الاغ ترا نمی‌دواند؟ ... بیا کندرو، بیا این گنج

گاوان است. آیا با دیدن این دوگاو زرین، هوس نکرده‌ای گاوی می‌بودی میان این دوگاو؟»

و بعد در حالی‌که دستانش را بازکرده بود وگرد خود می‌چرخید و از شادی می‌خندید گفت:

«آه ضحاک! خوشبخت ترین مرد روی زمین جز تو کیست؟»

آن‌گاه گردن دو مار راگرفت و برکله‌شان بوسه زد و به آنان گفت:

«یاران عزیزم، ماران من، برآن که بر دوشش سوارید بنگرید. آیا مِلک جهان لایق او نیست؟ و من آنقدر شادم که می‌خواهم نهار امروز شما را با دستان خود شکارکنم.»

در این هنگام قشقرکه آمده بود گزارشی ازکارهایش را بدهد، به ضحاک گفت:

«سرورم، کاخ راگوشه گوشه کاویدیم. از جام جهان‌بین اثری نیست. می‌گویند جمشید آن را با خود برده. یازاردشیر را هم نتوانستیم پیداکنیم. به احتمال زیاد گریخته است.»

ضحاک به اوگفت:

«همه جا جار بزنید که هرکس جمشید و جامش را به ضحاک تسلیم کند، از آنچه که بخواهد بی‌نیازش می‌کنیم.»

•••

ظهر آن روز، بنا به قولی که ضحاک به مارهایش داده بود، زمین بازی چوگان را به شکارگاه انسان بدل ساخت. او در ایوان کاخ که مشرف به میدان چوگان بود، نشست و منتظر ماند تا نوکرانش مراسم شکار را ترتیب دهند. گروهی اسیر نیم برهنه از سپاهیان ایرانی، با زور نیزه و تازیانه به درون حصار میدان رانده شدند. آنان هاج و واج و وحشت‌زده بودند و خبر نداشتند که چه بلایی بر سرشان خواهد آمد. کندرو دستمالی ابریشمین به دست ضحاک داد و ضحاک آن را چون چتری رنگین، در هوا رها کرد و بدین ترتیب فرمان به شروع مراسم داد. کوس وکرنای

به صدا درآمد و سگانی سیاه و وحشی به درون حصار رها شدند. اسیران بینوا به هر طرف می‌گریختند. ضحاک به فرار مذبوحانه اسیران می‌خندید و صدای قهقهه‌اش به هوا بلند بود و دل ایرانیانی را که به زور به میدان آورده بودند تا ناظر ماجرا باشند، از نفرت مالامال می‌کرد. اسیران در تکاپو بودند که خود را از چنگ و دندان سگان برهانند و غافل از این بودند که مرگ در جای دیگری برایشان رقم خواهد خورد. قشقر کمان و تیری به دست ضحاک داد. او تیر در چله‌ی کمان نهاد و یکی از اسیران را نشانه گرفت و زه را عقب کشید و رها کرد. تیر زوزه‌کشان هوا را شکافت و در گردن اسیر نگون‌بخت فرو رفت و او را از پا درآورد. قشقر و کندرو، چاپلوسانه به هنر او آفرین گفتند و از آن پس، تیرها یکی بعد از دیگری از چله‌ی کمان ضحاک رها می‌شد و اسیری را از پای در می‌آورد. با کشته شدن هر اسیر، مارها از شادی خود را تکان می‌دادند و زبان دور دهان می‌چرخاندند.

●●●

همان روز، در میدان شهر، برای مردمانی که در آن جا جمع بودند و از ترس روزبانان اثری از جوان و نوجوان ایرانی در میان‌شان دیده نمی‌شد، فرمان وقیحانه‌ی ضحاک توسط جارچی خوانده شد:

«ای اهالی شهر! اکنون که شاه ضحاک، فرمانروای خشکی‌ها و دریاها، ایرانیان را از قید بندگی جمشید رهانیده و همای سعادت را بر سر مردم نشانده است، بدانید که این سعادت ارمغان دو فرشته‌ای است که بر شانه‌های شاه نشسته‌اند و بدانید که مهر آن دو، مهر ضحاک است و خشم آنان، خشم او. ای مردمان، بدانید آن جوانانی که اندوخته‌ی درون جمجمه‌شان خوراک این دو فرشته شود، نه مرده که زندگان جاویدند و آنان که جوانان‌شان را از روزبانان پنهان می‌کنند، بر فرزندان خود ستم می‌کنند. و اما آنان که به فرمان ضحاک گردن می‌نهند و داوطلبان این مرگ خجسته را خود از میان فرزندان انتخاب و در اختیار روزبانان می‌نهند، نیمی از آنچه که جمشید از حاصل کارشان می‌ستاند، به آنان بخشوده

می‌شود و این گونه درخت زندگی در این سرزمین نخواهد خشکید و چه باک اگر سهمی از میوه‌ی آن نصیب فرشتگان شود.»

فرانک که همراه شوهرش در میان جمع بودند از وحشت به خود لرزید و به آبتین گفت:

«خوشبخت آنان که در خاک خفتند و این روزهای تیره را ندیدند!»

و آبتین در پاسخ گفت:

«خوشبخت آنان که داغ این ننگ را نپذیرند!»

فرانک که می‌دانست در مغز آبتین چه می‌گذرد، نگران این موضوع بود و اما با آمدن روشنک ترجیح داد که از ابراز آن خودداری کند. روشنک که از اسارت کوشیار باخبر شده بود و دل نگران بود که چه بلایی ممکن است بر سر شوهرش بیاید، اخباری از درون کاخ داشت که آمده بود آن را به اطلاع آبتین و فرانک برساند. او گفت:

«ماردوش دختران جمشید را ندیمه‌ای برای ماران خود می‌خواهد و به‌آفرید پریشان حال شده است. می‌گویند گاه می‌خندد و گاه می‌گرید.»

اشک از چشمان فرانک جاری شد و گفت:

«این شوم بختی‌ست.»

روشنک آهی کشید و گفت:

«اندوه شوی در بند مرا بس نیست، غم غریبی و اسیری همسر و دختران جمشید نیز به آن افزون گشته.»

آبتین سکوت اندوه‌بارش را شکست و نجواکنان زمزمه کرد:

«چگونه می‌توان از خواب ترس بیدار شد، آن‌گاه که امید مرده باشد؟»

•••

در کاخ، ارنواز و شهرناز شجاعانه از خواسته‌ی ضحاک سر باز می‌زدند و کندرو را به ستوه آورده بودند. او به نزد ضحاک رفت و گلایه کنان گفت:

«سرورم، دختران جمشید چون ماده پلنگانی خشمگین به هرکس که نزدیک

می‌شود، چنگ و دندان نشان می‌دهند. سرورم، سوگند می‌خورم که زنانی اینچنین هرگز ندیده‌ام.»

ضحاک که با دست خود خورش در دهان ماران می‌نهاد، خندید و با اشاره به دو مار سیاهش گفت:

«به راستی که این دو فرشته‌ی سیاه، ندیمانی همچون آن دو فرشته‌ی خشمگین می‌خواهند. مادرشان را مجاب کنید که دخترانش را رام کند.»

کندرو گفت:

«مادرشان آشفته حالی‌ست که عقل راگم کرده.»

ضحاک چهره در هم کشید و گفت:

«آن چه ضحاک می‌گوید، باید بشود. مردمان باید با چشم خود ببینند که دختران جمشید، ندیمانی بی‌مقدارند که با خرسندی به مارهای من خدمت می‌کنند. برو آنان را مجاب کن و اگر سر باز زدند، آن وقت حرف آخر را می‌زنیم!»

و چون شهرناز و ارنواز همچنان مقاومت کردند، ضحاک برای شکستن مقاومت آنان فرمان داد که میدان چوگان را برای اجرای مراسمی دیگر آماده کنند.

•••

در شهر زمزمه پیچید که ضحاک خیالی تازه در سر دارد و هر کس که بخواهد می‌تواند در مراسمی که در میدان چوگان برگزار می‌شود شرکت کند. خیلی‌ها با وجودی که می‌دانستند جز اندوه و حسرت چیز دیگری نصیب‌شان نمی‌شود، اما از سر کنجکاوی، گروه گروه از بزرگ و کوچک راهی کاخی شدند که سالیانی دراز ورود به آن جا برایشان آرزویی دست نیافتنی بود.

در میان انبوه مردمی که خواهان حضور در مراسم بودند، حضور پیرمرد کوژپشتی که به سختی راه می‌رفت، توجه دو تن از نگهبانان را جلب کرد و سر راهش را گرفتند و یکیشان از او پرسید:

«کجا می‌روی پیرِ فرتوت؟»

پیرمرد جواب داد:

«می‌خواهم سزای آنان را که بر ضحاک شوریده‌اند با چشمان خود ببینم.»

نگهبان دیگر با تمسخر پرسید:

«آیا چشمانت پیش پا را می‌بیند که برای تماشا از خانه بیرون آمده‌ای؟»

پیرمرد با خونسردی جواب داد:

«آنقدر سو دارد که شپشی خونخوار را میان انبوه موی ریش تو پیدا کند.»

نگهبان خشمگین شد، اما با خنده‌ی نگهبان دیگر، خود نیز خنده‌اش گرفت و بعد با اشاره به قوز پیرمرد، به تمسخر گفت:

«به ما گفته‌اند مردان را جست‌وجو کنیم؛ در کمان پشتت چه داری؟»

پیرمرد با همان خونسردی جواب داد:

«در آن، اکسیر جوانی را پنهان کرده‌ام. بخواهی به تو تقدیم می‌کنم.»

نگهبانان که از حاضرجوابی پیرمرد خنده‌شان گرفته بود، به او اجازه دادند که وارد کاخ شود و متوجه نشدند که در نگاه او چه کینه‌ی عمیقی موج می‌زند.

•••

در میدان چوگان، روی سکوها از کثرت جمعیت کنجکاو جای سوزن انداختن نبود. پیرمرد خود را در لابلای جمعیت و در مکان مناسبی که بتواند ایوان کاخ را زیر نظر داشته باشد، جا داد و به شناسایی سربازان ضحاک که در همه جا پراکنده بودند و اوضاع را زیر نظر داشتند، مشغول شد.

مدت زمانی سپری شد و با برخاستن صدای کوس و کرنای، توجه همه به ایوان بلند کاخ جلب شد. ضحاک با همراهی قشقر و کندرو وارد ایوان شد و بر روی تخت نشست. با ورود او هیاهوی جمعیت فروکش کرد و همه منتظر بودند که چه اتفاقی قرار است بیفتد. کمی نگذشت که به‌آفرید و دخترانش، توسط گروهی سرباز و با آزار نیزه‌های آنان به ایوان رانده شدند. به‌آفرید مغموم و بهت زده بود، اما دختران ژولیده و خشمگین، با نفرت به ضحاک می‌نگریستند. ضحاک

با لبخندی موذیانه به نگاه آنان پاسخ داد و دستمال ابریشم را در هوا رها کرد و بدین‌سان فرمان به آغاز مراسم داد. کرنای به صدا در آمد و هم‌زمان دروازه‌ای رو به میدان گشوده شد و گردونه‌ی حامل سه اسیر به میدان آورده شد. اولین نفری که با دیدن آن‌ها واکنش نشان داد به‌آفرید بود که فریاد برآورد:

«پسرم، زادشم!»

اسیران، زادشم و کوهیار و کوشیار بودند که با وضعی پریشان و سر و رویی آشفته و لباس‌هایی پاره، کنار هم بر گردونه سوار بودند و مچ دستان‌شان با طناب به ستون بالای گردونه بسته شده بود. روشنک که با لباس مردانه در میان جمعیت بود، با دیدن شوهرش آه از نهاد کشید و نامش را زیر لب زمزمه کرد. پیرمرد کوژپشت که سعی داشت خود را تا نزدیک‌ترین فاصله به ایوان کاخ جا به جا کند، با نفرت به ضحاک نگاه کرد.

ضحاک دستش را بالا برد و قشقر تیر و کمان را به دست او داد. ضحاک تیر را در چله نهاد و در حالی که چشم به سه اسیر داشت پرسید:

«آن که می‌گویند چشمانی چون عقاب دارد کدام‌ست؟»

کندرو به او جواب داد:

«آن که در طرف راست است. چشم او دانه‌ی شن را در صحرا می‌یابد.»

ضحاک او را نشانه گرفت، زه را عقب کشید و به تمسخر گفت:

«خلاف طبیعت است.»

زه را رها کرد و تیر زوزه کشان سینه‌ی آسمان را شکافت و در کاسه‌ی چشم کوهیار فرو رفت.

آه از نهاد پیرمرد کوژپشت برخاست و در جمعیت ولوله افتاد.

در ایوان، اشک از چشمان ارنواز و شهرناز جاری بود و بازوی مادرشان را چسبیده بودند. نگاه بهت زده به‌آفرید به روبرو خیره مانده بود.

ضحاک تیر دیگری را در چله نهاد و پرسید:

«آن که می‌گویند گوش‌هایش صدای گام‌های مورچگان را می‌شود، کدام‌ست؟»

کندرو جواب داد:

«آن که در طرف چپ است.»

ضحاک زه را کشید و گفت:

«این هم خلاف طبیعت است!»

ارنواز و شهرناز از شدت ترس چشمان‌شان را بستند و هنگامی که آن را گشودند، تیر در گوش کوشیار فرو رفته بود و نوک پیکان آن از گوش دیگر بیرون آمده بود.

در میان جمعیت، روشنک با ضجه‌ای دردآلود، صورتش را میان چهره پوشاند. پیرمرد گوژپشت در همان نزدیکی جای مطمئنی برای خود پیدا کرد و صبر کرد تا نگهبانی که در آن‌جا بود، دور شود.

در ایوان، ضحاک با اشاره‌ی انگشت کندرو را به نزدیک‌تر فراخواند و به او گفت:

«اکنون برو و حرف آخر را به آن دخترکان بگو.»

کندرو به طرف همسر و دختران جمشید رفت و با چرب زبانی به آنان گفت:

«بانوان عزیز، دیدید که تیر سرورم هرگز به خطا نمی‌رود. آیا هنگام آن نرسیده است که لجاجت را کنار بگذارید و به خواسته‌ی سرورم تن دهید؟ آیا نمی‌ترسید که تیر سوم قلب برادرتان را بشکافد و او را که هنوز آرزوی دیدن بهاران بسیار دارد به دست خزان مرگ بسپارد؟»

ضحاک زیر چشم دید که شهرناز و ارنواز واکنشی نشان ندادند و تیر را در چله‌ی کمان نهاد. کندرو با اشاره به حرکت او، خطاب به دختران ادامه داد:

«اکنون مرگ و زندگی برادرتان به رشته‌ای بسته است که اختیارش در دستان شماست.»

در خیال به‌آفرید، او شوهر و پسرش را می‌دید که شاد و پرطراوت به بازی چوگان مشغول بودند و صدای خنده‌ی شادمانه‌ی آن‌ها در طاق ذهنش طنین‌افکن بود. دستانش را گشود و بی‌اختیار به لب ایوان رفت و در حالی که نام همسر و پسرش را

برزبان می‌آورد، قبل ازآن کسی بتواند واکنش نشان دهد، گام‌هایش ازلبه‌ی ایوان عبورکرد و همراه با فریادهای جگرسوز دخترانش، به پایین سقوط کرد. شهرناز و ارنواز شیون‌کنان به طرف ضحاک حمله کردند تا چشمان او را با ناخن‌های‌شان در آورند که نگهبانان مانع آن دو شدند. شهرناز با گریه و خشم گفت:

«مادر ما را کشتی ابلیس!»

ضحاک در پاسخ به دشنام شهرناز، کمان را بالا آورد و رو به زادشم نشانه گرفت و با خونسردی و بی‌رحمی گفت:

«پس برادرتان را هم می‌کشم که درین سفر، مادرتان تنها نباشد!»

ارنواز که کوچک‌تر بود و تصور مرگ برادر برایش ناممکن بود، یک‌باره از چنگ نگهبان گریخت و خود را به پای ضحاک افکند و لابه‌کنان گفت: «او را نکش، التماس می‌کنم!... او را نکش. هرچه تو بگویی، هرچه تو بخواهی!»

ضحاک اندکی در همان حال ماند و فکرکرد و بعد به طور ناگهانی تیر را رها. ناله‌ی دردآلود هر دو خواهر برخاست، اما برخلاف تصورآن‌ها، تیرگره‌ی طنابی را که دستان زادشم برآن آویخته بود، پاره کرد و او آزاد شد. شهرناز پیش دوید و خواهرش را درآغوش کشید و با هم گریستند. آن دو با وجود اندوهی که به خاطر مرگ مادر و تن دادن به خواسته‌ی ضحاک داشتند، از این که برادرشان زنده می‌ماند خوشحال بودند و چشم امید به آینده داشتند.

در روی سکوهای میدان، پیرمرد کوژپشت همچنان پر ازکینه و نفرت به ایوان کاخ چشم دوخته بود و انتظار می‌کشید و همین که ضحاک کمان را به دست قشقر سپرد و از جا بلند شد، فوری از زیر لباس و کوژِ پشتش تیر و کمانی را که پنهان بود، بیرون کشید و تیر در چله نهاد و سر ضحاک را نشانه گرفت و اما هنوز زه را عقب نکشیده بود، که تیری زوزه‌کشان هوا را شکافت از روی سر او به سوی ایوان رفت. کسی که تیر را انداخته بود، قصد کشتن ضحاک را داشت، اما تیرش به خطا رفت و در سینه‌ی قشقر فرو نشست. قشقر با فریادی دردآلود از پا درآمد

و محافظان ضحاک فوری او را در برگرفتند و در میان خود از ایوان بیرون بردند.

نگهبانی که متوجه پیرمرد کمان در دست شده بود، بقیه را نیز متوجه او کرد و در مدت کوتاهی وی به محاصره‌ی آنان در آمد. پیرمرد که اکنون دیگر قوزی نداشت و استواری قامتش نمایان شده بود و با کمی دقت می‌شد فهمید که کسی جز آبتین نیست، خنجر از زیر لباس بیرون کشید و اولین نگهبان را از پای در آورد و با برداشتن شمشیر او ندای مبارزه سرداد:

«بیایید سگان گرسنه، مرگ شما را فرا می‌خواند!»

و دلاورانه با آنان که هر لحظه به تعدادشان افزوده می‌شد، درگیر مبارزه شد. در میانه‌ی این نبرد نابرابر، کسی پیغام آورد که به دستور ضحاک، ضارب را باید زنده دستگیر کنند و به این ترتیب، آبتین تا آن جا که توان در بدن داشت از افراد دشمن کشت و سرانجام به اسارت بقیه درآمد.

•••

ضحاک همان روز، به دیدن آبتین در سیاه چال رفت تا از بیچارگی او لذت ببرد. آن دو، لحظه‌ای با نفرت به یکدیگر نگریستند و سپس ضحاک گفت:

«گفته بودم آنان را که با جمشید خصومت ورزیده‌اند، تکریم کنند حتی اگر برادرش آبتین باشد، و ندانستم گرگی که زندگیش را به او بخشیده‌ام به سوی ما تیر می‌افکند.»

آبتین با نفرت جواب داد:

«گرچه بر دستانی که تیر را افکند باید بوسه زد، اما صد افسوس که نگذاشت تیر من قلب سیاهت را بشکافد... صد افسوس!»

ضحاک با تمسخر گفت:

«فکر نمی‌کردم اینقدر ترسو باشی که خیانتت را حاشا کنی!»

آبتین با پوزخند جواب داد:

«ناسزا به کسی که در بندست، شجاعت نمی‌خواهد؛ آرزو کن که در همیشه به

همین پاشنه بچرخد.»

ضحاک قهقههای اهریمنی سرداد وگفت:

«چرخش دیگرش را هرگز تو نخواهی دید!»

ضحاک که از سیاه چال بیرون آمد، کندرو خود را با عجله به او رساند وگفت:

«سرورم، نگهبانی مرده را در میدان چوگان یافته اند. کمان او را برداشته و با آن تیر افکنده بودند.»

ضحاک ازگفته ی کندرو تعجب نکرد وگفت:

«جست وجو کنید وکسی را که تیر انداخته پیدا کنید، ولی با این وجود آبتین را در میدان شهر به دار بیاویزید و شایعه کنید که تیر را او افکنده. می خواهم مغزش را خوراک مارهایم کنید و جسمش را بگذارید هفت شبانه روز آویخته بماند.»

•••

آبتین که به دار بیداد آویخته شد، فرانک در بستر زایمان خفته بود و روشنک که پرستاری از او را به عهده داشت، همه کارکرد که فرانک از مرگ شوهرش با خبر نشود. پسران او را به خانه کاوه فرستاد و از آن ها خواست که تا هنگام زایمان مادرشان در آن جا بمانند و خود شبانه روز در کنار فرانک ماند. او که خود داغ مرگ شوهر را در سینه داشت به خاطر فرانک هیچ آن را بروز نمی داد. فرانک که نگران آینده ی مبهم آبتین بود، گریان و نومید از روشنک پرسید:

«روشنک، آیا ضحاک شویم را خواهد بخشید؟ تیر را که او نیفکنده است.»

روشنک در جواب او گفت:

«گرچه ضحاک با خوی آدمی بیگانه است، ولی امیدوار باش که این حقیقت را باورکند.»

فرانک با دلخوری پرسید:

«آن که تیر را انداخته، چرا مردی نمی کند حقیقت را بگوید؟»

روشنک به نقطه ای دور خیره شد و جواب داد:

«شاید ترسیده... یا شاید با خود می‌اندیشد که کسی حرف او را باور نمی‌کند.»

فرانک گریست و گفت:

«می‌ترسم روشنک، می‌ترسم... می‌ترسم بلایی که بر سر شوی تو آمد، بر سر آبتین هم بیاید.»

روشنک اشکی را که با یادآوری مرگ کوشیار برگونه‌اش غلتیده بود، فوری پاک کرد و پس از بوسه بر پیشانی فرانک گفت:

«تو فرزندی در راه داری. به خاطر او فکر بد نکن و امیدوار باش.»

فرانک با دلواپسی پرسید:

«پسرانم کجا هستند؟ می‌خواهم ببینم‌شان.»

روشنک موی او را نوازش کرد و گفت:

«آنان را به نزد کاوه فرستادم و جای‌شان امن‌ست.»

فرانک آه بلندی کشید و گفت:

«روشنک، آیا فرزندی که در شکم دارم، روی پدر را خواهد دید؟»

روشنک که پنهان کردن مرگ آبتین از اندوه مرگ شوهر برایش سنگین‌تر بود، لب خشکیده‌اش را با زبان تر کرد و تنها توانست بگوید:

«امیدوار باش... امیدوار باش.»

• • •

غروب آن روز، فرانک پسری به دنیا آورد که سیمای زیبا و درخشانش همه را شگفت‌زده کرد. پس از آن بود که کاوه در بالینش حاضر شد و به او اطلاع داد که شوهرش آبتین به جرم پاسداری از شرف و سربلندی ایران به دارِ بیداد آویخته شده است. فرانک شیون سرداد و گریست و در میان آه و اشک گفت:

«نام پسرم را آن گونه که آبتین آرزو داشت، فریدون می‌گذارم و امیدوارم که روان پاک او، همواره نگهبان فرزندش باشد.»

سوم • داستان فریدون •

•• نوزادکشی ••

شب همان روز که فریدون به دنیا آمد، ضحاک در خواب کابوس هولناکی دید. او خواب دید که جوانی برومند برگردن او کمند افکنده است و در پی خود می‌کشد. این کابوس که شب‌های بعد نیز تکرار شد، ترسی سهمگین در دل ضحاک افکند و او را به سختی رنجور و بیمار کرد. ستاره‌شناسان بسیاری به نزد او فراخوانده شدند که هیچ یک از ترس جان، جرأت تعبیر خواب او را نداشتند و به همین خاطر به فرمان ضحاک، کندرو عازم البرز شد تا شاید تعبیر این خواب را از زبان شهرسپ دانا که شهرتش عالم‌گیر بود، بشنود.

کندرو که از جانب شهرسپ به سردی مورد استقبال قرار گرفته بود، با چاپلوسی و زبان بازی و به قصد جذب او گفت:

«همه جا می‌گویند که دانای روشن نهادی چون شهرسپ در جهان یافت

نشود. بستر زمخت کوهستان شایسته‌ی فرشته‌خوی نیک‌اندیشی مانند شما نیست، آیا شهرسپ دانا دعوت سرورم ضحاک را برای آمدن به کاخ می‌پذیرد؟»

شهرسپ به صلابت البرز جواب داد:

«بسیار کاخ‌ها سر برافراشتند و خاک شدند و این کوه زمخت همچنان استوار مانده است. بگو برای چه آمده‌ای؟»

کندرو فوری سخنش را عوض کرد و گفت:

«به راستی حکیمان نکو گفته‌اند که در هوای پاک کوه‌های بلند، اکسیری نهفته است که به راز آن تنها دانایان آگاهند.»

شهرسپ با انزجار از این دورویی گفت:

«سخن دوگانه را رهاکن؛ بگو برای چه آمده‌ای؟»

کندرو با همان وقاحت ادامه داد:

«حال که اشتیاق شما را همانند دیگر دل‌سوختگان می‌بینم، بدانید که در پی گشودن راز خوابی آمده‌ام که سرورم را آشفته خاطر کرده است و گفته‌اند تنها شهرسپ گره‌ی این کار را می‌گشاید.»

کندرو خواب ضحاک را تعریف کرد و منتظر ماند تا شهرسپ تعبیر آن را بگوید. شهرسپ چشم به غروب خورشید دوخت و پس از لختی اندیشه گفت:

«به ضحاک بگو، بسیار بیدادگران آمدند، کشتند، گرفتند و فرجام زندگی‌شان جز مرگ و نیستی نبود. بگو آنان که باد غرور در بینی افکنده‌اند و به خیال، خویشتن را جاودانه می‌پندارند و دیگران را فانی، به هنگام مرگ از کودکی شیرخواره نیز ناتوان‌ترند. بگو اریکه‌ی قدرت دیری‌ست نشیمن‌گاه روندگان و آیندگان بوده است.»

کندرو فوری پرسید:

«کسی را از مرگ گریزی نیست. آیا کشنده‌ی ضحاک، آشناست؟»

شهرسپ برای نخستین بار، مستقیم در چشم کندرو نگاه کرد و با کلامی نافذ

به پرسش او پاسخ داد و گفت:

«در این سرزمین کودکی به دنیا خواهد آمد که پدرش را ضحاک کشته است. او شیر از پستان موجودی خواهد مکید که در جهان همتا ندارد. او، بخت ضحاک را نگون خواهد کرد.»

کندرو دیگر چیزی نپرسید و فوری به نزد ضحاک بازگشت و مفهوم سخن شهرسپ را برای او آشکار ساخت. ضحاک که از سایه‌ی خویش نیز واهمه داشت، بی‌درنگ فرمان به کشتن کودکان تازه به دنیا آمده داد تا افسانه‌ی بیدادگریش در جهان آوازه شود.

•••

روزبانان ضحاک به هرجا سر می‌کشیدند که نوزادان را شناسایی و شکار کنند. مردمان در هر گوشه‌ای از شهر شاهد شیون مادرانی بودند که در پی روزبانان می‌دویدند و فرزند خود را طلب می‌کردند و در آخر نومید و نالان چنگ بر زمین می‌کشیدند و خاک بر سر خویش می‌ریختند.

چون خطر به خانه‌ی فرانک نزدیک شد، روشنک سراسیمه آمد و به فرانک که با دست‌آس، گندم آرد می‌کرد، گفت:

«برخیز فرانک! شتاب کن، روزبانان ضحاک دارند می‌آیند. جان فریدون در خطرست!»

روشنک به فرانک مجال چند و چون نداد و خودش فریدون را از گهواره بیرون آورد و به آغوش فرانک سپرد و به او گفت:

«از راه نیزار به جنگل برو. آن‌جا به کسی سپرده‌ام منتظرت باشد. او تو را به بیشه‌ی اسپروز می‌برد. آن‌جا جای امنی‌ست.»

فرانک با دلشوره پرسید:

«پس کیانوش و پرمایه؟»

روشنک دست او را کشید و از خانه بیرون برد و گفت:

«تو به فکر نجات فریدون باش؛ آن‌ها جای‌شان نزد کاوه و کتایون امن‌ست. زودباش، وقت تنگست. من روزبانان را گمراه می‌کنم، تا تو بگریزی.»

•••

فرانک از بیم جان فرزند نفهمید که چطور خودش را به نیزار رساند و با دست و بدن خراش خورده، از لابلای خیزران‌ها گذشت و خودش را به جنگل رساند و در آن‌جا منتظر ماند تا کسی که روشنک گفته بود به سراغش بیاید. انتظارش خیلی به درازا نینجامید و سواری از میان درختان به سویش آمد. سوار صورتش را پوشانده بود و تنها چشمانش پیدا بود. فرانک نخست از ترس این که مبادا از روزبانان ضحاک باشد، فریدون را به خود چسباند و چند گام عقب رفت. سوار با کلامی که به خاطر پوشش چهره و دهان او به سختی مفهوم بود، به صدا در آمد و گفت:

«سوار شو تا تو را به بیشه‌ی اسپروز ببرم.»

فرانک با بدگمانی پرسید:

«کیستی؟»

ناشناس جواب داد:

«از دوستان کوشیارم؛ سوار شو.»

فرانک باور نکرد و باز پرسید:

«چرا چهره‌ات پوشیده است؟»

ناشناس جواب داد:

«از بیم روزبانان ماردوش پوشانده‌ام، آنان در کمین منند.»

فرانک مجال پرسش بیشتر پیدا نکرد. صدای سم اسبانی که به تاخت نزدیک می‌شدند، او را واداشت که به طرف سوار بشتابد. سوار ناشناس فریدون را از آغوش فرانک گرفت و به او کمک کرد تا بر ترک اسب نشیند و پس از سپردن فریدون به فرانک، اسب را تازاند تا از چنگ سوارانی که نزدیک شده و آن‌ها را دیده بودند، بگریزد. فرانک به پشت سر نگریست و دید که سواران در تعقیب آن‌ها می‌آیند و به

ناشناس هشدار داد:

«دارند می‌آیند!»

ناشناس اسب را به تاخت تندتر واداشت و گفت:

«نترس، فریب‌شان می‌دهم.»

سوار ناشناس اسب را به بیشه‌ای انبوه راند و در آن‌جا از اسب پایین پرید و به فرانک هم گفت که پیاده شود و پشت بوته‌های بلند پنهان شدند تا روزبانان آن‌ها را گم کنند. روزبانان در نزدیکی آن‌ها ایستادند و چشم گرداندند تا مسیر فراریان را شناسایی کنند. قلب فرانک از دیدن آنان در سینه تند می‌تپید و فریدون را به سینه چسبانده بود، سوار ناشناس کمان را از شانه برداشته بود و رفتار روزبان را با دقت زیر نظر داشت که به یک‌باره فریدون شروع به گریستن کرد و اوضاع دگرگون شد. روزبانان با وجود این که فرانک فوری فریدون را آرام کرد، صدای گریه‌ی کودک را شنیدند و به فرمان سرکرده‌شان اسب‌ها را به سوی محلی که از آن‌جا صدا به گوش رسیده بود پیش راندند. فرانک با نگاهش دست به دامن ناشناس شد و او در تصمیمی ناگهانی، محکم به پشت اسبش زد و اسب همچون موجودی زبان فهم، شیهه‌ی بلندی کشید و به اعماق جنگل گریخت و روزبانان راکه فریب خورده بودند به دنبال خود کشاند. با رفتن روزبانان، ناشناس دست فرانک را چسبید و او را در جهت دل‌خواه با خود همراه ساخت. دست ناشناس، گرمی آشنایی داشت و به فرانک آرامش خاطر می‌بخشید، اما شرایط دلهره‌آمیز حاکم، مجال کنجکاوی در مورد هویت ناشناس را به او نمی‌داد.

به رودخانه خروشانی که از میان جنگل گذر می‌کرد، رسیدند. ناشناس، برگ و خاشاک راکنار زد و تبری راکه در آن‌جا پنهان بود، برداشت و به فرانک گفت:

«کمی استراحت کن تا این درخت را بیندازم.»

و فوری دست به کار شد و تبر را با تنه‌ی درختی که منظورش بود آشنا کرد. درخت بلند که شاخ و برگش را بر فراز رودخانه گسترده بود، با ضربه‌های تبر

ناشناس به لرزه درآمد. مهارت ناشناس در تبرزنی، با وجود نازکی اندام، فرانک را به یاد کوشیار می‌انداخت و بخاطر مرگ او و همچنین آبتین، افسرده خاطرگشت.

هنگامی‌که ناشناس با چالاکی و شتاب به قطع درخت مشغول بود، روزبانان اسب گریخته را به چنگ آوردند و متوجه شدند که فریب خورده‌اند. سرکرده‌ی آن‌ها به بقیه گفت:

«آن‌ها با پای پیاده از چنگ ما نخواهند گریخت؛ هرکدام از سویی می‌رویم و هرکس آن‌ها را یافت، دیگران را خبرکند.»

دیگر چیزی به قطع کامل درخت باقی نمانده بود که یکی از روزبان، صدای تبر را شنید و پنهانی خود را به آن‌جا رساند و تیر درکمان نهاد و مرد ناشناس را نشانه گرفت. تیر به خطا رفت و درتنه‌ی درخت فرو نشست. ناشناس با سرعتی فوق تصور، تبر را انداخت و کمان و تیردان را برداشت و به سوی فرانک دوید و او را همراه خود به پشت بوته‌ای کشاند و گفت:

«این‌جا پنهان باش!»

فرانک که هاج و واج بود، پشت بوته پنهان شد. فریدون که پستان از دهانش بیرون کشیده شده بود، سازگریه را کوک کرد و آرام نمی‌شد. ناشناس پشت درخت تنومندی سنگر گرفت و تیر دوم روزبان نیز به هدف ننشست، اما تیر ناشناس، شانه‌ی روزبان را شکافت و ناله‌اش را درآورد. روزبان فوری به طرف اسبش دوید و بوقی را که به زین اسب آویخته شده بود، برداشت و قبل از آن که تیری دوم ناشناس درگردن او فرو رود و از پای درآید، در بوق دمید و صدای بلند آن را طنین‌افکن ساخت. ناشناس که از مرگ روزبان مطمئن شد، فوری به سوی درخت بازگشت و ضمن ادامه دادن به تبرزنی، به فرانک گفت:

«دیر جنبیدم و این پلید، بقیه را خبرکرد.»

فرانک با دلهره پرسید:

«حالا باید چکارکنیم؟»

ناشناس به جای جواب، بر تلاش خود افزود و با چند ضربه‌ی پی‌درپی او درخت قطع شد و همچون پلی بر روی رود خروشان فرو افتاد. او پس از این کار، کمان و تیردانش را برداشت و به فرانک گفت:

«سعی کن ازین پل بگذری و در حاشیه‌ی رود به راست برو. خورشید که به میانه‌ی آسمان برسد، به بیشه‌ی اسپروز می‌رسی. در آن‌جا پیرمردی را می‌بینی که نامش شاهو است. او سالیان درازست با تنها گاوی که دارد، در آن‌جا زندگی می‌کند. پسرت را به او بسپار.»

فرانک پرسید:

«تو کجا می‌روی؟»

ناشناس سوار اسب روزبان مرده شد و جواب داد:

«من روزبانان را در پی خود می‌کشانم و از این‌جا دور می‌کنم.»

فرانک گفت:

«پس من گوشه‌ای پنهان می‌شوم، تا برگردی.»

ناشناس اسبش را هی کرد و ضمن رفتن گفت:

«تو ناچاری تنها بروی. من باید دینی را که آبتین به گردن من دارد، ادا کنم.»

فرانک با صدای بلند پرسید:

«تو کیستی؟»

و ناشناس با صدای بلند جواب داد:

«همان که در میدان چوگان آن تیر را به سوی ضحاک افکند.»

روزبانان سر رسیدند و ناشناس به تاخت رفت و آنان را به دنبال خود کشاند و هنگامی که برگشت و روزبانان را در تعقیب خود دید و خیالش از بابت فرانک راحت شد، کمان را از شانه برداشت و تیر در چله نهاد و همچنان که می‌تاخت، روزبان جلویی را نشانه گرفت و او را آماج تیر خود قرار داد و از اسب سرنگون کرد. روزبانان دیگر پی‌درپی ناشناس را هدف قرار داده بودند و او که به چپ و راست

متمایل می‌شد، ضمن بی‌اثرکردن تیر آنان، به سوی‌شان نیز تیر می‌افکند.

جنگ و گریز ناشناس آنقدر ادامه یافت تا به دامنه‌ی کوه رسیدند. سرکرده‌ی روزبانان به بقیه گفت:

«همگی اسبش را نشانه می‌گیریم؛ من او را زنده می‌خواهم.»

و سرانجام چند تیر پیاپی روزبان، اسب ناشناس را از پای درآورد و او که به زمین افتاده بود، فوری از جا برخاست و از شیب کوه بالا رفت و پشت صخره‌ای سنگر گرفت و دست برد تا از تیردان تیر دیگری بردارد که متوجه شد، تیردانش خالی است. به پایین نگاه کرد، روزبانان سپرها را بر سر گرفته بودند و گام به گام نزدیک می‌شدند. تصمیم گرفت که از کوه بالا برود. یکی از روزبانان او را دید و بقیه را هم خبر کرد و همگی سر در پی او نهادند. سرکرده‌ی روزبانان با صدای بلند گفت:

«اگر تا قله‌ی کوه هم بگریزی، ترا به چنگ می‌آوریم. تسلیم شو.»

ناشناس جواب او را با تخته سنگی که به طرف‌شان رها ساخت، داد. تخته سنگ بر سر روزبانی که به او نزدیک شده بود اصابت کرد و او از پا درآورد. سرکرده‌ی روزبانان که از چالاکی او شگفت زده شده بود، فهمید دست‌یابی به وی دشوار است و به همین خاطر به بقیه فرمان داد که او را هدف تیر قرار دهند. تیرها یکی پس دیگری به سوی ناشناس افکنده شد و سرانجام تیری در میان دو کتف او فرو نشست و تیر بعدی سینه‌ی او را شکافت. وقتی که که روزبانان بر سر جسد ناشناس رسیدند، سرکرده‌ی آنان خم شد و روبنده‌ی او را کشید و گیسوی بلندش بیرون افتاد. چشمان همه از دیدن زنی که شجاعانه با آن‌ها جنگیده بود، باز ماند. روزبانان نمی‌دانستند که نام این شیرزن روشنک است و جان خود را به خاطر نجات جان کودکی فدا کرده است که در آینده کوس رهایی مردمان میهنش را از بند ماردوش، به صدا در خواهد آورد.

سرکرده‌ی روزبان که از مبارزه با یک زن احساس خواری می‌کرد، دستور داد که در همان جا جنازه‌ی روشنک را دفن کنند و پس از آن گفت:

«کشته‌های خود را، هر جا که هستند، مدفون می‌کنیم که بعد ازین نه کسی از سربازان ما نشانی بیابد و نه ازین زن جنگجو. اگر از ما پرسیدند که بر سر سربازان چه آمده، دروغی می‌بافیم که باور کنند. می‌گوییم در جنگل از ماگم شدند. هر دروغی، بهتر از آن‌ست که بگوییم زنی ایرانی، سه تن از ما را کشته است.»

• • •

و اما فرانک، بعد از جدا شدن از ناشناس، و بی‌آن که موفق به شناسایی او شده باشد، در عمل به سفارش ناجی خود، به هر زحمتی بود پس از عبور از روی درخت، خود را به آن سوی رودخانه رساند و در حاشیه‌ی آن، رو به سویی که ناشناس گفته بود، گام برداشت. صدای غوک‌ها و جیرجیرک‌ها به او قوت قلب می‌بخشید که احساس تنهایی نکند. او رفت و رفت تا خورشید به میانه‌ی آسمان رسید. با خود گفت:

«بیشه‌ی اسپروز باید همین‌جا باشد. منتظر می‌مانم تا شاهوی پیر بیاید.»

او، آنقدر خسته بود که همان‌جا نشست و به تنه‌ی درختی تکیه داد. فریدون، در آغوش او خفته بود و در آرامش به سر می‌برد. آرامش فرزند به فرانک نیز آرامش بخشید و تا چشم بر هم نهاد، دیری نپایید و خواب او را در برگرفت. در خواب، کابوس هولناکی به سراغش آمد و خود را در برهوت بی‌آب و علفی می‌دید که فریدون در آغوشش از تشنگی بی‌تابی می‌کند و او در جست‌وجوی آب به هر طرف می‌دود و یاری می‌طلبد. با وحشت از خواب پرید و قبل از هر کار به دامنش نگریست و بی‌اختیار جیغ کشید. فریدون در دامنش نبود. سراسیمه از جا پرید و هراسان به هر سو نگاه کرد و بی‌اختیار فرزندش را صدا زد. صدای گاوی او را به سوی خود کشاند. در میان مرغزار، حیوان بزرگی به پهلو نشسته بود که موهای بدنش به طرز شگفت انگیزی مانند پر طاووس، رنگین بود و فریدون کوچک از پستان او شیر می‌نوشید. فرانک بی‌اختیار با خود گفت:

«خدای بزرگ! خواب می‌بینم؟»

کسی به او جواب داد:

«نه، خواب نمی‌بینی.»

فرانک برگشت و پیرمردی را دید و به درستی حدس زد که او باید شاهو باشد.

شاهو گفت:

«خواب نیست، اما به خواب می‌ماند. من فرزند گرسنه‌ات را دیدم که می‌گریست و توگویا آنقدر خسته بودی که از خواب بیدار نمی‌شدی. گاو من، برمایه، صدا داد و کودکت از آغوش تو پایین آمد و چهار دست و پا خود را به نزد برمایه رساند و پستان او را به دهان گرفت و هنوز دارد می‌نوشد. دروغ نگویم، همه‌ی شیر او را دارد می‌نوشد. نام این پهلوان شکمو چیست؟»

فرانک لبخندی زد و جواب داد:

«نامش فریدون است و تو نیز باید شاهو باشی.»

شاهو گفت:

«و تو باید بیوه‌ی آبتین باشی. روشنک پیش ازین از تو بسیار گفته. خوش آمدی!»

فرانک، ازاین‌که جای امنی برای پنهان داشتن فریدون از خطر روزبانان ضحاک پیدا شده است، شادمان بود و در دل از روشنک سپاسگزار بود که این شرایط را برای فرزندش فراهم کرده است و نمی‌دانست که آن زن فداکار در گوشه‌ای از جنگل‌های دامنه‌ی البرز، گمنام و بی‌نشان در خاک غنوده و روان پاکش به آسمان‌ها پرکشیده است.

•••

فرانک، فریدون را به دست شاهو سپرد و با خیالی آسوده به شهر بازگشت و نخست به خانه‌ی کاوه رفت تا با پسران دیگرش که مدت‌ها از آنان بی‌خبر بود، دیدار تازه کند. او ماجرای سفرش و یاری فرد ناشناس را برای کاوه و زنش تعریف کرد و در ستایش ناشناس، افزود:

«اگر او نبود، خود و فرزندم به چنگ روزبانان افتاده بودیم.»

کتایون پرسید:

«چطور او را نشناختی؟»

فرانک جواب داد:

«خود او میلی نداشت، مگر روشنک بگوید.»

کاوه گفت:

«روشنک انگار قطره‌ای آب شده و در زمین فرو رفته.»

فرانک با دلواپسی گفت:

«قرار بود روزبانان را گمراه کند تا من بگریزم. گرفتار نشده باشد؟»

کاوه با کنجکاوی پرسید:

«گفتی آن ناشناس مانند هیزم‌شکنان بود؟»

فرانک جواب داد:

«آری، به مهارت هیزم‌شکنان تبر می‌زد.»

کتایون که زنی ساده و دلپاک بود، گفت:

«شاید روان کوشیار بوده که به یاری فرانک آمده.»

هم زمان، یکی از پسران کاوه شتابان از بیرون آمد و خبر داد که عده‌ای را اسیر گرفته‌اند و به میدان شهر می‌برند.

کاوه گفت:

«برویم، شاید نشانی از آن ناشناس در آن جا پیدا کنیم.»

•••

وقتی که کاوه و فرانک و کتایون به میدان شهر رسیدند، در آن جا گروهی از اسیران را روی سکو برده بودند و تلی از هیزم در پیرامون‌شان روی هم انباشته بودند. جارچی که شروع به خواندن فرمان کرد، همهمه‌ی جمعیت فرو نشست.

«ای مردم، امروز جمع شده‌ایم تا به فرمان شاه بی‌همتا، ضحاک بزرگ،

ناسپاسانی را که گریخته بودند تا به خیال خام خود مغز ناچیزشان را از فرشتگان شاه دریغ دارند، به سزای عمل ننگین‌شان برسانیم. اکنون این نگون‌بختان که مغزشان لایق خورش نبوده است، در آتش می‌سوزند تا درس عبرتی باشد برای کسانی که بخواهند خیانت بورزند. به فرمان ضحاک، ازین پس کسانی که خائنان را به روزبانان معرفی کنند، جان و مال و فرزندان‌شان از گزند در امان خواهد بود.»

کوس و کرنای به صدا درآمد و دژخیم بدچهره، مشعل روشن را به طرف هیزم‌ها برد. خشمی شریف سراپای وجود کاوه را دربرگرفت و به یک‌باره به خروش درآمد و به سوی دژخیم گام برداشت و مشعل را از دست او بیرون کشید و به سوی جایگاه کندرو و ضحاکیانی که به تماشا آمده بودند، یورش برد و فریاد سر داد:

«آنان که باید بسوزند، شما لشکریان اهریمنید.»

سربازانی که در آن‌جا بودند، فوری با نیزه‌های‌شان سد راه کاوه شدند. مردمی که جمع بودند، از کار کاوه به هیجان آمدند و به جنبش افتادند. سربازان زیاد دیگری که خود را رسانده بودند، با نیزه‌های خود، مانع تحرک مردم شدند و آنان را به عقب راندند. سربازانی که کاوه را محاصره کرده بودند، هر لحظه عرصه را بیشتر به او تنگ می‌کردند و کاوه همچنان فریاد بلند کرده بود:

«مرگ‌تان روزی نه چندان دور فرا خواهد رسید. از خون ناپاک‌تان رود جاری خواهد شد. بر لاشه‌هاتان کفتارها جشن خواهند گرفت!»

گروهی از سربازان بر سر او ریختند و کتفش را به ریسمان بستند و به دستور کندرو با خود بردند.

کتایون که ترسیده بود، گفت:

«چه بلایی سر کاوه می‌آید؟»

فرانک بازوی او را گرفت و گفت:

«نترس، یزدان پاک نگهدار اوست.»

کندرو خبر این ماجرا را به ضحاک داد و او که از خشم در جایش آرام نداشت گفت:

«او را از زندان جمشید آزاد کردم تا داستان عدل ضحاک را در این سرزمین بپراکند و ندانستم آن که به آشنا وفا ندارد، به غیر نیز هرگز نخواهد داشت. او را صد تکه کنید و هر تکه‌اش را در گوشه‌ای بیاویزید تا خوراک سگان ولگرد شود.»

کندرو صبر کرد تا آتش خشم ضحاک کمی فرو نشیند و بعد گفت:

«سرورم، کاوه دوستداران فراوان دارد، بیم آن دارم که شهر را به آشوب کشند.»

ضحاک گفت:

«هر که دوستدار اوست سرش را از بدن جدا کنید.»

کندرو که فکر اهریمنی دیگری در سر داشت، گفت:

«سرورم، مگر نه این ست که فرمان داده‌اید هر کسی خائنی را بشناساند، جان و مال و فرزندانش در امان هستند؟»

ضحاک با ته مانده‌ی خشمی که هنوز در چهره داشت، برای فهمیدن منظور کندرو، به او خیره شد و کندرو با لبخندی مزورانه سخن را ادامه داد و گفت:

«به مردم پراکنده آسان‌تر می‌شود حکومت کرد. آیا از آن چه که بر فرزندان جمشید روا داشتید، زیان بردید؟»

ضحاک با کنجکاوی پرسید:

«چه اندیشه‌ای در سر داری؟»

کندرو جواب داد:

«کاوه را آزاد کنید. شایعه می‌کنیم که شاه، جان و مال و فرزندانش را به او بخشیده است... بگذارید اولین قربانی او باشد.»

ضحاک خندید و گفت:

«به راستی که اهریمن همانند آن چه بر دوش من سوار کرده، در مغز تو نهفته است کندرو!»

مارها که از تشبیه ضحاک به وجد آمده بودند، خود را کش آوردند و پی در پی و از دو طرف بر گونه‌ی کندرو بوسه می‌زدند. کندرو فرصت را برای دادن پیشنهادی

دیگر مناسب دید و گفت:

«سرورم، برای آن که داستان دادگری شما، ورد زبان شود، اجازه دیدار برادر را به دختران جمشید بدهید.»

...

و با این نمایش فریبکارانه، شهرناز و ارنواز پس از مدت‌ها بی‌خبری به دیدار زادشم در مکانی که از او نگهداری می‌شد، برده شدند. هنگامی که دو نگهبان او را از محبس به نزد خواهرانش آوردند، هر دو از دیدن او که در اوج جوانی همه‌ی موهای سر و صورتش مثل برف سفید شده بود، ناله سر دادند و گریان در آغوشش گرفتند. شهرناز مویه‌کنان گفت:

«برادر جان بر تو چه گذشته که در آغاز جوانی همچون پیران کهن‌سال شده‌ای؟»

زادشم با صدایی که همچون قامتش، پیر و لرزان بود جواب داد:

«گفته‌اند آن که شبی را در انتظار مرگ صبح کرده باشد، مویش سپید می‌شود. من هر شب هزار بار آرزوی مرگ می‌کنم. ای کاش می‌گذاشتید تیر ضحاک قلب مرا بشکافد تا شاهد این روزهای شوم نباشم.»

ارنواز با گریه گفت:

«چگونه می‌توانستیم؟ آیا مرگ مادر و فراق پدر ما را بس نبود؟»

زادشم آه بلندی کشید و گفت:

«مویه نکنید خواهرانم. در جایی که صبر، کورسویی در ظلمت است، جز آن چه چاره است؟»

•• روزهای انتظار ••

هفت سال در بیم و نومیدی سپری شد. در این هفت سالی که ضحاک تخم مرگ می‌پراکند، فریدون دور از شهر و آن چه که بر مردمانش می‌گذشت، در سایه

مهربانی‌های شاهو وگاو برمایه، درآرامش می‌بالید و از هر نظر از پسران هم سن و سالش پیشی می‌گرفت.

او هفت ساله بود که روزی سوار بر یک اسب زیبا و بی‌زین و برگ که در همان حوالی یافته و توانسته بود بر پشت او سوار شود به نزد شاهو برگشت و با اشاره به اسب، گفت:

«می‌بینی پدر؟ او را در جنگل پیدا کرده‌ام.»

شاهو پرسید:

«صاحبش کجاست؟»

«صاحب ندارد.»

«ازکجا می‌دانی؟»

«سم‌هایش نعل ندارد.»

شاهو درین چند سال آنقدر هوش و درایت از این کودک کم سن و سال دیده بود که از زیرکی و حاضر جوابی او تعجب نکند. گاو برمایه هم که از اسب خوشش آمده بود، به او نزدیک شد و برایش صدا سر داد. اسب هم در جواب او شیهه کشید. فریدون از دوستی آن دو شادمان شد و دستی بر یال بلند اسب کشید وگفت:

«می‌بینید چه اسب زورمند و زیباییست؟ نامش راگلرنگ گذاشته‌ام.»

دوران خوشی فریدون باگلرنگ زیاد به درازا نکشید و با وجودی که فرانک، راز حضور فریدون در نزد شاهو را از دیگران پنهان داشته بود، سرانجام نهال خیانتی که ضحاکیان کاشته بودند، میوه‌ی تلخ داد و خبرچینی مزدور، به راز فریدون وگاوی که او را به شیر پرورده بود آگاه شد و آن را به گوش ضحاک رساند. با آشکار شدن این راز، ضحاک خود عازم بیشه‌ی اسپروز شد.

پیش از حرکت ضحاک، ارنواز و شهرناز پنهانی فرانک را از قصد او آگاه کردند. فرانک شتابان به بیشه‌ی اسپروز رفت که فریدون را با خود به نزد شهرسپ دانا ببرد تا درآن‌جا به زندگی مخفیش ادامه دهد.

دیری از رفتن فرانک و فریدون نگذشته بود که ضحاک به اسپروز رسید. برمایه، گاو وفادار به مقابله با او برخاست و به ضرب سهمگین گرز ضحاک فرقش شکافت و موهای رنگینش به خون آغشته گشت. شاهوی پیر نیز زیر شکنجه‌ی دژخیمان ضحاک جان به جان آفرین تسلیم کرد، اما نشانی از فریدون آشکار نساخت.

•••

هنگامی که فرانک و فریدون به نیایشگاه کاتوزیان در البرز رسیدند، شهرسپ به گرمی آنان را پذیرا شد. فرانک ماجرای زندگیش را برای شهرسپ بیان کرد و در آخر افزود:

«ماردوش کمر به کشتن فریدون بسته. ستمگر سنگ‌دل، آبتین را کشت، فرزند او را نیز زنده نمی‌خواهد. نمی‌دانم این کودک چه خاری در چشم او کرده که چشم دیدنش را ندارد.»

شهرسپ با روشن بینی گفت:

«شاید در آینه‌ی وجود او سرنوشت شوم خود را می‌بیند.»

فریدون که در حین گفتگوی مادرش با شهرسپ در اطراف آن دو پرسه می‌زد، آمد و در کنار مادرش نشست. شهرسپ از او پرسید:

«دیدم که باکنجکاوی به شعله‌های آتش خیره شده بودی. در آن چه می‌دیدی؟»

فریدون با بیانی شیرین جواب داد:

«اگر بر دیوارها چند آینه باشد، هر آینه خود چند مشعل می‌شود.»

شهرسپ پرسید:

«از کجا می‌دانی؟»

فریدون پاسخی داد که از کودکی چون او انتظار نمی‌رفت. گفت:

«وقتی با برمایه به جنگل می‌رفتیم، آن جا که در چاله‌ها آب رفته بود، داخل هر برکه خورشید لرزان کوچکی بود که آن جا را روشن‌تر می‌کرد. آن جا حتی پشه هم نبود. آیا پشه‌های جنگل شما را نیش زده‌اند؟ باید مثل برمایه دُم داشته باشی تا آن‌ها را دور کنی.»

فرانک فریدون را به خاطر جمله‌ی آخرش سرزنش کرد، ولی شهرسپ برای نخستین بار از ته دل خندید، طوری‌که کاتوزیان از صدای خنده‌ی بلند او تعجب کرده بودند. شهرسپ بعد از خنده به فرانک گفت:

«پسر شیرین زبان و باهوش تو این‌جا می‌ماند. او نزد مردانی دانا پرورش می‌یابد که هر یک گوشه‌ای از وجود او را صیقل می‌دهند. برو و فرزندت را به آنان بسپار، از دیدن‌شان شاد خواهی شد.»

•••

برای رسیدن به جایی که مردان مورد نظر شهرسپ در آن‌جا بودند. فرانک و فریدون از میان باغی گذر کردند که درختانش در لابلای صخره‌ها روییده بودند. در انتهای باغ کلبه‌ای بود که آوای دل‌انگیز چنگ از درون آن طنین‌افکن بود. فرانک ایستاد و لحظه‌ای گوش داد و لبخند بر لبانش نشست. فوری دست فریدون را که با پروانه‌ها بازی می‌کرد گرفت و گفت:

«صاحب این پنجه‌های جادویی را می‌شناسم، برویم فریدون.»

درون کلبه سه مرد آشنا به پیشواز فرانک آمدند و او از دیدار یازاردشیر، روزبه طبیب و لوری شگفت‌زده و شادمان شد. آن‌ها با کاسه‌ای آش و نان گرم از مادر و فرزند پذیرایی کردند و هنگامی که فریدون با اشتهای زیاد مشغول به خوردن شد، فرانک که حرف‌های زیادی برای گفتن به آن‌ها داشت با اندوه گفت:

«از که بگویم؟ از آبتین که پیکرش روزها بر دار آویخته ماند؟ از به‌آفرید که همچون پرنده‌ای شکسته بال، در آرزوی پرواز، فرو افتاد؟ یا از شهرناز و ارنواز که خود را فدایی برادر کردند؟ یا از برادری که در جوانی فرتوت شده؟ ... چه بگویم؟ بگویم که کوهیار و کوشیار به تیر ستم کشته شدند؟ یا از کاوه بگویم که در تار فریب گرفتار آمده؟»

روزبه آهی کشید و گفت:

«آشت را بخور؛ راهی طولانی باید بازگردی.»

•••

فرانک پیش از ترک نیایشگاه، به شهرسپ گفت:

«ای دانای بزرگ، زنی شوی مرده و مادری پریشان روزگار کودکش را به تو می‌سپارد و امیدوارست که او از آنچه بر پدرش رفته، آگاهی نیابد. او حتی نام پدرش را نمی‌داند و بهترست که نداند.»

شهرسپ با مهربانی به او گفت:

«برو و آسوده باش که پسرت در این جا نشانی از نژاد را از دهان کسی نخواهد شنید.»

فرانک پسرش را به شهرسپ و یاران آبتین سپرد و آن جا را ترک کرد. فریدون با وجودی که به دوری از مادر عادت داشت، این بار آشکارا غمگین بود، ولی صبح فردا اتفاقی رخ داد که از اندوه او کاسته شد.

●●●

فریدون در بستر خوابیده بود و در لباس سفید کاتوزیان، مانند فرشته‌ای زیبا به چشم می‌آمد، او با شنیدن صدای شیهه‌ی اسبی از بیرون، پلک از هم گشود. فوری از بستر بیرون آمد و خود را به بیرون نیایشگاه رساند و با دیدن گلرنگ گل از گلش شکفت. کاتوزیان پیرامون گلرنگ جمع بودند و شگفت زده بودند که از کجا آمده است. فریدون گلرنگ را صدا زد و گلرنگ با شنیدن صدای او به طرفش دوید و مقابلش سم بر زمین کشید و سر خم کرد تا فریدون به یال او بیاویزد و بر پشتش سوار شود. فریدون با شادمانی به کاتوزیان گفت:

«این اسب من‌ست! وقتی رهایش کردیم، به مادرم گفتم که گلرنگ می‌آید. دیدید آمد؟»

شهرسپ به تماشا از نیایشگاه بیرون آمد. فریدون گلرنگ را تا مقابل او پیش راند و گفت:

«این اسب من گلرنگ است. دوستش دارم. دوست من‌ست و می‌خواهد پیش من بماند. بماند؟»

شهرسپ در پاسخ به درخواست او گفت:

«بماند. اسبی که توانسته تا این جا بیاید و ساق هایش نشکسته است، حتماً برای آمدن دلیل محکمی داشته.»

و به این ترتیب گلرنگ در آن جا ماند تا پا به پای فریدون برای روزهای پرتنش آینده، ورزیده و آبدیده شوند.

•••

فردای روزی که فرانک به شهر بازگشت، ایرانیان، یکی از روزهای تلخ دیگر را تجربه کردند و شاهد خواری کسی شدند که در روزگاری نه چندان دور، راهبر و پیشوای شان بود.

جمشید که آواره جهان شده بود، به دست زردپوستانی که فریفته‌ی وعده‌های ضحاک شده بودند، دستگیر و به ایران آورده شد و مردم، شاهی را که روزگاری آوازه‌ی بزرگیش گیتی را فراگرفته بود با لباس ژنده و سر و مویی پریشان مشاهده کردند که سوار گردونه‌ای شبیه به قفس به دربار ضحاک آورده می‌شد.

آن روز کاوه در آهنگریش، فلز گداخته را بر سندان نهاده بود و کیانوش و یکی از پسران خودش به نام قباد، به نوبت بر آن پتک می‌کوبیدند که پرمایه شتابان از بیرون آمد و با صدایی که از هیجان می‌لرزید، گفت:

«آوردند. عموجان را آوردند! عمو جان را در قفس آوردند!»

پتک کیانوش در هوا ماند و عضلات صورت کاوه شروع به لرزیدن کرد. قباد گفت:

«برویم به تماشا.»

کاوه با خشم بر سر او فریاد زد:

«خواری مگر تماشا دارد؟... بکوبید!»

و ضربات پتک کیانوش و قباد، کوبنده‌تر از پیش، بر آهن گداخته فرود آمد.

•••

از پنجره‌ی کاخ، ضحاک در حالی‌که لبخند غرور در چهره داشت و دو مار سیاه تاج او را لیس می‌زدند، ورود حقارت آمیز پادشاهی را شاهد بود که بخت از او

رمیده و پرنده‌ی مرگ بر سرش بال گشوده بود. از پنجره‌ای دیگر، شهرناز و ارنواز اشک‌ریزان ورود غم انگیز پدر را تماشا می‌کردند و ارنواز با ناله می‌گفت:

«پدر جان به خانه‌ی ویرانه‌ات خوش آمدی!»

و همان روز هر دو به نزد ضحاک رفتند و به پای او افتادند و خواهان بخشودن پدر شدند. شهرناز با گریه گفت:

«آیا می‌دانید داغ پدر نزد دخترانی که جز نوازش از او به یاد ندارند، چه داغ گرانی‌ست؟ آیا با کشتن پدر ما، ندیمانی همیشه گریان را آرزو دارید؟ جان برادر را به ما بخشیدید، جان پدر را نیز ببخشید.»

و ارنواز هم با گریه گفت:

«به پایت افتاده‌ایم که به او رحم کنی. آرزومان زنده ماندن اوست، حتی اگر از دیدارش محروم بمانیم.»

ضحاک با لبخندی پیروزمندانه به کندرو گفت:

«جمشید را در کلبه‌ای متروکه جای دهید. کسی اجازه‌ی دیدار او را ندارد، حتی دخترانش.»

و به این ترتیب سرنوشت غم انگیز مردی که روزی خود را بی‌نیاز از همگان می‌پنداشت، این گونه رقم خورد که حتی از دیدار کسانی که به او مهر می‌ورزیدند نیز محروم بماند.

و ضحاک که لبریز از غرور پیروزی همچنان بذر ترس می‌فشاند و خوشه‌ی مرگ درو می‌کرد، بی‌خبر از آن بود که ستیغ البرز کودکی را در دامن می‌پرورد که روزی خواب راحت را از چشمان او خواهد ربود.

•• پسر البرز ••

ساکنان نیایشگاه البرز که هر روز بالیدن فریدون را به چشم می‌دیدند، با وجود

این که باور داشتند که او در چهارده سالگی، ستبری بازو و درشتی اندام پهلوانی جوان را داراست، ولی هنوز او را نوجوانی به شمار می‌آوردند که می‌بایست تجربه بیندوزد و رسم زندگی بیاموزد.

با همین تصور، روزی که گروهی از کاتوزیان برای جمع آوری گیاهان دارویی به ارتفاعات صعب العبور می‌رفتند، او را با خود نبردند.

فریدون با این اندیشه که تصور بقیه را نسبت به خود عوض کند، تصمیم گرفت کاری کند که او را باور کنند و کبکی که از بدشانسی سر راهش قرار گرفته بود، نخستین گزینه‌ی این ابراز وجود شد. او برای شکار کبک، پیراهنش را درآورد، سرآستین‌ها را گره زد و درون هر آستین سنگی انداخت و بعد دو گوشه‌ی دامن پیراهن را هم با دو تکه سنگ، سنگین کرد و آن‌گاه با احتیاط و به چابکی خود را به کبک نزدیک کرد و قبل از آن که پرنده مجال گریز بیابد، پیراهن را بر روی او افکند. کبک بال زد و پیراهن را با خود تا مسافتی برد، اما سرانجام سنگینی دام او را زمین‌گیر کرد. فریدون کبک را گرفت و در حالی که از پا آویزان کرده بود با خود به آشپزخانه‌ی نیایشگاه برد. در راه به کبک بیچاره که هر از گاه تلاش می‌کرد خود را رها سازد گفت:

«می‌دانم دلخوری، ولی مجبورم ترا برای ارمایل و گرمایل به آشپزخانه ببرم که فکر نکنند بچه‌ام و هیچ کاری ازم بر نمی‌آید.»

•••

فریدون که وارد آشپزخانه شد، ارمایل و گرمایل مشغول آشپزی بودند. ارمایل آتش زیر دیگ را ساز می‌کرد و گرمایل با مهارت گوشت را از استخوان جدا می‌کرد.

فریدون کبک را نشان داد و با غرور گفت:

«ببینید؛ کبکی برای سفره‌ی نوروز شکار کرده‌ام.»

آن دو فقط نگاهی گذرا به او و کبک کردند و توجه بیشتری نشان ندادند. لبخند غرور از لبان فریدون دور شد و با غصه گفت:

«بنظرتان پرنده‌ی چاق و چله‌ای نیست؟»

و چون آن دو باز هم به او توجهی نکردند، شانه بالا انداخت و گفت:

«بسیار خوب، حالا که به آن احتیاجی ندارید، می‌برم رهایش می‌کنم.»

ولی تا خواست برود، ارمایل با لحنی سرزنش آمیز به او گفت:

«مگر به تو نگفته بودند که در آشپزخانه به ما کمک کنی، پس تا به حال کجا بودی؟»

فریدون جواب داد:

«با خودم فکر کردم که اگر با بقیه بروم گیاه بچینم کار مهمتری ست، ولی چون آن‌ها مرا با خود نبردند، گفتم دست خالی به این‌جا نیایم که هم سفره‌ی شام رنگین باشد و هم شما خوشحال شوید.»

گرمایل گفت:

«ما وقتی بیشتر خوشحال می‌شویم که تو به وظیفه‌ات عمل می‌کردی و حالا تاوان آن این‌ست که به چشمه بروی و آب بیاوری.»

فریدون به ناچار رفت و کوزه‌ای را برداشت و همین که خواست پا بیرون بگذارد، کاتوزی جوانی سراسیمه و عرق ریزان وارد شد و نفس زنان گفت:

«ریسمان پل پاره شد و دو تن روی آن گرفتار مانده‌اند. شهرسپ گفته هرکس می‌تواند کارش را رها کند و برای کمک به آن‌ها برود.»

کاتوزی جوان این را گفت و شتابان بیرون رفت تا بقیه را هم خبر کند. ارمایل و گرمایل فوری پیش‌بندهای‌شان را گشودند تا آماده رفتن شوند. فریدون کوزه را زمین گذاشت و گفت:

«هرکاری باشد بهتر از آشپزی ست، برویم.»

ارمایل گفت:

«تو بمان و مراقب آشپزخانه باش.»

فریدون در اعتراض گفت:

«ولی شهرسپ گفته هرکس می‌تواند کارش را رها کند و برود.»

گرمایل با کنایه گفت:

«تو که هنوز کاری را شروع نکرده‌ای که بخواهی رهایش کنی.»

فریدون دلخور از این که مجبور به ماندن است، به کنار پنجره رفت و به بیرون نگاه کرد و دید که ارمایل و گرمایل به یازاردشیر و روزبه و لوری پیوستند و با آن‌ها همراه شدند. کبک که هنوز در دستش آویزان بود، پر و بالی زد. فریدون کبک را بالا آورد و سر کوچکش را مقابل صورت خود گرفت و خطاب به او گفت: «تو دیگر چه می‌گویی؟ می‌خواهی بروی.»

کبک به دماغ او نوک زد و فریدون در عین حال که دردش گرفته بود خندید و گفت:

«کار را نمی‌توانم رها کنم، ترا که می‌توانم.»

و همراه با آخرین کلمات، کبک را رها کرد تا در دل آبی آسمان به پرواز درآید و در حالی که چشم به پرواز کبک دوخته بود، به دو کاتوزی فکر کرد که در پل پاره گرفتار شده بودند و اگرچه از آن‌ها که او را برای چیدن گیاه با خود نبرده بودند دلخور بود، اما دلش برایشان می‌سوخت.

•••

در حقیقت، دو کاتوزی در بد وضعیتی گرفتار شده بودند. یکی از دو ریسمان نگهدارنده پلی که از ریسمانِ تابیده درست شده و بر دو سوی دره‌ای ژرف استوار شده بود، پاره شده و آن را از حالت تعادل خارج کرده بود و آن دو کاتوزی در میانه‌ی پل گیر افتاده بودند، طوری که نه راه پس داشتند و نه راه پیش. کاتوزیانی که همراه آن دو نفر بودند، در آستانه‌ی پل پاره، با نگرانی منتظر رسیدن بقیه بودند. گروه امداد که یازاردشیر و روزبه و لوری و ارمایل و گرمایل پیشاپیش آن‌ها در حرکت بودند، از راه رسیدند و یازاردشیر از کاتوزیان پرسید:

«چه شده؟»

یکی از کاتوزیان جواب داد:

«رشته‌ی ریسمان در آن سوی پل پاره شده؟»

یازاردشیر پرسید:

«نمی‌توانند راهی را که رفته‌اند، آهسته بازگردند؟»

کاتوزی دیگر جواب داد:

«خواستند این کار را بکنند، اما پل همچون گهواره تاب می‌خورد و ریسمان دیگر را هم به سنگ می‌ساید.»

روزبه گفت:

«راهی نیست مگر کسی به آن سوی پل برود و چاره‌ای برای ریسمان پاره بیابد.»

لوری با نگرانی گفت:

«رفتن به آن سو نصف روز طول می‌کشد. ریسمان سالم هم مانند تارِ چنگی‌ست که بیش از توان کشیده شده باشد و هر آن ممکن‌ست پاره شود.»

روزبه گفت:

«می‌دانم. دارم مشکل را مرور می‌کنم، شاید راه چاره‌ای پیدا شود.»

و هنوز بحث‌شان ادامه داشت که شیهه‌ی اسبی توجه‌شان جلب کرد و با تعجب دیدند که فریدون سوار برگلرنگ می‌آید. ارمایل فوری جلو رفت و با پرخاش به او گفت:

«چرا آمدی؟»

فریدون از اسب پیاده شد و گفت:

«با خودم فکر کردم اگر نیایم ممکن‌ست شهرسپ از من برنجد.»

و ارمایل را کنار زد و گفت:

«حالا کنار برو ببینم چه شده.»

فریدون جلوتر رفت و با دقت به موقعیت پل پاره شده و کاتوزیان گرفتار نگاه کرد و بعد سرش را خاراند و رو به همه گفت:

«شاید من بتوانم کاری بکنم.»

و مجال نداد کسی چیزی از او بپرسد و به طرف گلرنگ رفت و کنار گوشش نجوا کرد:

«اسب زیبای من، آن بیچاره‌ها را که میان زمین و آسمان آویزان مانده‌اند می‌بینی؟ می‌دانی اگر ریسمان پاره شود چه بر سرشان می‌آید؟ می خواهی کمک‌شان کنیم؟»

و چون انگار از گلرنگ انتظار پاسخ داشت و واکنشی از او ندید، گردنش را نومیدانه کج کرد و به او گفت:

«بسیار خوب، می‌روم می‌گویم فکر دیگری بکنند.»

و تا برگشت برود، شیهه‌ی بلند گلرنگ او را متوقف کرد. گلرنگ روی دوپا بلند شده بود و اعلام آمادگی می‌کرد. گل از گل فریدون شکفت و با شادمانی به بقیه که از کارهایش متعجب بودند، گفت:

«او گفت آماده است! بروید کنار!»

فریدون با چابکی سوار بر گرده‌ی گلرنگ شد و او را به تاخت واداشت و کسانی را که متوجه قصد او شده بودند و می‌خواستند مانعش شوند، مجبور به عقب نشینی کرد. لوری فریاد زد:

«می‌خواهد بپرد!»

و از شدت دلهره بی‌اختیار چشمانش را با دو دست پوشاند. گلرنگ به پرواز در آمد و همچون پرنده‌ای سبک‌بال از فراز دره گذشت و به نرمی در آن سو فرود آمد.

لوری با تردید چشم گشود و از لای انگشتان روبرو را نگاه کرد و چون دید که فریدون به سلامت در آن سوی پل فرود آمده است، با شادمانی فریاد زد:

«پرید!... به سلامت پرید!»

بر لبان همه لبخند رضایت نقش بسته بود. یازاردشیر در ستایش او گفت:

«به راستی که شجاعت آبتین را دارد!»

روزبه سخن او را کامل کرد و گفت:

«و هوش جمشید را.»

درآن‌سوی پل، فریدون که شایستگی‌اش را به اثبات رسانده بود، به لبه‌ی پرتگاه آمد و پایین را نگاه کرد. ریسمانی که پاره شده و آویزان بود، به شاخه‌ی بوته‌ای در پایین گیرکرده بود. لحظه‌ای اندیشید و سپس افسارگلرنگ را محکم به مچ پای خود بست و به اوگفت:

«اسب با وفایم، مرا محکم نگهدار تا ریسمان را بردارم.»

گلرنگ همانند انسانی حرف شنو جلو آمد تا فریدون خود را از لبه‌ی پرتگاه آویزان کند.

درآن‌سوی پل همه با نگرانی و دلشوره نگاه می‌کردند که سرانجام کار چه می‌شود. لوری دستانش را رو به آسمان گشود و گفت:

«خداوند بزرگ، کمکش کن!»

ارمایل خطاب به کاتوزیان گفت:

«همه زانو بزنیم و از پرودرگار یاری بخواهیم.»

همه زانو زدند و زمزمه‌ای روحانی درفضا جاری شد و هرچه گلرنگ پا جلوتر می‌نهاد تا دست فریدون به ریسمان برسد، زمزمه‌شان بلندتر می‌شد. فریدون ازگلرنگ می‌خواست که بازهم جلوتر بیاید، طوری که سم او به طرز خطرناکی بر لبه‌ی پرتگاه رسیده بود. فریدون خود راکش آورد و سرانجام توانست سر ریسمان پاره را به چنگ بگیرد و پیش بکشد و آن را چند دورگرد مچ بپیچد. ازین کارکه فارغ شد با صدای بلندگفت:

«حالاگلرنگ، اسب نجیب من عقب برو!»

گلرنگ با همه‌ی توان عقب رفت و درحالی‌که ازسایش سنگ درزیرسم‌هایش غباربرمی‌خاست، فریدون را بالاکشید. پای فریدون که بالا رسید، زانو زد و عقب رفت و سپس ازجا برخاست و با همه‌ی توان درکشیدن ریسمان به‌گلرنگ کمک کرد و رفته رفته پل به حال تعادل برگشت. فریدون با صدای بلند، دوکاتوزی راکه

روی پل بودند مخاطب قرار داد و گفت:

«خود را نجات دهید، من ریسمان را گرفته‌ام.»

آن دو نفر نخست با ترس و لرز و سپس با سرعتی خنده‌دار خود را به آن‌سوی پل رساندند و در آغوش دوستان‌شان آرام گرفتند. ارمایل دست‌ها را دور دهان حلقه زد و با صدایی که فریدون بشنود داد زد.

«آهای پسر، می‌خواهم بگویم کاری که اکنون کردی بیشتر از کبکی که آوردی ما را خوشحال کرد!»

وگرمایل هم با همان شیوه‌ی ارمایل گفت:

«حالا دیگر آن کبک حتماً سفره‌ی شب نوروز را رنگین می‌کند!»

فریدون با صدای بلند جواب داد:

«اما من او را رها کردم. این جوان‌مردی نیست که پرنده‌ی بیچاره شب نوروز کنار بچه‌هایش نباشد.»

همه از گفته‌ی کودکانه‌ی این مرد برومند خنده‌شان گرفته بود و شادی نجات کاتوزیان را چند برابر می‌کرد.

•••

در نیمه شبی که کاتوزیان در نیایشگاه و ایرانیان در خانه‌هاشان آغاز نوروز را جشن گرفته و به پیشواز سال نو رفته بودند، کابوس ترسناک پیشین بازهم به سراغ ضحاک رفت و دوباره مرد سوار را دید که کمند به‌گردن او انداخته است و به دنبال خود می‌کشاند. ضحاک و دو مار خفته بر دوش او، هرسه وحشت‌زده از خواب پریدند و همان دم ضحاک با فریاد کندرو را فراخواند. کندرو لنگان و خواب‌آلود خود را به خوابگاه ضحاک رساند و پرسید:

«سرورم، آیا شما بودید که با فریاد مرا فرا می‌خواندید؟»

ضحاک با پریشان‌حالی پاسخ داد:

«کابوس! دوباره همان کابوس!... این خواب دهشتناک آسوده‌ام نمی‌گذارد!

جسمم چون آهن گداخته داغ است!»

کندرو گفت:

«طبیبان را بیاورم سرورم؟»

ضحاک با خشم جواب داد:

«طبیبان بروند و بمیرند. برو آن پیرِ عابد را از البرز بیاور و اگر از آمدن سر باز زد، او را به زور بیاور!»

با این دستور ضحاک، کندرو و گروهی از سواران تازی، شبانه راهی البرز شدند تا راه چاره‌ای برای فرجام شوم ارباب خود بجویند. اکنون البرز آبستن حوادث بسیاری بود.

•• در پوست شیر ••

لوری زیر درخت نشسته بود و با چشمان بسته چنگ می‌زد و در خلسه‌ی موسیقی به سر می‌برد. پرنده‌ای زیبا و خوش آواز روی شانه‌ی او نشسته بود و با نغمه‌ی خود آوای ساز را همراهی می‌کرد و بدین‌سان پیوند بدیعی بین موسیقی و هستی پدید آمده بود. کاتوزی جوانی دوان‌دوان آمد و با وجودی که دلش نمی‌آمد مزاحم این عشق‌ورزی شگفت انگیز شود، اما چون برای کاری اضطراری آمده بود مجبور شد جلو برود و آهسته لوری را صدا بزند. پرنده پرواز کرد و انگشتان لوری بر تارِ چنگ آرام گرفت و چشمانش را گشود. کاتوزی جوان گفت:

«استاد، سربازان ضحاک دارند می‌آیند. گفتند به شما بگویم به مخفیگاه بروید.»

لوری با نگرانی پرسید:

«اکنون کجایند؟»

«در راهند و به این‌جا نزدیک شده‌اند.»

«آیا طبیب و یازاردشیر هم می‌دانند؟»

«به آن‌ها هم گفته‌ایم.»

لوری که نگران فریدون هم بود، پرسید:

«فریدون کجاست؟»

و چون ازکاتوزی جوان پاسخ شنید که او برای آوردن آب به چشمه رفته است، خوشحال شد و گفت:

«جای خوبی رفته؛ همان بهترکه از چشم این گرگ‌های گرسنه دور باشد.»

فریدون که روزگذشته با نجات دوکاتوزی از خطر سقوط، هم نوروز شادی را برای همه رقم زده بود و هم خود را محبوب قلب‌ها کرده بود، بی‌آن که ارمایل وگرمایل از او بخواهند برای آوردن آب به چشمه رفت و دو مشک بزرگ را از آب پرکرد و به چوب بست تا بر دو شانه حمل کند. او ضمن این کار با تقلید صدای پرنده‌ای که آواز می‌خواند، به او پاسخ می‌داد که صدای غرش حیوانی وحشی و در پی آن بع‌بع وحشت‌زده بزی کوهی توجه او را جلب کرد. مشک‌ها را در آب چشمه نهاد و چوب را با خود برد و از صخره‌ی بالای چشمه به پایین نگریست. در پایین بزکوهی ماده‌ای با بزغاله‌اش درون شکاف سنگی پناه‌گرفته بودند و شیر بزرگ پیکری در نزدیکی آن‌ها کمین کرده بود و منتظر بود که در فرصت مناسب شکارشان کند. فریدون دلش برای بزکوهی و بچه‌اش سوخت و خنجرش از زیر شال بیرون آورد و با مهارت دو طرف چوبی راکه با خود آورده بود تراشید و تیز کرد و میان پنجه‌ی چپ گرفت و بعد شالش را بازکرد و اطراف چوب و مشت خود پیچید و محکم کرد و با نگاه به شیر درنده زیرلب گفت:

«اکنون آمده باش که دارم می‌آیم ای مهمان ناخوانده!»

فریدون به چابکی از صخره بالا رفت و با نعره‌ای بلند پایین جهید و پیش روی شیر فرود آمد. شیر با دیدن فریدون غرشی کرد و پشت راست کرد. فریدون حالت دفاع گرفت و گفت:

«این‌جا چکار می‌کنی؟ راه گم کرده‌ای یا دعوتت کرده‌اند؟»

شیر غرشی کرد. فریدون با اشاره به بز ادامه داد:

«او را که می‌بینی خانه‌اش این‌جاست. تو از کجا آمده‌ای که این چنین صاحب‌خانه
را می‌ترسانی؟»

شیر یک‌باره پیش آمد و روی دو پا بلند و دهانش را گشود و دندان‌های تیز
و ترسناکش را نشان داد. فریدون بی‌باکانه مشتش را جلو برد و چوب را به طور
افقی وارد دهان شیر کرد و با مهارت مشت را چرخاند تا دو طرف تیز چوب به
حالت عمود قرار گیرد. شیر دهانش را بست و از درد نعره‌ای جگرخراش کشید.
چوب تیز، گوشت و پوست را درید و یک طرف آن از زیرگلو و طرف دیگر از میان دو
چشم شیر بیرون زد و حیوان درنده از جنبش بازایستاد. ضربات پی‌درپی خنجر
فریدون پهلوی او را هم شکافت و غرق در خون بر زمین غلتید. فریدون پنجه‌اش
را از دهان شیر بیرون کشید. بزکوهی و بزغاله‌اش بع‌بع‌کنان بیرون دویدند و به
سویی رفتند. فریدون ضمن بازکردن شال از دور مشت، خطاب به آنان گفت:
«بروید و بار دیگر مراقب مهمان‌های ناخوانده باشید.»

در آن لحظه فریدون خبر نداشت که مهمان‌های ناخوانده‌ی دیگری به نیایشگاه
آمده‌اند که به مراتب از آن حیوان درنده خطرناک‌تر هستند.

فریدون که به نیایشگاه برگشت، سربازان ضحاک که محوطه‌ی جلو نیایشگاه
را اشغال کرده بودند، با تعجب نوجوانی را مشاهده کردند که پوست شیر بر کول
افکنده بود و مشک‌های آب را بر شانه حمل می‌کرد و می‌آمد. فریدون هم با
کنجکاوی سربازان را نگاه کرد و از دیدن‌شان متعجب بود. کاتوزی جوانی خود
را دوان‌دوان به او رساند و بازویش را گرفت و آهسته کنار گوشش گفت: «نگاه‌شان
نکن و با من بیا. تو باید پنهان شوی.»

فریدون با تعجب پرسید:

«مگر اینان کی‌اند؟»

کاتوزی جوان او را با خود کشید و برد و آهسته گفت:

«بیا، حرف نزن!»

در همین زمان کندرو که همراه شهرسپ از نیایشگاه بیرون می‌آمدند، بر آستانه‌ی پله‌ها پدیدار شدند. فریدون با دیدن شهرسپ، بازویش را از دست کاتوزی بیرون کشید و مشک‌ها را زمین گذاشت و از پله‌ها بالا دوید و خود را به مقابل شهرسپ رساند و با غرور و شادمانی به او درود گفت و افزود:

«ببینید امروز چه شکار کرده‌ام!»

کندرو که کنجکاویش از دیدن فریدون به شدت تحریک شده بود به شهرسپ نگاه کرد، ولی هنوز دهان برای پرسش نگشوده بود که شهرسپ با دانایی بی‌نظیرش موضوع را حدس زد و فوری و سرزنش گویان فریدون را مخاطب قرار داد و گفت:

«باز هم آمدی؟ مگر نمی‌بینی مهمان دارم و فرصت شنیدن سخنان یاوه‌ات را ندارم؟»

فریدون که از تندی سخن شهرسپ شگفت زده بود، گفت:

«امروز چه خبر شده؟ هر جا می‌روم مهمان ناخوانده می‌بینم.»

ارمایل و گرمایل که منظور استادشان را درک کرده بودند، چوب به دست آمدند و غافلگیرانه فریدون را به بادکتک گرفتند و به او که سر درگم شده بود و فقط سعی داشت جلو ضربات را بگیرد، مجال سخن و واکنش نمی‌دادند و در حالی که او را کتک زنان به درون نیایشگاه می‌بردند، هر کدام به او نسبتی می‌دادند.

«دوباره چه به سرت زده‌است، مجنون؟»

«نان را می‌سوزانی و به گردن دیگران می‌اندازی؟ استخوانت را نرم می‌کنیم!»

«در شربت نمک می‌ریزی؟ تنت را کبود می‌کنیم!»

و به همین ترتیب او را با خود وارد نیایشگاه کردند و همین که از دید کندرو دور شدند. هر دو با هم او را بوسیدند و توضیح دادند که مجبور بوده‌اند او را با این ترفند از آن جا دور کنند.

بعد از بردن فریدون به درون نیایشگاه، شهرسپ به کندرو که هنوز نگاه به دنبال او داشت، گفت:

«جوانکی دیوانه است. به این‌جا آورده‌اندکه شاید آرام شود، ولی هر روز بدتر از پیش می‌شود.»

کندرو با ناباوری و بدگمانی پرسید:

«شیر را همین دیوانه شکارکرده است؟»

شهرسپ که واقعاً نمی‌دانست فریدون پوست شیر را چگونه به دست آورده است، در جواب به او گفت:

«معلوم نیست آن را از کجا گیر آورده و ادای قهرمانان را در می‌آورد. او را در آشپزخانه مشغول کرده‌ایم، اما انگار فایده‌ای ندارد. آسایش همه را به هم زده؛ شاید او را به دشت بازگردانیم.»

کندرو گفت:

«شبیه کسی است که من او را دیده‌ام.»

شهرسپ با خنده گفت:

«دیوانگان شبیه همه کس هستند و شبیه هیچ‌کس هم نیستند.»

و چون احساس کرد که کندرو به شکل خطرناکی کنجکاوی نشان می‌دهد، تصمیم گرفت به خاطر فریدون به خواسته‌ای روی خوش نشان دهد که تا لحظاتی قبل از زیر بار آن شانه خالی کرده بود و به همین دلیل گفت:

«من آماده‌ام، می‌توانیم برویم.»

کندرو که هرگز فکر نمی‌کرد شهرسپ به این سرعت تغییر عقیده بدهد، لبخند مزورانه‌ای زد و گفت:

«چطور شد که تغییر عقیده دادی؟»

شهرسپ لبخندی زد و گفت:

«آدم دیوانگان را که می‌بیند، به رفتار عاقلانه بیشتر مایل می‌شود.»

کندرو گفت:

«پس باید سپاسگزار این دیوانه بود.»

و به این ترتیب شهرسپ با از خودگذشتگی و پذیرش رفتن به دربار ضحاک، توانست خطری که فریدون را تهدید می‌کرد دفع کند.

در سوی دیگر فریدون که هنوز سر درگم این ماجرا بود، از ارمایل و گرمایل که او را به مخفیگاه می‌بردند پرسید:

«اینان که آمده‌اند کی‌اند و من چرا باید پنهان شوم؟»

گرمایل به او جواب داد:

«هرگاه لازم باشد، می‌دانی. اکنون باید فقط پنهان شوی و تا رفتن آن‌ها آفتابی نشوی.»

به انتهای دالانی که از آن می‌گذشتند رسیدند. در آن جا تلی از هیزم انباشته شده بود. ارمایل ریسمانی را کشید و تل هیزم کنار رفت و در کوچکی پدیدار شد. ارمایل چند ضربه‌ی آهنگین به در زد و سپس آن را گشود و خطاب به کسانی در درون گفت:

«برایتان مهمان آوردم. آنقدر بی‌تاب است که مگر شما آرامش کنید.»

گرمایل فریدون را به درون فرستاد و گفت:

«برو و تا وقتی که نگفته‌ایم، همین جا بمان.»

فریدون مقاومت کرد و گفت:

«من باید بدانم این جا کجاست.»

ارمایل او را با فشار بدرون راند و گفت:

«برو، خواهی دانست.»

درکه پشت سر فریدون بسته شد، صبر کرد تا چشمانش به تاریکی عادت کند. ستون باریکی از نور که از سقف می‌تابید، آنقدر روشنایی به محیط می‌بخشید که فریدون به زودی اطرافش را تشخیص دهد، اما کسی را در آن جا ندید تا این که

صدای آشنایی شنید که گفت:

«بیا جلو، ما این‌جاییم.»

فریدون به بالا نگریست. لوری و روزبه و یازاردشیر درون حجره‌ی کوچکی پنهان بودند. با تعجب پرسید:

«شما چرا پنهان شده‌اید؟»

لوری جواب داد:

«به خاطر آن آدم‌کشان که آمده‌اند.»

فریدون خندید و گفت:

«شما از آنان می‌ترسید؟»

یازاردشیر گفت:

«آرام باش. ما اندکیم و آنان بسیار. اگر به چنگ‌شان بیفتیم، طعمه‌ی ضحاک می‌شویم.»

فریدون پرسید:

«ضحاک دیگر کیست؟»

روزبه جواب داد:

«درنده‌ای وحشی که به خون همه‌ی ما تشنه است.»

فریدون با اشاره به پوست شیر که در دست داشت، پرسید:

«از این درنده هم وحشی‌ترست؟»

آن‌ها تازه متوجه پوست شیر و کله‌ی متصل به آن شدند. لوری پرسید:

«آن را کجا یافته‌ای؟»

فریدون با خنده جواب داد:

«نیافته‌ام، با دستان خودم کشتمش. بزی بیچاره را می‌ترساند.»

لوری از حجره پایین پرید و پوست شیر را از دست فریدون گرفت، نگاه کرد و با تعجب و تحسین گفت:

«برایمان تعریف کن که این بینوا را چگونه کشتی؟»

و با خنده خطاب به یازاردشیر و روزبه ادامه داد:

«می‌بینید دوستان؟ فهمیده که زیراندازی خشن داریم، برایمان یکی نرم آورده
است.»

●● سوگ استاد ●●

وقتی که شهرسپ به نزد ضحاک برده شد، او با تکبر بر تخت لم داده بود و پشت سر
او شهرناز و ارنواز، افسرده و پژمرده، هر یک کاسه‌ای زرین جلوی دهان مارها گرفته
بودند و آن دو محتویات درون کاسه را می‌بلعیدند. شهرسپ با تکیه بر چوب‌دست،
با قامتی استوار مقابل ضحاک ایستاد و ضحاک آمرانه به او گفت:

«پیش ازین چیزهایی گفته بودی، اکنون می‌خواهم بیشتر بدانم.»

شهرسپ گفت:

«همانست که گفته‌ام.»

ضحاک پرسید:

«داستان دیگر چه داری؟»

شهرسپ جواب داد:

«داستان سرنوشت تغییری ندارد.»

ضحاک با خنده‌ای تمسخرآلود گفت:

«ضحاک آن را تغییر خواهد داد. می‌خواهم از زبان تو داستان این تغییر را بدانم.»

شهرسپ با خونسردی جواب داد:

«چاره ندارد؛ سرنوشت بر بسیاری چیره گشته، بر تو نیز چیره خواهد شد.»

ضحاک از خشم نیم‌خیز شد و گفت:

«گویا تنها در یاوه‌گویی استاد نیستی، گستاخی را نیز به آن افزوده‌ای.»

و خطاب به کندرو ادامه داد:

«در سیاه‌چال بیفکنیدش تا ببیند در جنگ ضحاک با سرنوشت، کدام یک بر دیگری چیره خواهد شد.»

شهرسپ با همان خونسردی گفت:

«از هم اکنون می‌بینم.»

ضحاک فریاد زد:

«پس چشمانش را از کاسه بیرون بکشید تا دیگر به او دروغ نگویند!»

دو نگهبان با اشاره‌ی کندرو جلو دویدند و شهرسپ را در میان گرفتند و با خود بردند. شهرسپ با صدای بلند گفت:

«نفرین بر تو! نفرین بر آنان که با تو هستند!»

ضحاک از جا برخاست و با خشم و بیرحمی گفت:

«پایگاهش در البرز را به آتش بکشید، تا لانه‌ی زنبور بسوزد!»

اشک از چشمان شهرناز و ارنواز جاری بود و سخنی نمی‌توانستند بر زبان بیاورند.

•••

در باغ نیایشگاه، فریدون که از رفتن شهرسپ اندوهگین بود، در زیر درختی پرشکوفه کنار لوری نشسته و زانوی غم در بغل گرفته بود. لوری برای آن که حال و هوای او را عوض کند با شوخ طبعی پرسید:

«چه اندیشه‌ای جرأت کرده شیرکُش ما را چنین افسرده کند؟»

فریدون راز درون را آشکار کرد و پرسید:

«ضحاک با من چه دشمنی دارد؟»

لوری جواب داد:

«او با همه دشمن‌ست. مارهایش مغز جوان می‌طلبند.»

فریدون پرسید:

«آیا همه مثل من گریخته‌اند؟»

«خیلی‌ها گریخته‌اند و بسیاری دوباره به دام روزبانان اوگرفتار شده‌اند. مادرت برای نجات تو به آب و آتش زد.»

فریدون آنچه را که هرگز برایش پاسخی نشنیده بود، بر زبان آورد و گفت:

«پس پدرم چه می‌کرد؟ او کجاست؟ من کی‌ام؟»

اندوهی در چهره‌ی لوری پدیدار شد که فوری با لبخند آن را از فریدون پنهان کرد و گفت:

«تو فریدونی. پسر فرانک.»

فریدون قانع نشد و دوباره پرسید:

«آیا پدر ندارم؟ زنده است، مرده است، کسی او را می‌شناسد؟»

لوری شانه بالا انداخت و جواب داد:

«من نمی‌شناسم و گمان نمی‌کنم کس دیگری هم در این جا او را بشناسد.»

گلرنگ که در همان نزدیکی می‌چرید، شیهه‌ای کشید. فریدون نگاهی به او کرد و آهی کشید و گفت:

«گلرنگ هم مثل من بی‌تابست.»

لوری برای آن که ذهن او را مشغول چیز دیگری کند، چنگ را از کنار دست خود برداشت و به دست او داد و با شوخ طبعی همیشگی‌اش گفت:

«بنواز ببینم از آنچه آموخته‌ای چه در چنته داری. بنواز ببینم می‌توانی قورباغه‌ها را از خود بیزار کنی.»

فریدون آه بلندی کشید و تارهای چنگ را با سرانگشتان خود به ارتعاش درآورد. نوای دل‌انگیزی که نشان از مهارت او در یادگیری درس‌های استاد داشت، طنین‌افکن شد و لبخند بر لبان لوری نشاند و آن لحظه هرگز به این فکر نمی‌کرد که ساعاتی بعد سراسیمه به کلبه‌ی محل اقامت‌شان بشتابد و به یازاردشیر و روزبه خبر دهد که فریدون با گلرنگ نیایشگاه را ترک کرده است. یازاردشیر و روزبه از او توضیح بیشتری خواستند. لوری نشست و پنجه در موهایش فکند و با اندوه گفت:

«می‌دانستم می‌رود. او مثل پرنده‌ای در قفس، بی‌تاب بود.»

یازاردشیر با نگرانی پرسید:

«کجا رفته؟»

لوری جواب داد:

«شاید به جایی که نام و نشانش را جست‌وجو کند.»

آه از نهاد روزبه برخاست و گفت:

«با پای خود در دام دشمن!»

لوری بی‌درنگ عزم رفتن کرد و گفت:

«تنهایش نمی‌گذارم!»

یازاردشیر در پی او گفت:

«سودی ندارد؛ او با گلرنگ رفته، به گَردَش نمی‌رسی.»

و صدای لوری را شنیدند که در پاسخ گفت:

«می‌رسم. من دوستانی دارم که به خاطر آوای چنگم، مهربانی‌ها می‌کنند.»

روزبه به یازاردشیر گفت:

«راست می‌گوید. من او را یک بار سوار برگرده‌ی نهنگ دیده‌ام.»

•••

لوری غلو نکرده بود. او مسیر کوهستانی را سوار بر پشت بزی کوهی، جنگل را سوار بر غزالی تیزپا و دشت را سوار برگورخر بی‌وقفه تاخت، ولی با این وجود فریدون زودتر از او به دروازه‌ی شهر رسید. ازگلرنگ پیاده شد و اجازه ورود خواست. نگهبان دروازه از او نام و نشانش را پرسید. فریدون جواب داد: «مسافری غریبم و از راهی دور می‌آیم. به من گفته‌اند که تبارم درین شهر زندگی می‌کنند. می‌خواهم پیدایشان کنم.»

نگهبان دروازه پرسید:

«نامشان چیست؟»

فریدون پاسخ داد:

«فقط می‌دانم نام مادرم فرانک است.»

نگهبان با بدگمانی نگاهش کرد و به نزد فرمانده خود رفت و به او گفت:

«آن جوانک را ببین، می‌گوید پسر فرانک است.»

فرمانده گفت:

«دروغ می‌گوید؛ پسران آبتین را می‌شناسم، آن دو نزد کاوه‌اند.»

و پس از کمی فکر ادامه داد:

«ولی اگر راست بگوید، آن زن فریب‌مان داده است و آنچه خبرفروشان گفته‌اند،

راست بوده.»

نگهبان پرسید:

«حالا با او چه کنیم؟»

فرمانده نگهبانان با لبخندی مکارانه جواب داد:

«می‌گذاریم وارد شهر شود و او را تعقیب می‌کنیم. اگر راست گفته باشد، نان‌مان

در روغن‌ست.»

فریدون که از دور ناظر گفت‌وگوی آن دو بود و از نگاه‌شان بوی دشمنی به

مشامش می‌رسید، دسته‌ی خنجری را که در زیر پیراهن پنهان کرده بود در مشت

گرفت. نگهبان دروازه به طرف او برگشت و با اشاره‌ی دست به او فهماند که وارد شود

و هنگامی که فریدون و گلرنگ از دروازه گذشتند با صدای بلند گفت: «امیدوارم

هرچه زودتر بستگانت را پیدا کنی.»

● ● ●

فریدون در حالی که دو روزبان سیاهپوش و نقاب‌دار او را مخفیانه زیر نظر داشتند،

به میدان شهر رسید. وجود مجسمه‌ی سنگی و عظیم ضحاک توجه او را جلب

کرد و پرسش زیادی برایش پیش آورد که آن را موکول به دیدار با مادرش کرد. از

یک رهگذر سراغ خانه‌ی فرانک را گرفت و او که از گماشتگان روزبانان بود عمداً وی

را به خانه‌ی پدری راهنمایی کرد.

به آن جا که رسید از اسب پیاده شد و چرخی دور خانه زد و بنظرش رسید که کسی در آن خانه زندگی نمی‌کند. از در شکسته خانه وارد شد و با دیدن کبوتران چاهی که در آن جا لانه کرده بودند، گمانش به یقین مبدل شد. چندبار نام مادرش صدا زد و چون پاسخی نشنید از خانه بیرون آمد. در بیرون خانه دو روزبان نقاب‌دار سوار بر اسب‌های‌شان منتظر او بودند. فریدون نگاهی از سر کنجکاوی به آن دو انداخت و بعد خواست سوار برگلرنگ شود، اما هنوز پا در رکاب ننهاده بود که یکی از آن دو نفر پرسید:

«به دنبال چه چیز خانه‌ی مردم را جست‌وجو می‌کنی؟»

فریدون با لبخند پاسخ داد:

«خانه‌ی مردم نیست، به من گفتند که مادرم این جا زندگی می‌کند، اما این جا لانه‌ی کبوترست.»

روزبان گفت:

«اگر نام مادرت فرانک است، خانه‌اش همین‌جاست. بعد از این که آبتین را به دار آویختند، این جا را ترک کرد.»

فریدون با کنجکاوی پرسید:

«آبتین؟ ... آبتین دیگر کیست؟»

روزبان پرسید:

«چگونه است که اسم مادرت را می‌دانی، اما از نام پدرت ناآگاهی؟»

فریدون با صداقت جواب داد:

«من او را تاکنون ندیده‌ام.»

روزبان پرسید:

«مگر کجا بوده‌ای؟»

فریدون که می‌پنداشت هر چه نشانی بهتری بدهد، به مقصود خود بهتر خواهد رسید، فریب روزبانان را خورد و گفت:

«مدتی نزد شاهو در بیشه‌ی اسپروز بودم و سپس به نیایشگاه البرز رفتم.»

دو روزبان مجال ندادند که فریدون به سخن ادامه دهد و او را در محاصره‌ی نیزه‌هاشان قرار دادند و تهدیدکنان از او خواستند که همراه‌شان برود. فریدون از رفتار آن دو تعجب کرد و تا خواست واکنش نشان دهد، سه سوار نقاب‌دار دیگر هم از راه رسیدند. آن که از همه کوچک اندام‌تر بود خطاب به روزبانانی که قصد بردن فریدون را داشتند، گفت:

«این همان جوان است که ادعا می‌کند پسر آبتین است؟ گفته‌اند او را با خود ببریم.»

روزبان نقاب را از چهره برداشت. او که همان فرمانده‌ی نگهبانان دروازه‌ی شهر بود با بدگمانی پرسید:

«آن که گفته، کیست؟»

روزبان کوچک اندام نقاب را کنار زد و گفت:

«من گفته‌ام.»

با کنار رفتن نقاب از چهره‌ی روزبان کوچک اندام، فریدون از دیدن لوری در آن لباس، هم متعجب و هم خوشحال شد و او را به نام صدا زد. روزبان که دریافت فریبی در کار است، داد زد:

«اینان دشمنند!»

و تا خواست در کرنای خود بدمد و دیگران را خبر کند، فریدون جلو دوید و با دو دست، نیزه‌های هر دو روزبان را گرفت و با قدرت کشید، طوری که از اسب سرنگون شدند. همراهان لوری هم امان ندادند و با ضربات پی‌درپی شمشیر آن دو را از پا درآوردند. فریدون با اشاره به دو همراه لوری، از او پرسید:

«اینان کی‌اند؟»

لوری جواب داد:

«خواهی فهمید؛ زود سوار شو که از این لحظه به بعد سایه‌ی ما را هم شکار

می‌کنند.»

فریدون برگلرنگ سوار شد و همراه با بقیه به تاخت دور شد. به خانه‌ی کاوه که رسیدند، آغوش پرمهر مادر در انتظارش بود و در آن‌جا دو همراه لوری خود را به او شناساندند، آن‌ها برادرانش کیانوش و پرمایه بودند که سالیان دراز برادرشان را ندیده بودند و در مقابل چشمان گریان فرانک او را تنگ در آغوش گرفتند و می‌بوییدند و می‌بوسیدند. فریدون گلایه کرد که چرا حقایق از او پنهان مانده است. فرانک گفت:

«مجبور بودیم ترا از گزند دور نگه‌داریم. ماردوش پدرت را کشت و برای یافتن تو در هر گوشه‌ای چشم و گوش گماشت. من نمی‌خواهم ترا از دست بدهم.»

کاوه رفته بود سر و گوشی آب بدهد و تا پیش از آن که برگردد، درباره‌ی خیلی چیزها صحبت شد و فریدون از برادرانش شنید که شهرسپ به سیاه‌چال انداخته شده است و حالش دگرگون شد و سوگند خورد که به هر قیمتی شده او را نجات دهد.

کاوه که از بیرون برگشت، گفت:

«تمام شهر را جست‌وجو می‌کنند. آنان فریدون را شناخته‌اند و او باید هرچه زودتر شهر را ترک کند.»

فریدون گفت:

«نخست باید کاری را تمام کنم.»

کاوه با کنجکاوی پرسید:

«چه کاری؟»

به جای او لوری جواب داد:

«او فهمید که شهرسپ در بند شده. می‌خواهد او را برهاند.»

کاوه گفت:

«ممکن نیست. برای رسیدن به سیاه‌چال باید صدها نگهبان را از سر راه بردارد.»

فریدون گفت:

«او به خاطر من خود را گرفتار کرد. برای رهاییش اگر لازم شود هزار نگهبان را

خواهم کشت.»

لوری که فریدون را در خواسته‌اش پابرجا می‌دید، گفت:

«گربه‌ای را در باغ کاخ می‌شناسم که راهی پنهانی به سیاه‌چال را می‌داند. او پیش ازین یک بار مرا نزد کاوه برده است.»

کاوه گفت:

«یادم می‌آید.»

فرانک گفت:

«من ازین کار می‌ترسم.»

کیانوش گفت:

«نترس مادر، او را تنها نمی‌گذاریم.»

پرمایه سخن برادرش را کامل کرد و گفت:

«سایه به سایه‌اش می‌رویم.»

کاوه پرسید:

«ولی چطور می‌توان وارد کاخ شد؟»

لوری گفت:

«فکر آن را کرده‌ام، تا شب صبر می‌کنیم.»

●●●

لوری نقشه‌اش را برای آنان توضیح داد و شب به همراه فریدون و برادرانش راهی کاخ شدند و در همان پیرامون پنهان شدند. لوری گفت:

«همین‌جا منتظر می‌مانیم تا آشپزها بیایند.»

کمی بعد گروه زیادی از آشپزان با ظرف‌های غذا روی دست پیدایشان شد. جشن آش‌پزان بود. هرساله هفت شبانه روز جشن می‌گرفتند تا بهترین آشپزها را برای ضحاک و مارهایش انتخاب کنند.

فریدون با تنفر گفت:

«آشی برایش بپزیم که نخورده جگرش را بسوزاند!»

با نزدیک شدن آشپزها به کاخ، لوری گفت:

«آماده باشید، شروع می‌کنیم.»

هر چهار نفر صورتک‌هایی که آماده کرده بودند به چهره زدند و به سوی آشپزها رفتند. لوری چنگ می‌نواخت و ترانه‌ای خنده‌دار و متناسب با موضوع آش و آشپزی می‌خواند و فریدون و برادرانش با مهارت پشتک و وارو می‌زدند و شیرین‌کاری می‌کردند. ترانه‌ای که لوری می‌خواند نگهبانان کاخ را به خنده انداخته بود و ریسه می‌رفتند. با این ترتیب، هر چهار نفر، با گروه آشپزان وارد کاخ شدند و در اولین فرصت راهشان را به سوی باغ کاخ کج کردند. آن‌ها در تاریکی شب از لابلای درختان گذشتند تا به درخت بزرگ و پرشاخ و برگی رسیدند. لوری گفت:

«خانه‌اش همین‌جاست.»

و چند بار بر تارهای چنگ انگشت کشید. سکوت که برقرار شد، فریدون و برادرانش منتظر ماندند که اتفاقی بیفتد.

زمان انتظار به درازا کشید. لوری نومیدانه گفت:

«می‌ترسم ضحاک ازین گربه هم نگذشته باشد!»

ولی صدای گربه‌ای در بالای درخت پرده‌ی نومیدی را درید و در پی آن، گربه پایین پرید و جلو پای لوری فرود آمد. در پیشواز او، لوری انگشت بر تارهای چنگ کشید. گربه روی دو پا بلند شد و عقب‌گرد کرد و به راه افتاد. لوری به بقیه گفت:

«وظیفه‌اش را می‌داند؛ دنبال او برویم.»

گربه در جلو و آن چهار نفر به دنبال او رفتند. شیوه‌ی راه رفتن گربه، روی دو پا، و شکم گنده‌ای که داشت به او حالت خنده‌داری داده بود. مدتی بعد به کنار درختی با ساقه‌ی تنومند رسیدند. گربه بوته‌ی زیر درخت را با پنجه‌هایش کنار زد و حلقه‌ای فلزی نمایان شد. لوری حلقه را کشید و شکافی در تنه‌ی درخت باز شد. کیانوش و پرمایه همان‌جا به مراقبت ماندند و لوری و فریدون به دنبال

گربه وارد شکاف درخت شدند و دالان درازی را پشت سرگذاشتند تا به پشت در فولادی سیاه‌چال رسیدند. لوری به فریدون گفت:

«حالا باید کمی صبر کنیم تا او برود و کلید را از زندان‌بان بدزدد.»

فریدون بی‌تابانه گفت:

«نمی‌توانم صبر کنم.»

و در مقابل چشمان شگفت زده‌ی لوری دوتا از میله‌ها را در مشت گرفت و با همه‌ی توان فشار داد. ابتدا صدای قرچ و قرچی برخاست و سپس هر دو میله از درون سنگ کنده شد. فریدون و در پی او لوری وارد سیاه‌چال شدند. زندانیان بسیاری به دیوار زنجیر شده بودند و شهرسپ را در میان آنان پیدا کردند. او به دیوار سنگی زنجیر شده و کاسه‌ی چشمانش تهی بود. فریدون جلو رفت، زانو زد و پاهای شهرسپ را در آغوش گرفت و نالان گفت:

«ای کاش چشمانم را از کاسه بیرون می‌کشیدند و دانای دانایان را این گونه نمی‌دیدم.»

شهرسپ صدای فریدون را شناخت و با صدایی که به زحمت شنیده می‌شد، گفت:

«می‌دانستم می‌آیی فریدون. فرصت زیادی باقی نیست؛ سخن نگو و فقط گوش کن... فریدون، سرنوشت این‌گونه رقم زده که تو بر ضحاک چیره شوی. به ندای سرنوشت پاسخ بده.»

فریدون با دلی مالامال از کینه گفت:

«انتقام ترا می‌گیرم!»

شهرسپ گفت:

«انتقام من نه، انتقام مردمان سرزمینت را... فریدون، گروهی را که از کام مرگ رسته‌اند، دریاب. آنان لشکریان شکست‌ناپذیر تو می‌شوند... اکنون برو و بگذار آسوده بمیرم.»

شهرسپ این را گفت و سرش به پهلو افتاد و جان به جان آفرین تسلیم کرد. فریدون و لوری مویه سر دادند. فریدون همان جا سوگند یاد کرد که تا مرگ ضحاک آرام نگیرد.

•• آتش خشم ••

هنوز سپیده نزده بود که فریدون و لوری با همه بدرود گفتند و خانه‌ی کاوه را به مقصد نیایشگاه ترک کردند.

در میانه‌ی راه و به هنگام عبور از گذرگاه کوهستانی، صدای همهمه‌ی گروهی که سرود سر داده بودند، توجه آنان را جلب کرد و در پی آن سپاهیان ضحاک را دیدند که از دور می‌آمدند. فوری از اسب پیدا شدند و در جای مناسبی پنهان شدند تا سواران سیاهپوش ضحاک، سرمست و سرودخوان بگذرند. فریدون با نفرت گفت:

«بخوانید، بخوانید که به زودی آواز مرگ لب‌های تان را خواهد بست!»

لوری نگاهی به ارتفاعات البرز انداخت و با دلواپسی گفت:

«اینان از کجا می‌آیند؟»

و اندیشه‌ی گزنده‌ای که به تندی از ذهنش گذشت، او را واداشت که دغدغه‌اش را با فریدون در میان بگذارد.

«فریدون برای یارانم در نیایشگاه نگرانم!»

هر دو بی‌درنگ بر اسبان سوار شدند و گذرگاه را زیر سم آن‌ها در نوردیدند و در زیر باران تندی که باریدن گرفته بود یک نفس تا رسیدن به نیایشگاه آرام نگرفتند.

نگرانی لوری بی‌اساس نبود و در آن‌جا با نیایشگاهی سوخته مواجه شدند که گرچه باران، آتش آن را فرونشانده بود، اما هنوز دود از آن به هوا برمی‌خاست. آن‌ها هنوز از بهت ناشی از دیدن این منظره‌ی تکان‌دهنده بیرون نیامده بودند که روزبه و پشت سر او ارمایل و گرمایل با سر و وضع پریشان از نیایشگاه سوخته و

نیمه ویران بیرون آمدند. لوری شتابان جلو دوید و از روزبه پرسید:

«چه شده طبیب؟»

روزبه با اندوه جواب داد:

«کشتند، سوختند و ویران کردند.»

ارمایل دست به آسمان بلند کرد و با ناله گفت:

«ای آسمان، در تسلای این سه بازمانده‌ی سوگوار گریه ببار!»

لوری با صدایی که از اندوه می‌لرزید، پرسید:

«یازار دشیر مهربان هم کشته شد؟»

و چون لوری و روزبه در سوگ از دست دادن یار مهربان‌شان گریه سر دادند، چهره‌ی فریدون از خشم دگرگون شود و پا در رکاب گلرنگ کرد و او را به رفتن واداشت و با صدای بلند گفت:

«برویم گلرنگ، وقت انتقام است!»

و پیش از آن که کسی مجال واکنش یابد، گلرنگ شیب تند پله‌های سنگی را، به آسانی زمینی هموار، زیر سم درنوردید و بقیه‌ی گذرگاه کوهستانی را به تندی برق و باد پیمود و در بزنگاه به گروه ضحاکیان رسید که همچنان سرمست و سرودخوان، سلانه سلانه در کناره‌ی رودگذر می‌کردند. فریدون گلرنگ را بر تپه‌ی مشرف به محل گذر سربازان راند. سربازان به قصد عبور از آب در کنار رودخانه تجمع کرده بودند.

فریدون نگاه‌شان کرد و با قلبی سرشار از کینه‌ی انتقام زیر لب غرید و گفت:

«ای پاسبانان تباهی، اکنون بنگرید که چگونه مرگ بر شما فرود می‌آید!»

و با ساق پا به پهلوی گلرنگ کوفت و با فریادی از اعماق جان، او را به سوی مزدوران آدمکش راند. در سر راه، با نیرویی شگرف، تک درختی را که بر فراز تپه روییده بود با فشار بازوان از ریشه بیرون کشید و بر سر دست بلند کرد و پیش رفت.

با فریاد دشمن‌شکن فریدون، مزدوران ضحاک او را دیدند و باران تیر بر او باریدند.

تیری زیر شانه‌ی او را شکافت و خون فواره زد ولی با این وجود فریدون همچنان

بی‌باکانه پیش می‌آمد و شاخ و برگ درخت را سپر تیرها قرار داده بود و بدین‌سان به گروه جنگجو رسید و با تنه و شاخ و برگ بر سر و بدن‌شان کوفت. سپر و گرز و شمشیر بود که در هوا پراکنده می‌شد و فریدون که به هر سو می‌چرخید، اسب و سواری از جا کنده می‌شد و در امواج خروشان رود غرق می‌شد. و تن زخم‌دیده‌اش آرام نگرفت تا همه آدم‌کشان در لهیب آتش خشم او سوختند و به سزای جنایت‌شان رسیدند.

•••

درون نیایشگاه نیمه ویران، چهار نفری که از قتل عام مزدوران ضحاک جان سالم به در برده بودند، با نیایش به درگاه یزدان خود برای فریدون آرزوی پیروزی و تندرستی می‌کردند که صدای شیهه‌ی گلرنگ شادمان‌شان کرد و از نیایشگاه بیرون دویدند. در بیرون، فریدون با رخسار رنگ پریده و پیراهن از خون رنگین، بر گلرنگ سوار بود که با دیدن آن‌ها لبخندی کم‌رنگ بر لبانش نقش بست و از اسب فرو افتاد.

آن‌ها فریدون را که از شدت خون‌ریزی بیهوش شده بود به درون نیایشگاه انتقال دادند. روزبه پیرامون تیر فرورفته در زیر شانه‌ی فریدون را با دشنه شکافت و تمیز کرد و بعد با یک تکان، تیر را بیرون کشید. ارمایل فوری میله‌ای را که به دستور روزبه در اجاق گداخته بود، به دست او داد تا جای زخم را بسوزاند.

لوری با دلشوره پرسید:

«از مرگ می‌رهد؟»

روزبه جواب داد:

«مانند یک ورزوی نر، قوی‌ست.»

لوری با یادآوری سخنان شهرسپ در آخرین لحظه‌ی قبل از مرگ، گفت:

«اگر آنان که از دام مرگ ضحاک می‌رهند به او بپیوندند، آن‌طور که شهرسپ دانا گفت، مرگ ضحاک رقم خواهد خورد. اما چگونه؟»

اندیشه‌ای به ذهن روزبه رسید و گفت:«اگر ارمایل و گرمایل بتوانند به آشپزخانه‌ی ضحاک راه پیدا کنند، شاید بتوان نیمی از قربانیان را از مرگ رهاند.»

ارمایل و گرمایل و روزبه کنجکاو شدند که منظور او را بدانند. روزبه گفت: «گفتنش نفرت انگیزست، ولی اگر مغز بزی جوان با مغز انسان آمیخته شود، با آن می‌توان مارها را فریفت. حال چگونه باید یکی از دو تن را داوطلب مرگ نمود، نمی‌دانم.»

ارمایل گفت: «ما قول می‌دهیم که هر طور بوده به آشپزخانه‌ی ضحاک راه پیدا کنیم، بلکه بتوانیم گروهی را از مرگ برهانیم و به گفته‌ی شهرسپ دانا جامه‌ی عمل بپوشانیم.»

هر چهار نفر به فریدون نگاه کردند. مداوای روزبه نتیجه بخشیده بود و او در خوابی عمیق به سر می‌برد. آن‌ها اطمینان داشتند که وی بعد از گذراندن دوران نقاهت برای رهبری قیام ایرانیان آماده خواهد بود.

•••

در لحظاتی که بازماندگان نیایشگاه به روزهای روشن آینده امیدوار بودند، ضحاک بر روی تخت از خشم به خود می‌پیچید و مارهایش نیز در این خشم با او هماهنگ بودند و صدای نفس‌شان شنیده می‌شد. ضحاک دندان به هم فشرد و گفت:

«کودکان نیز باور نمی‌کنند که صدها جنگجو تار و مار شده باشند و از دشمن یک کشته بر جای نمانده باشد!»

کندرو گفت:

«سرورم، بر تن کشتگان حتی یک اثر از تیغ و تیر نیست. انگار بلایی آسمانی نازل شده و جملگی را به هلاکت رسانده و اسب و سوار را با هم فروکوفته.»

ضحاک بر سر کندرو فریاد کشید و گفت:

«یاوه نگو!... آن بلای آسمانی چه بوده؟»

کندرو با ترس و لرز جواب داد:

«سرورم، شایع کرده‌اند که نفرین کاتوزیان به بلاگرفتارشان کرده.»

ضحاک با خشم و تنفر گفت:

«پس حال که مردم به نفرین مشتی معبدنشین ژنده‌پوش دل خوش کرده‌اند،

سربازان هزار هزار بروند و معابد را همه ویران کنند. گربه‌ی آشپزخانه‌شان را هم زنده نگذارند. می‌خواهم پایان جشن ما، آغاز عزای بدخواهان باشد!»

کندرو چاپلوسانه گفت:

«سرورم، سپاهیان فرمانبردار آماده‌ی جان‌فشانیند و به فرمان ضحاک بزرگ، به سوی دشمن خواهند شتافت!»

پیش از آن که آدم‌کشان ضحاک راهی انجام فرمان ارباب جنایت پیشه‌شان شوند، فریدون زودتر از آنچه که انتظار می‌رفت بهبودیش را به دست آورد و صبح فردای آن روز، آماده بود که در بدرقه‌ی ارمایل و گرمایل حاضر باشد.

ارمایل و گرمایل رهسپار بودند تا کار بزرگ و پرخطری را به انجام رسانند و پیش‌بینی شهرسپ دانا را تحقق بخشند. روزبه کیسه‌ای به آن‌ها داد و گفت: «این نمک خاصیتی دارد که مدتی بعد از آمیخته شدن به تدریج تلخ می‌شود. از آن می‌توانید برای از میدان به در کردن آشپزان رقیب بهره گیرید.»

فریدون گفت:

«بروید یزدان پشتیبان‌تان! و از این پس وعده‌ی دیدار ما در شیرخوانِ البرز. به آنان که از مرگ می‌رهند بگویید که نشانه‌شان برای پیوستن به فریدون، سربندی باشد که به دور سر می‌پیچند.»

ارمایل و گرمایل که از پله‌های سنگی پایین می‌رفتند، لوری نشست و انگشت بر تارهای چنگ کشید. آوای دلنشین چنگ و برآمدن خورشید از پشت ستیغ بلند البرز، شوری حماسی در دل مردانی افکنده بود که به خیزش مردمان ستمدیده‌ی سرزمین‌شان چشم امید دوخته بودند.

•• خیزش ••

ارمایل و گرمایل خود را به آخرین روز جشن انتخاب قصابان و آشپزان رساندند و

به داوطلبان این مسابقه پیوستند.

ارمایل به صفی از قصابان پیوست که در مقابل هرکدام لاشه‌ی گوساله‌ای به چنگک آویزان بود. با زدن ضربه بر روی دهل، همه به لاشه‌ها حمله‌ور شدند و در میان آنان گرمایل به چابکی و با حرکاتی تماشایی، در مدت کوتاهی چنان گوشت را از لاشه جدا کرد که فقط اسکلت استخوانی آن باقی ماند و دیگر قصابان هنوز به قطعه‌قطعه کردن لاشه‌ها مشغول بودند.

ارمایل نیز با زرنگی و ترفند، کیسه‌ی نمک جادویی روزبه را جایگزین کیسه‌ی نمک در انبار آشپزخانه کرد.

لحظه انتخاب سرآشپز فرا رسید. ضحاک بر تخت لم داده بود و آشپزان صف کشیده و ظرف غذایی را که پخته بودند در دست داشتند و به نوبت جلو می‌رفتند. شهرناز ظرف هر یک را می‌گرفت و ارنواز از غذای درون آن با قاشق در دهان ضحاک می‌نهاد تا آن را بچشد. ضحاک با چشیدن هر غذا از تلخی آن به خشم می‌آمد و کاسه را واژگون می‌کرد تا نوبت به آخرین نفر که ارمایل بود رسید و غذایی را که او پخته و آماده کرده بود با لذت تا آخر خورد و کاسه را هم گرفت و لیسید. به این ترتیب ارمایل و گرمایل به خاطر مهارت‌های‌شان به آشپزخانه‌ی ضحاک راه پیدا کردند تا وظیفه‌ی سرنوشت سازی را که بر عهده داشتند به انجام رسانند. آن دو به جز تهیه‌ی غذا برای شکم سیری ناپذیر ضحاک، وظیفه‌ی آماده کردن خوراک ماران ضحاک را نیز برعهده داشتند و روز اول پس از صحبت با دو جوان قربانی و اقناع آنان که یکی‌شان برای پیوستن به فریدون باید انتخاب شود، به قید قرعه و در مراسمی غم‌انگیز، یکی از آنان را قربانی و مغزش را با مغز بز درآمیختند و نفر دوم که از مرگ رهیده بود، بعد از آن‌که توسط نوکران ضحاک که او را کشته می‌پنداشتند، همراه با جسد آن دیگری به گودال افکنده شد، از آن جا بیرون آمد و طبق قرار قبلی با ارمایل و گرمایل از پارچه‌ی کفنی که در آن بود، تکه‌ای برید تا سربند کند و به دور سر خود ببندد تا هنگام پیوستن به فریدون در شیرخوان البرز، نشانه‌ی او باشد.

•••

فریدون که لباسی از پوست شیر بر تن داشت، با روزبه و لوری، در کنار آبشاری زیبا ایستاده بودند و بر فراز سرشان قله‌ی دماوند سر بر سینه‌ی آسمان می‌سایید. آن‌ها منتظر مردی بودند که سربند به سر داشت و از شیب کوه بالا می‌آمد. او نخستین فردی بود که از مرگ رسته و خود را به آن‌جا رسانده بود. به مقابل آن‌ها که رسید، گفت:

«درود بر شما! نامم هجیر است. جانم از مرگ رست تا فدای آزادی میهنم شود.»

فریدون گفت:

«درود بر تو جوان‌مرد! بگو هنر چه داری؟»

هجیر جواب داد:

«فلاخن اندازی می‌دانم.»

فریدون به آسمان نگاه کرد و با اشاره به کرکسی که بر فراز سر آن‌ها، در آسمان می‌چرخید گفت:

«آن لاشخور را بینداز.»

هجیر نگاهی به کرکس کرد و بعد فلاخنش را از کمر باز کرد و در آن سنگی نهاد و گرد سر به چرخش درآورد و به سوی آسمان رها کرد. سنگ هوا را شکافت و به سینه‌ی کرکس اصابت کرد و سرنگونش ساخت.

فریدون لب به تحسین هجیر گشود و گفت:

«آفرین! فلاخن‌انداز ماهری هستی. هنرت را به دیگران نیز بیاموز.»

روزهای بعد، از آن‌هایی که در آشپزخانه‌ی ضحاک از مرگ می‌رهیدند و به شیرخوان می‌آمدند، هر گروه هنری از جنگاوری می‌آموختند و ظرف چند ماه سپاهی کوچک، اما ورزیده و کارآمد از جوانان ایرانی پدید آمد تا با فرماندهی فریدون خواب راحت را از چشم مزدوران ضحاک بربایند. آنان پی‌درپی همچون صاعقه بر

سپاهیانی که عازم ویران کردن نیایشگاه‌ها بودند، فرود می‌آمدند و در دل بقیه رعب و وحشت می‌آفریدند.

ضحاک سپاهیان بیشتری برای مقابله و سرکوب آنان به البرز گسیل کرد که هربار شکست خورده و سرافکنده بازمی‌گشتند. سرانجام ضحاک سردار لشکرش زهیر را که پس کشته شدن قشقر به دست روشنک، جایگزین او شده بود مأمور کرد که تا با تجهیز کارآزموده‌ترین جنگجویان عرب، کار مبارزین ناشناس را یکسره کند.

زهیر و سپاهیان خون‌ریزش راه البرز را در پیش گرفتند و در گذرگاه کوهستانی به تنگه‌ای رسیدند که صخره‌های بلند از دو طرف آن را احاطه کرده بود. زهیر فرمان ایست داد. سکوت مرموزی که بر محیط چیره بود را گهگاه آوای مرغی می‌شکست. زهیر احساس خطر کرد، اما تا خواست فرمان بازگشت بدهد، غرش مهیبی برخاست و تخته‌سنگ‌های بزرگ و غلتان از هر دو سو سرازیر شد. نظم سپاه در یک لحظه از هم پاشید و هرکس قصد فرار از مهلکه داشت. اسبان شیهه می‌کشیدند و پی‌درپی فریادهای دردناک آن‌ها که مورد اصابت سنگ قرار می‌گرفتند، بلند بود. زهیر مدام بر سر سربازانش فریاد می‌کشید:

«فرار نکنید ترسوها، فرار نکنید!»

و پس از آن که هجوم سنگ‌ها فروکش کرد، سپاهیان را مورد خطاب قرار داد و با سرزنش به آن‌ها گفت:

«آیا سپاهیان جهانگیر ضحاک آنقدر زبون شده‌اند که چند پاره‌سنگ آنان را به گریز وادارد؟ این گونه می‌خواهیم بر سرزمین‌های پهناور حکم برانیم؟ ما حاکم جهانیم و باید...»

و هنوز جمله‌اش به سرانجام نرسیده بود که جهنمی از کُنده‌های آتشین و غلتان از هر دو سو بر سرشان فرو ریخت و دیگر سربازی نماند که راه گریز در پیش نگیرد و آنان که آتش نگرفتند و از هر سو می‌گریختند، هدف سنگ فلاخن‌اندازان قرار می‌گرفتند و آنان که به جنگل عقب نشینی کرده بودند با مردان سربند به سری مواجه شدند

که در میان شاخ و برگ درختان پنهان بودند و با نزدیک شدن هر سوار عرب بر وی می‌جهیدند و به تیغ خنجر از پای در می‌آوردند. بدین‌سان دیری نگذشت که سپاهیان ضحاک تار و مار شدند. زهیر که خود را شکست خورده می‌دید، از بیم جان راه فرار در پیش گرفت. فریدون که از بلندای صخره تماشاگر ماجرا بود، او را دید و بی‌درنگ بر پشت گلرنگ سوار شد و در پی زهیر وارد گذرگاه شد. زهیر به پشت سر نگاه کرد و جوانی در پوشش پوست شیر را دید که به دنبالش می‌تازد. از هیبت او ترسید و اسبش را به ضرب تازیانه‌های بیشتر به تاختن تندتر واداشت، ولی با این وجود، فاصله‌ی فریدون با او هر لحظه کم‌تر می‌شد و در نزدیک‌ترین فاصله، اسیر کمندی شد که برگرد پیکرش حلقه بست و او را از اسب فروکشاند. فریدون به چابکی از اسب پایین جهید و بر سینه‌ی او نشست و خنجر از نیام کشید. زهیر نگاه التماس آمیزش را به او دوخت و با خواری گفت:

«به من رحم کن جوانمرد!»

فریدون خنجر را فرود آورد و اما بر خلاف تصور زهیر، خنجر ریسمان کمند را پاره کرد. زهیر که از بند رها شده بود، همچنان وحشت زده به فریدون می‌نگریست. فریدون خنجر را در نیام فرو برد و از روی سینه‌اش برخاست و به او گفت:

«برو به ضحاک بگو پسر آبتین برای کشتنت می‌آید!.»

و سپس با یک جهش بلند بر پشت گلرنگ نشست و در مقابل چشمان حیرت‌زده‌ی زهیر، به تاخت دور شد.

•••

زهیر که با اندک سپاهیان باقیمانده، سرافکنده و شکست خورده، به شهر بازگشت، نزد ضحاک رفت و پس از شرح ماجرا درباره‌ی فریدون گفت:

«سرورم به سال اندک بود و جوان، اما هیبت سرداران کارآزموده را داشت. از نگاهش شعله‌ای زبانه می‌کشید که عقل را ذوب می‌کرد.»

ضحاک با لحنی تحقیرآمیز به او گفت:

«طوری ناله می‌کنی که نه انگار سردار ضحاک هستی. موشی فربه را می‌مانی که در چنگ گربه افتاده باشد.»

زهیر که در چنگ فریدون مرگ را مقابل چشمان خود دیده بود، گفت:

«سرورم، می‌دانید که زهیر همواره مرگ را به بازی گرفته است، اما آنچه که امروز به چشم خود دیدم توفانی بود در گندم‌زار.»

ضحاک لحظه‌ای در اندیشه فرو رفت و سپس پرسید:

«آیا این که می‌گویی، پوست شیر بر تن نداشت؟»

زهیر فوری جواب داد:

«داشت سرورم. شیری بود در جلد شیر.»

رعشه‌ای بر اندام ضحاک افتاد که حتی از چشمان مارهای او نیز پنهان نماند. او به کندرو که در آن‌جا حضور داشت گفت:

«زود هر آن کس را که درین شهر بر مردم نفوذی دارد، نزد من بیاور. کاوه هم باید بیاید.»

●●●

کندرو که می‌دانست چرا ضحاک چنین فرمانی را صادر کرده است، برای احضار بزرگان شهر به دربار با مشکلی روبرو نشد مگر از جانب کاوه که به پیغام او اعتنایی نشان نداد و کندرو فهمید که باید برای کشاندن او به نزد ضحاک از در دیگر وارد شود.

آن روز در آهنگری، پسران کاوه به کار مشغول بودند. قباد، آهن گداخته را بر سندان نگهداشته بود و قارن و فرهاد به نوبت بر آن پتک می‌کوبیدند. خبر دلاوری‌های جنگجویان البرز به گوش آنان نیز رسیده بود. قباد با افسردگی گفت:

«مردانی سر باخته و جان بر کف، کوه و دشت را گورستان ناپاکان کرده‌اند و ما این‌جا پتک بر سندان می‌کوبیم و سکوت مرگ پیشه کرده‌ایم.»

قارن گفت: «کیانوش و پرمایه، لااقل فریدون را دارند که به او بنازند، ولی ما در میان هم می‌لولیم و فقط نام مردان را بر خود داریم.»

و فرهاد که از برادران دیگرش کوچک‌تر بود با نارضایتی از رفتار پدرش گفت:

«تاکنون که به خاطر پسران آبتین مثل گربه‌های خانگی زندگی کرده‌ایم، اکنون که آنان مخفی شده‌اند دیگر چرا پدر ما را آزاد نمی‌گذارد؟»

پرده‌ی آهنگری کنار رفت و کاوه پا به درون نهاد و نگاه به پسرانش دوخت. آنان از نگاه پدر متوجه شدند که او سخنان‌شان را شنیده است. فرهاد از شرم سر به زیر افکند. کاوه گفت:

«سخنان‌تان را شنیدم. آیا سرزنش دیگری ندارید، بگویید؟»

قباد دل به دریا زد و آنچه را که مدت‌ها در ذهن داشت بر زبان آورد و گفت:

«پدر، مردم می‌گویند کاوه هواخواه ضحاک است. می‌گویند، اگر پسرانش از قصاب‌های ضحاک در امانند، برای آن‌ست که او شرف را ارزان فروخته.»

سخن قباد به قارن جرأت داد که او نیز بگوید:

«پدر، ما روی دیدن آنان که مغز جوانان‌شان خوراک مارها شده‌اند را نداریم.»

کاوه سکوتش را شکست و با اندوه گفت: «آیا پسران کاوه هم همان باور را دارند که مردم دارند؟»

پسران کاوه سکوت کردند و جوابی ندادند. کاوه آهی کشید و پیش‌بندش را پوشید تا با کار سخت، اندیشه‌های آزاردهنده را از ذهن خود دور کند، اما هنوز دست به کار نشده بود که پسر چهارمش میلاد شتابان از بیرون آمد و گفت:

«پدر، مزدوران ضحاک دارند می‌آیند.»

کاوه فوری خطاب به همه‌ی پسرانش گفت:

«اگر از کیانوش و پرمایه و فرانک پرسیدند، ما هیچ‌یک هیچ چیز نمی‌دانیم. حالا همه به کارتان مشغول شوید.»

همه، به جز کاوه به کار مشغول شدند. میلاد هم داسی برداشت و شروع به تیز کردن آن کرد. پرده کنار زده شد و کندرو همراه با دو روزبان قوی هیکل وارد آهنگری شدند. کندرو با دقتی شک‌آلود به همه نگاه کرد و بعد به کنایه گفت: «چنان

آسوده به کار مشغولید که نه انگار تا دیروز دشمنان ما را در دامن می‌پروراندید.»

کاوه با بی‌اعتنایی گفت:«برای چه آمده‌ای؟»

کندرو گفت

«به دنبال آن دو گرگ‌زاده و مادرشان. یا می‌گویی کجا پنهانند، یا آنچه را که سرورم فرمان داده بی‌کم و کاست انجام می‌دهم.»

کاوه گفت:

«ما نمی‌دانیم چه می‌خواهی؟»

کندرو به روزبانان اشاره‌ای کرد و آن دو، فرهاد و میلاد را در محاصره‌ی نیزه‌های خود قرار دادند. کندرو با اشاره به آن‌ها گفت:

«این دو را با خود می‌بریم. تا طلوع آفتاب فردا مهلت داری که آن سه را تحویل دهی، و یا در غیر این صورت آن‌ها را به آشپزخانه‌ی کاخ می‌فرستیم.»

روزبانان، با تهدید نیزه‌هاشان فرهاد و میلاد را به بیرون هدایت کردند. کاوه با اشاره مانع واکنش دیگر پسرانش شد. فرهاد قبل از خروج از آهنگری گفت: «پدر، برادرانم، شادمان باشید. اکنون همه پسران کاوه را خواهند دید که با زور نیزه ستمکاران برده می‌شود. شادمان باشید.»

•••

پس از بردن فرهاد و میلاد، کتایون که از ماجرا آگاه شده بود، سراسیمه و شتابان خود را به آهنگری رساند و با گریه به کاوه گفت:

«کاوه، آیا میلاد و فرهاد نزد تو آنقدر عزیز نیستند که پسران آبتین نزد فرانک؟»

کاوه نگاهی به او کرد و گفت:

«اگر پسران تو را هم به آبتین سپرده بودند، او نیز خود را فدای‌شان می‌کرد... پس، هر اندیشه دیگری را از مغز بران.»

کتایون نالید و گفت:

«ای رنج بی‌پایان مادران، کی به آخر می‌رسی؟»

•••

فرهاد و میلاد شب سختی را در زندان سپری کردند، آنان خبر نداشتند که در بیرون چه می‌گذرد، ولی می‌دانستند چرا به زندان افتاده‌اند. فرهاد که بزرگ‌تر بود، در دل آرزو می‌کرد که مبادا پدرش به خاطر آن‌ها مجبور به تسلیم در مقابل ماردوش شود، ولی میلاد که جوانی کم سن و سال بود و از مرگ وحشت داشت، دلش می‌خواست این شب هرگز سحر نداشته باشد. او با مشاهده‌ی روشنایی کم‌رنگی که از روزن سقف به درون می‌تابید، با دلهره از فرهاد پرسید: «آیا صبح شده است.»

فرهاد برای این که او را از توهم برهاند، در جوابش گفت:

«بیهوده به تیرگی شب دل مبند، سحر نزدیک‌ست.»

میلاد با ناله گفت:

«اکنون که شب نگهبان جان ما شده، چگونه از رفتنش افسرده نباشم؟»

فرهاد ترس او را سرزنش کرد و گفت:

«شجاع باش، دشمن از حقارت ما شادمان می‌شود!»

در زندان گشوده شد و کندرو به درون آمد. او که از کاوه نومید شده بود، به سراغ پسرانش آمده بود، تا آنان را بر علیه پدرشان تحریک کند و به همین منظور گفت: «پاسی از شب بیش نمانده و انگار کاوه غریبه‌گان را بر فرزندان خود ترجیح می‌دهد.»

فرهاد بی‌واهمه جواب داد:

«غریبه‌گان شمایید که همچون ملخ بر کشت‌زارهای این سرزمین نازل شدید.»

کندرو قهقهه‌ای زد و گفت:

«هرگز ندیده بودم کسی در آستان مرگ رجز بخواند.»

و چون می‌دانست که در صورت به دام افتادن پسران آبتین، مقاومت کاوه در هم می‌شکند، فریبکارانه خطاب به آن دو ادامه داد:

«زندگی زیباست. فرصتی را که پدرتان با سکوت از کف می‌دهد، شما می‌توانید

باکلامی به دست آورید. به من بگویید برادران فریدون کجا پنهانند؟»

فرهاد دوباره به سخن آمد و گفت:

«هرگز کلامی از ما به خیانت نخواهی شنید.»

کندرو که از ابتدا رنگ پریده‌ی میلاد را دیده بود، به او گفت:

«تو چرا سخن نمی‌گویی؟ ترس از مرگ لبانت را بسته است؟»

فرهاد به برادرش نگریست و از تردیدی که در چهره‌ی او می‌دید، نگران شد، ولی جوابی از دهان او خارج شد که دلش را شاد کرد. میلاد به کندرو جواب داد:

«آنچه برادرم گفت، سخن من نیز هست.»

کندرو با خشم غرید و گفت:

«پس صبر کنید تا خورشید طلوع کند، آن‌گاه خورشید عمرتان غروب خواهد کرد.»

در آن لحظه اگر کندرو می‌دانست که کسانی دارند با پای خود به دام نقشه‌ی او می‌افتند، در سخن مدارا می‌کرد.

●●●

کیانوش و پرمایه که به خواسته‌ی کاوه در جای دوری پنهان شده بودند، با شنیدن خبر دستگیری پسران کاوه، پس از مشورت با مادر خود، به راه افتادند که تا قبل از طلوع آفتاب خود را به نگهبانان تسلیم کنند و با این کار جان دو گروگان را نجات دهند و به خانواده‌ی مهربانی که به خاطر آن‌ها و مادرشان از هیچ فداکاری دریغ نورزیده بودند، پاسخی شایسته بدهند، ولی افسوس که دیر رسیدند و فداکاری‌شان بی‌نتیجه ماند.

زمانی که آن دو هنوز به دروازه‌ی شهر نرسیده بودند، فرهاد و میلاد برای قربانی شدن به آشپزخانه‌ی کاخ تحویل داده شدند. ارمایل با چشمان گریان به آن دو گفت که باید یکی خود را فدای دیگری کند و با آه و افسوس مشت‌هایش را که در یکی از آن‌ها ریگی پنهان بود برای قرعه‌کشی به سوی‌شان دراز کرد و با اشک و آه گفت:

«ای مشت‌های بسته، باز نشوید تا قرعه‌ی مرگ، برادری را در سوگ برادر

ننشاند!»

فرهاد بی‌درنگ خنجر را از دست گرمایل ربود و گفت:

«اکنون که مرگ، معنای زندگی است، من مرگ را بر می‌گزینم.»

و با حرکتی ناگهانی خنجر را در قلب خود فرو برد. میلاد بر جسد فرهاد می‌گریست و حاضر نبود از او جدا شود. ارمایل قراری را که با فریدون بسته بودند به او یادآوری کرد.

هنگامی که میلاد همانند برادرش در چاله‌ی اجساد افکنده شد، همان جا با خود سوگند یاد کرد که انتقام خون برادر و همه‌ی کشتگان میهنش را از دشمن اشغالگر بستاند.

●●●

کیانوش و پرمایه بی‌خبر از مرگ فرهاد، خود را تسلیم کردند و کندرو شادمان از شنیدن این خبر، مقدمات حضور بزرگان ایرانی در دربار ضحاک را فراهم کرد.

فرانک پس از اطمینان از اقدام پسرانش خود را به نزد کاوه رساند و با اندوه گفت:«کیانوش و پرمایه خود را تسلیم روزبانان کردند. شتاب کن که پسرانت را از مرگ برهانی.»

کاوه پتک را رها کرد و با خشم گفت:

«چرا مانع نشدی؟»

اشک از چشمان فرانک جاری شد و گفت:

«چرا باید فرزندان تو فدای فرزندان من شوند.»

کاوه از قباد و قارن خواست که پتک را زمین بگذارند و همراه او بروند و بی‌آن که به فرانک بگوید، راهی کاخ ضحاک شد.

●●●

ضحاک که شهرناز و ارنواز او را با بادبزنی از پرهای رنگین باد می‌زدند، خودپسندانه بر تخت لمیده بود و مارهایش را که سر بر زانوی او نهاده بودند نوازش می‌کرد و

گوش به کندرو سپرده بود که تومار بلندی در دست داشت و متن آن را برای بزرگان شهر که در آن‌جا جمع بودند، می‌خواند.

«ای برگزیدگان قوم ایرانی! ضحاک بیوراسب، فرزند مرداس، گشاینده‌ی سرزمین‌های پست و بلند، یگانه‌ای که سه جان در یک بدن دارد و ناجی شما از تاراج جمشید بوده است، اکنون به شما فرمان می‌دهد که در نگاهبانی از تاج و تختی که دشمن بر آن چشم دوخته است، بپاخیزید. بپاخیزید و در این سرزمین پراکنده شوید و لشکری گرد آورید که برق سلاح‌شان چشم خورشید را کور کند.»

کندرو، تومار را پیش پای ضحاک، بر زمین گستراند و خطاب به بزرگان شهر ادامه‌ی سخن داد و گفت:

«اکنون آنان که دوستدار ضحاکند و بر این دوستی وفادارند، این نامه را مُهر کنند.»

هنوز کسی از جا حرکت نکرده بود که کاوه نگهبانان را کنار زد و به همراه قارن و قباد وارد شدند. با آمدن آن‌ها، کندرو که از موفقیت نقشه‌ی خود در کشاندن کاوه به آن‌جا شادمان شده بود و در پوست نمی‌گنجید، به ضحاک گفت:

«سرورم، گفته بودم که سرانجام می‌آید!»

کاوه تا مقابل تخت ضحاک پیش آمد و با صدایی رسا گفت:

«نیامده‌ام لابه کنم؛ آمده‌ام پیمانم با آبتین را نشکسته باشم. ضحاک، کیانوش و پرمایه فرزندخواندگان منند و اکنون در بند تو اسیرند. دیروز دو فرزند دادم که به آن دو گزند نرسد و امروز دو فرزند دیگر آورده‌ام که قربانی این پیمان کنم. فرزندان آبتین را رها کن.»

ضحاک که با لبخندی غرورآمیز به او می‌نگریست، گفت:

«آن دو را رها می‌کنم، این دو را نیز گروگان نمی‌خواهم. اما، حال که به پای خود آمده‌ای، همانند بقیه پیمان وفاداری با ضحاک را تو نیز با مُهری که بر این نامه می‌نهی آشکار کن.»

کاوه نگاهی به جمع بزرگان شهر انداخت و چون دید که همه سر به زیر افکنده‌اند، تومار را برداشت و خواند چهره‌اش از اندوه و خشم دگرگون شد. به سوی بزرگان شهر گام برداشت و مقابل‌شان ایستاد و با کلامی سرزنش‌بار به آنان گفت:

«آیا شبانان این رمه‌ی گرگ زده شمایید؟»

و چون جوابی از آنان برنخاست به میان‌شان رفت و سخن ادامه داد:

«ای بیچارگان، این زندگانی حقیر را چه ارزان فروخته‌اید!... آیا جادوپرستان بر شما چیره شده‌اند؟... ننگ بر ما! گروه گروه فرزندان‌مان را به کشتارگاه ماردوش می‌فرستیم تا دو روزی بیش در این ملک ستم‌زده نفس بکشیم. ننگ بر ما! که رسم نیاکان از یاد برده‌ایم و پوستین سکوت بر سر کشیده‌ایم. مرگ بر ما اگر بیش از این خود را تباه کنیم!»

و سپس با یک حرکت تند تومار را جر داد و به کف زمین ریخت. شهرناز و ارنواز شگفت‌زده از خروش کاوه، باد زدن ضحاک را از یاد برده بودند و ماردوش که در این فاصله هر لحظه خشمش فزون‌تر شده بود، فریاد سر داد:

«او را خاموش کنید!»

نگهبان به طرف کاوه یورش بردند. کاوه با نیروی بازوان، نیزه را از دست اولین نفر بیرون کشید و به مقابله پرداخت. قارن و قباد هم به او پیوستند. ایرانیانی که در آن جا جمع بودند به خود آمدند و آنان نیز به خروش درآمدند و در حالی که ضحاک فریاد برداشته بود:

«همه را بکشید! می‌خواهم در خون‌شان تن را بشویم.»

بیشترشان در حال جنگ و گریز توانستند از کاخ خارج شوند. شهرناز و ارنواز نیز که قصد پیوستن به آنان را داشتند، با پیچیدن مارها به دور کمرشان از انجام این کار بازماندند.

به زودی قیام کاوه به شهر کشیده شد و همه خود را برای نبرد مرگ و زندگی آماده کردند.

•••

میلاد که هنوز در شهر پنهان بود، خود را به شیرخوان رساند. فریدون او را شناخت و گرم در آغوشش گرفت. میلاد پیش از هر چیز به فریدون گفت:

«مردم به ندای پدرم پاسخ داده‌اند و شهر به قیام برخاسته است. ماردوش کمر به قتل همگان بسته است و مزدورانش به کوچک و بزرگ رحم نمی‌کنند. اگر قیام شکست بخورد، شاید فردا از شهر جز ویرانه‌ای برجا نماند.»

دندان‌های فریدون از خشم به هم فشرده شد و یک‌باره چنان به خروش آمد و مشت بر صخره کوفت که سنگ ترک برداشت. او همان دم فریاد برآورد و خطاب به یارانش گفت:

«اکنون هنگام رهایی فرا رسیده و مام میهن چشم انتظار جان‌فشانی فرزندانش است. برویم یاران من!»

•••

هنگامی که فریدون و یاران دلاورش، شیرخوان البرز را به مقصد شهر ترک می‌کردند، مردم شهر با مزدوران ماردوش درآویخته بودند و مردانه مبارزه می‌کردند و کشته می‌دادند. کاوه برای آن که مردم بیشتری را به مبارزه فراخواند، پیش‌بند چرم آهنگریش را از تن درآورد و بر سر نیزه کرد و به نشانه‌ی درفش قیام به جنبش درآورد و به بانگ بلند گفت:

«ای دلیر مردان ایرانی، از مرگ نهراسید؛ دشمن زبون است!»

روزبانان ضحاک، ناجوانمردانه، خانه‌ها را به آتش می‌کشیدند تا شیون و زاری زنان و کودکان استقامت مردان را در هم بشکند که یک‌باره رخدادی تازه، نقشه‌هاشان را نقش بر آب کرد. گروه زیادی از زنان که فرانک و کتایون در پیشاپیش آنان بودند، داس در دست، به مقابله با روزبانان برخاستند. فرانک خروشید و گفت:

«ای فرزندان ایران، خاک میهن را از پلیدی دشمن پاک کنید!»

خروش فرانک، ولوله در میان مردان افکند و بی‌باکانه یورش آوردند و محاصره

را شکستند و تنی چند از سواران مشعل به دست را از اسب به زیر کشیدند.

جنگ نابرابر در شهر همچنان ادامه داشت که فریدون و یاران جنگجویش به دروازه‌ی شهر رسیدند. فلاخن اندازان دست به کار شدند و در حال تاخت، نگهبانان روی باروها را هدف قرار دادند و بسیاری را سرنگون کردند. خبر آمدن فریدون به مردم شهر رسید و گروهی از آنان خود را به آن‌جا رساندند و شجاعانه با نگهبانان دروازه درگیر شدند و سرانجام توانستند دروازه را به روی فریدون و یارانش بگشایند. مردم شهر هلهله‌کشان به پیشواز آنان آمدند. فریدون از دیدار کاوه و پسرانش و همچنین مادر و برادرنش کیانوش و پرمایه که از بند رهانیده شده بودند شادمان شد و یزدان را سپاس گفت.

او نخستین کاری که پس از ورود به شهر انجام داد، رفتن به کاخ ضحاک بود. نگهبانان همه گریخته بودند و کاخ به آسانی تصرف شد. آن‌ها در جست‌وجوی ضحاک، کسی را بر تخت شاهی نشسته دیدند که در خود خمیده و چهره‌اش ناپیدا بود. او زبونانه لب به سخن گشود و گفت:

«صدای گام‌هایت قلب شکسته‌ام را می‌لرزاند. آیا بر بیچاره‌ای که دوست و دشمن او را به یک چوب رانده‌اند، امید بخشایشی هست؟»

فریدون و بقیه از این که ماری بر شانه‌ی او نمی‌دیدند، تعجب کرده بودند. فریدون با بدگمانی پرسید:

«سخنان زبونانه‌ات به کلام خون‌خواری که آوازه‌اش در جهان پیچیده نمی‌ماند.»

ناشناس سرش را بلند کرد. او کندرو بود که تاج ضحاک را بر سر داشت. کاوه با خشم و نفرت گفت:

«او کندرو حیله‌گر است که به اهریمن درس می‌دهد!»

کندرو با لابه گفت: «آری، خودِ کندرو است، بیچاره‌ای که سال‌ها اسیر ضحاک بوده. فرمانبر ناچیزی که اینک آوار جنایات ضحاک بر سر او خراب شده.»

فریدون گریبان او را گرفت و به سختی تکان داد و پرسید:

«بگو ضحاک کجاست؟»

کندرو از روی نومیدی جواب داد:

«حال که می‌دانم پایان زندگیم است و تیغ فاتحان را بر رگ‌های گردنم حس می‌کنم، آنچه را که باید می‌گویم که دیگر شانه‌هایم بیش ازین تاب بار سنگین گناه را ندارد... ضحاک گریخت.»

فریدون دندان به هم فشرد و گفت:

«ای اهریمن بزدل!»

کندرو فوری به سخن ادامه داد و گفت:

«و پیش از فرار، جمشید و زادشم را با تیغ دشنه از میان به دو نیم کرد.»

آه از نهاد همه برخاست و کندرو همچنان ادامه داد:

«آن‌گاه تاج بر سر من نهاد تا سایه‌ای باشم از او بر تخت. می‌بینید، از قربانی کردن مفلوکی چون من نیز دریغ نکرد.»

سپس خنجر جواهرنشان و خونین جمشید را که نزد ضحاک بود، از زیر ترمه‌ای که بر زانو افکنده بود بیرون آورد، به طرف فریدون درازکرد و گفت:

«این همان خنجرست که ضحاک با آن جمشید و پسرش را کشت. خوشحالم که مرا نیز با آن بکشید. و خوشحالم که این خنجر مجال نیافت به خون دختران جمشید نیز آغشته شود.»

فریدون بی‌درنگ پرسید:

«آنان زنده‌اند؟»

کندرو جواب داد:

«آن دو را من فرار دادم.»

فریدون گریبان او را رها کرد و گفت:

«اگر راست گفته باشی، از مرگ خواهی رست. اکنون بگو ضحاک به کجا گریخته؟»

کندرو خود را به پای فریدون افکند و چاپلوسانه گفت:

«به هند گریخت سرورم!»

کاوه او را از فریدون جدا کرد و پرسید:

«دختران جمشید کجایند؟»

کندرو جواب داد:

«فقط توانستم فرارشان دهم، به کجا گریخته‌اند نمی‌دانم.»

سر و کله‌ی گربه‌ی باغ کاخ پیدا شد و خود را به پر و پای لوری مالید و به او فهماند که دنبالش برود. لوری به بقیه گفت:

«برویم، گویا او چیزهایی می‌داند.»

همه به دنبال گربه رفتند و او آن‌ها را به انتهای باغ برد و کنار دیوار کوتاهی ایستاد و به لوری نگاه کرد. لوری جلو رفت و پیچک انبوهی که دیوار را پوشانده بود کنار زد. دریچه‌ی کوچکی در پشت گیاهان پدیدار شد. لوری دریچه را با زحمت گشود و سرش را به دخمه‌ی تاریک پشت در نزدیک کرد و با صدای بلند پرسید:

«کسی آن‌جاست؟ ... من لوریم، اگر آشنایی جواب بده.»

و هنوز پژواک صدای لوری در دخمه فرو ننشسته بود که صدای لرزان زنی از درون به او جواب داد:

«لوری مرده است.»

لوری فوری چنگش را از شانه برداشت و گفت:

«لوری زنده است، گوش کن.»

لوری انگشتان را با تارهای چنگ آشنا کرد و آوایی دلنشین آن با پژواکش از درون دخمه در هم تنید و دیری نگذشت که شهرناز و ارنواز با سر و مویی پریشان، سینه‌خیز، از دخمه بیرون آمدند. نور چشمان‌شان را آزار می‌داد و پیدا بود که لحظات سختی را در آن دخمه گذرانیده‌اند. آن‌ها به زحمت کیانوش و پرمایه را شناختند و اما فریدون را به جا نیاوردند. فریدون دست آن‌ها را گرفت و گفت:

«شهرناز، ارنواز من فریدونم، پسر عموی شما.»

شهرناز با اندوه گفت:

«سرانجام آمدی؟ چه دیر فریدون، چه دیر!»

ارنواز با گریه گفت:

«ضحاک پدر و زادشم را پیش چشمان ما به دو نیم کرد.»

فریدون با اندوه زیاد گفت:

«روزگار بر شما چه تلخ گذشته است دختر عموهای بیچاره‌ی من!»

شهرناز گفت:

«اگر گریختیم و درین دخمه‌ی تاریک پنهان شدیم نه برای زنده ماندن بود، زنده ماندیم که قصه‌گوی سفاکی‌های ماردوش باشیم.»

میلاد خود را شتابان رساند و گفت:

«کندرو گریخته و هیچ نشانی ازو نیست.»

کاوه با خشم و نفرت گفت:

«گفته بودم او حیله‌گر است.»

شهرناز گفت:

«هر چه از فریبکاریش بگویید کم گفته‌اید؛ درین سال‌ها به دستور او کودکان بسیاری را ربودند و به دشت نیزه‌وران بردند تا ذخیره‌ای باشند برای مارهای آن جادوپرست.»

کاوه گفت:

«و یقین داشته باشید که او دروغ گفته و ضحاک به هند نگریخته است.»

شهرناز با نفرت گفت:

«ماردوش به گنگ دژ بازگشته تا لشکری دیگر از دیوان گرد آورد.»

ارنواز که همچنان اشک می‌ریخت، نالید و گفت:

«آیا باز این روزهای شوم تکرار خواهد شد؟»

فریدون که دلش آکنده از کین و انتقام بود، رو به کاوه کرد و گفت:

«گرزی می‌خواهم که گنگ دژ را بر سر ضحاک ویران کند.»

•••

همان روز همه‌ی آهنگران شهر دست به کار شدند و سنگین‌ترین گرز پولادینی را که می‌توانستند درست کردند و به میدان شهر بردند. جمعیت انبوهی از پیر و جوان و زن و مرد در آن جا گرد آمده بودند. فریدون نخستین گرز را از دست سازنده‌اش گرفت و به کنار مجسمه‌ی عظیم ضحاک در میانه‌ی میدان رفت و گرز را بر سر دست بلند کرد و با نفرت تمام بر پیکره‌ی ضحاک فروکوبید. گرز پولادین، همچون جامی بلورین خُرد شد و از هم پاشید و ندای افسوس از هرگوشه برخاست. آهنگری دیگر، گرز دیگری آورد. او زیر بار سنگین گرز خم شده بود و به زحمت راه می‌رفت. فریدون گرز را از او گرفت و پس از نگاهی پرنفرت به پیکره‌ی ضحاک، گرز را قدرت بیشتری فرود آورد. شعله‌ای از برخورد آهن و سنگ خارا برخاست و گرز در میان دستان فریدون ذوب شد که باز هم آه و افسوس حاضران را در پی داشت.

فرود آهنگرگرزی را که از زیادی وزن بر چارپا نهاده بود، پیش آورد و گفت: «پولادش را به جوهر کین و انتقام آبدیده کرده‌ام. شاید همان باشد که تو می‌خواهی.»

فریدون لبخندی زد و گرز را برداشت و گفت:

«گرزی گران است؛ ببینیم بر ماردوش چیره می‌شود.»

سپس گرز را بلند کرد و چرخاند و چنان بر پیکره‌ی ضحاک کوفت که صدایی عظیم برخاست. همه منتظر بودند که چه اتفاقی می‌افتد، اما با حسرت دیدند که گرز ترک برداشت و از دسته جدا شد. فریدون دسته‌ی گرز را به زمین انداخت و سرش را به نشانه‌ی افسوس تکان داد. به یک‌باره صدا از هر طرف شنیده شد که:

«کاوه دارد می‌آید.»

جمعیت کنار رفت تا کاوه و پشت سرش پسران او و برادران فریدون، جسم سنگینی را که با پارچه‌ی سرخ پوشیده شده بود و در یک زنبه‌ی چوبی بزرگ با خود حمل می‌کردند، به نزد فریدون بیاورند. زنبه را که زمین گذاشتند، کاوه گفت:

«پولادش از آهن سنگی است که پدرت از دل کوه بیرون کشید. چهارده سال پیش ساختمش. همان روز که پدرت را به دار آویختند. آن را در غاری در البرز پنهان کردم تا روزی به دست کسی بسپارم که خواب ضحاک را آشفته کرد. و آن روز، امروزست.»

فریدون پارچه سرخ را کنار زد و گرز بزرگ گاوسری نمایان شد. فریدون گرز را برداشت و بلند کرد. گرز در دست او شکوهی دوچندان یافته بود. آن را چند دور بر فراز سر چرخاند و سپس با نعره‌ای بلند بر پیکر مجسمه فرود آورد. صدایی مهیب همراه با فواره‌ای از جرقه‌های آتشین برخاست و چشم‌ها را خیره کرد. دود که فرونشست، همه با شگفتی دیدند ترکی در مجسمه پدید آمد و بدنبال آن ترک‌های پی‌درپی دیگری که منجر به فروپاشی مجسمه شد و با صدایی مهیب فروریخت. غریو شادی از مردم برخاست و اشک شادی از چشمان همه جاری شد.

همان جا، فریدون که عزم رفتن به گنگ دژ او را آرام نمی‌گذاشت با مادرش وداع کرد و گفت:«مادر، هرگز از چشمه‌ی مهربانیت سیراب نبودم. چه کنم که مادر میهن داغدار است و مرا به رفتن فرمان می‌دهد.»

فرانک او را در آغوش کشید و بوسید و بویید و با چشمانی اشک‌بار به او گفت: «برو پسرم. تو اکنون تنها نه فرزند من که فرزند همه‌ی مادران داغدیده‌ی این سرزمینی. برو که من رنج دوری و دلواپسی‌هایم را با تمام آنان تقسیم می‌کنم. فرزندم، یزدان پاک نگاهبانت!»

فریدون گلرنگ را به حرکت واداشت و به کنار کاوه که آمد، چرم آهنگری او درفش افتخار، درفش کاویانی سپاه ایرانیان بود و در دستان او در جنبش بود. لوری و روزبه، پسران کاوه و برادران فریدون نیز به آنان ملحق شدند تا با سپاهی جان بر کف که تشنه‌ی انتقام از قومی مهاجم و خونریز بودند، همراه شوند. فریدون گرز گاوسر را با یک دست بالای سر برد و بانگ برآورد:

«جنگاوران دلاور، پیش به سوی نبرد با اهریمن!»

غریو از سپاه برخاست و با نوای کوس و کرنا، لشکر به پیشاهنگی فریدون به

سوی کنام اژدها، گنگ دژ، به جنبش درآمد.

•• شکار اژدها ••

ضحاک با چهره‌ای درهم بر تخت لمیده بود و با دست خود به ماران خوراک می‌داد که کندرو شتابان آمد و خبری را که او روزها در انتظار شنیدنش بود با خود آورد و گفت:

«سرورم، سپاهیان فریدون به اروند نزدیک شده‌اند.»

ضحاک با نفرتی آشکار گفت:

«بگذار بیاید، گوش بستر از آنان پذیرایی خواهد کرد!»

و با کلامی کنایه آمیز خطاب به مارانش ادامه‌ی سخن داد و گفت:«مرا ببخشید یاران باوفا که ماهیان اروند در غذای شما شریک می‌شوند!»

•••

با نقشه‌ی کندرو و به فرمان ضحاک، گوش بستر که آماده شده بود دسیسه دیگری را پیاده کند، با رسیدن سپاه ایران به کنار اروندرود، به پیشواز فریدون شتافت و چاپلوسانه گفت:

«به سرزمین بابل خوش آمدی پسر آبتین. درود بر تو!»

به دستور گوش بستر، گذرگاه‌های چوبین برای عبور سواران به کشتی‌ها، بر آب افکنده شد. با اشاره‌ی دست فریدون، لشکریان به سوی کشتی‌های فراوانی که تدارک دیده شده بود، رفتند و عرشه‌ها از سواران و پیاده‌ها پر شدند. فریدون و یارانش بر نخستین کشتی سوار بودند و او با هشیاری همه چیز را تحت نظر داشت. به دستور گوش بستر که با همراهانش در بلمی سوار بودند، پاروزن‌ها به جنبش درآمدند و کشتی‌ها سینه‌ی آب را شکافتند و به مقصد آن سوی اروند به حرکت درآمدند.

در آن سوی اروند، سربازان عرب به فرماندهی زهیر در پناه نخل‌ها کمین کرده

و چشم به کشتی‌ها دوخته بودند تا گوش‌بستر نقشه‌اش را کامل کند.

با اشاره‌ی گوش‌بستر پاروزن‌های بلم با شدت بیشتر پارو زدند و بلم به یک‌باره سرعت بیشتری گرفت و زودتر از کشتی‌ها به آن‌سوی اروند رسید. تا گوش‌بستر پا به ساحل گذاشت، صدای کرنای بلند شد و با این علامت، به یک‌باره همه‌ی پاروزن‌ها در کشتی‌ها همراه با پاروهای‌شان به آب پریدند تا شناکنان خود را به آن‌سوی اروند برسانند. فریدون فوری متوجه موضوع شد و بانگ بلند کرد:

«به ما خیانت شد!»

کیانوش شتابان آمد و گفت:

«کشتی‌ها سوراخ شده‌اند!»

در حالی که کشتی‌ها به دست امواج سپرده شده و در آستانه‌ی غرق شدن بودند، سپاهیان ضحاک مانند مور و ملخ از میان نخل‌ها بیرون زدند و در ساحل اروند زانو بر زمین نهادند و از کمان‌های آنان، بارانی از تیرهای آتشین به سوی کشتی‌ها باریدن گرفت. فریدون که می‌دید کشتی‌ها یکی بعد از دیگری به آتش کشیده می‌شوند و افرادش از ترس سوختن خود را در آب خروشان می‌افکنند، فوری سوار بر گلرنگ شد و خروش برآورد:

«فوری بر اسبان سوار شوید!»

کاوه گفت:

«رود خروشان است.»

فریدون در حالی که گلرنگ را آماده‌ی پریدن از روی عرشه می‌کرد، گفت:

«باید از آن گذشت؛ چاره نیست.»

و خود نخستین کسی بود که گلرنگ را از فراز عرشه به پرواز درآورد و در آب فرود آمد. گلرنگ در آب غوطه خورد، ولی توانست بر جریان تند آب چیره شود و با هدایت فریدون به سوی ساحل شنا کند. کاوه هم بی‌درنگ بر اسبش سوار شد و به درون اروند رفت و دیری نگذشت که دیگر سواران نیز از آنان پیروی کردند و

لشکری از سواران در اروند وارد شدند و به سوی ساحل روانه شدند. چابک‌سواران فریدون ضمن پیشروی در آب، کمان‌ها را از شانه برداشتند و تیر خدنگ در چله‌ها نهادند و همچون تگرگ بر سر دشمن فرو ریختند.

با پای نهادن گلرنگ به ساحل، فریدون گرز گاوسر را گرد سر چرخاند و به کمانداران عرب یورش برد و آنان از ترس مرگی دردناک پا به فرار نهادند و در میان نخل‌ها گم و گور شدند.

کاوه فریاد شادمانه بلند کرد و به فریدون گفت:

«گریختند!»

فریدون گفت:

«بگذار بروند و ضحاک را از ترس لبریز کنند.»

●●●

وقتی که زهیر با خواری شکست به نزد ضحاک رفت، چهره‌ی ماردوش از خشم چندش‌آور شده بود. زهیر مقابل او زانو زد و نومیدانه گفت:

«سرورم، فریدون به گنگ دژ نزدیک می‌شوند و به زودی دژ را در محاصره می‌گیرند.»

زهیر این را گفت و از ترس خشم ضحاک، خنجر را از نیام کشید و در قلب خود فرو کرد و در خون غلتید. کندرو با لبانی لرزان گفت:

«بگذار آنقدر پشت باروها بمانند تا از تشنگی هلاک شوند.»

ضحاک که به نقطه‌ای دور خیره مانده بود، لب به سخن گشود و گفت:

«آن که از اروند گذشت، از باروهای دژ هم می‌گذرد... جامه‌ی رزم مرا بیاورید.»

●●●

هنگامی که گنگ دژ به محاصره‌ی ایرانیان در آمد، به نظر می‌رسید که ورود به آن جا ناممکن است. قارن به تاخت خود را به فریدون رساند و این موضوع را به اطلاع او رساند و گفت:

«پیرامون دژ را همه جست‌وجو کردیم، هیچ دروازه‌ای ندارد و انگار از زمین روییده است.»

فریدون نگاهی به باروی مستحکم دژ انداخت و با آرامش گفت:

«دروازه را در میان دیوار می‌گشاییم.»

آن‌گاه گرز را بالا گرفت و گلرنگ را به رفتن واداشت. اسب به سوی باروی دژ تاخت و هر دم به سرعت خود فزود و چسبیده به دیوار، روی دوپا بلند شد و شیهه کشید و هم‌زمان، فریدون با همه‌ی توان گرز را بر دیوار سنگی فرود آورد. ضربه‌ی مهیب و ویران‌گر گرز، دیوار را به لرزه درآورد و ترک برداشت و به گشادی یک دروازه فرو ریخت. غریو شادی از سپاهیان برخاست. کاوه درفش کاویانی را به اهتزاز درآورد و فرمان حمله داد. کوس و کرنای به صدا درآمد و سواران به دنبال فریدون از شکاف دیوار گذشتند و وارد گنگ دژ شدند. سپاه دشمن صف کشیده و آماده‌ی کارزار بودند. به فرمان فریدون، سپاه ایران آرایش جنگ گرفتند. فریدون به لشکر دشمن نظر افکند و ضحاک را پیشاپیش آن‌ها در لباس رزم دید و گلرنگ را به سوی او پیش راند. ضحاک نیز از سوی دیگر جلو آمد و دو هم نبرد مقابل یکدیگر ایستادند. ضحاک لب به سخن گشود و با غرور گفت:

«افسوس آنان که روزی از سرزمین تو به نبرد با من برخاستند در خاک گور خفته‌اند تا از رزم ضحاک، افسانه‌ها در گوش این کودک ستیزه‌جو بخوانند.»

فریدون با خونسردی جواب داد:

«بسیار شنیده‌ام، لیکن آمده‌ام خود ببینم.»

ضحاک گرزش را بلند کرد و گفت:

«پس خوب ببین که دیگر مجال دیدن نخواهی داشت!»

این را گفت و به سوی فریدون تاخت. فریدون از جا تکان نخورد. سپاهیان از هر دو طرف چشم به میدان دوخته و منتظر فرجام کار بودند. ضحاک به فریدون رسید و با نعره‌ای بلند گرز را فرود آورد. فریدون با واکنشی ناگهان گرز گاوسر را چرخاند

و برگرز او کوفت. از شدت ضربه، ضحاک و اسبش به دور خود چرخیدند و گرز او همچون چوب سبک وزنی به هوا پرتاب شد. ضحاک که رنگ از رخساره‌اش پریده بود، به زحمت تعادلش را حفظ و اسب را مهار کرد. مارها بر دوش او می‌جنبیدند و ناآرام بودند. ضحاک به فریدون نگاه کرد و کابوس شبانه به یادش آمد و رعشه بر اندامش افتاد. کسی را که مقابلش می‌دید، همان بود که بارها و بارها در خواب دیده بود که ریسمان برگردنش افکنده و به دنبال خود می‌کشد. توان ماندن در خود ندید و افسار اسبش را کشید و رو به سوی سپاهیانش گریخت. فریدون، گلرنگ را به تاخت واداشت و سر در پی ضحاک نهاد. کاوه، درفش را بالا برد و اسبش را هِی کرد و سپاهیان ایرانی همچون رودی خروشان به دنبال او روان شدند. کندرو با دیدن ضحاک، سر اسبش را برگرداند که او نیز بگریزد، اما در مواجه با بقیه که هر کدام به سویی می‌گریختند، از اسب فرو افتاد و استخوان‌هایش زیر پای اسبان خرد شد و به طرز دلخراشی کشته شد. فریدون که به ضرب گرز، سپاه دشمن را از هم گسیخته بود، چون دید که ضحاک به سرعت صحنه‌ی جنگ را ترک می‌کند، فرجام نبرد را به یارانش سپرد و خود سر در پی او نهاد. دشت و تپه زیر پای اسب‌های آن دو در نوردیده شد و تا غروب آفتاب تاختند و لحظه به لحظه فاصله‌شان با هم کمتر شد و سرانجام به نخلستان که وارد شدند، فریدون به کمترین فاصله با ضحاک رسید، کمندش را دور سر چرخاند و به سوی او افکند و موفق شد وی را دام کمند گرفتار کند. ضحاک از اسب سرنگون شد و مسافتی بر زمین کشیده شد. فریدون فوری از اسب پایین جهید و تا ضحاک بخواهد به خود بیاید، بر سینه‌ی او نشست و خنجر از نیام برکشید. رنگ مرگ بر چهره‌ی ضحاک نشسته بود و مارها خودشان را در پس گردن او پنهان می‌کردند. فریدون پیش از این که خنجر را فرود بیاورد به ضحاک گفت:

«این خنجر را می‌شناسی؟ همان‌ست که با آن جمشید و زادشم را کشتی. چشمانت را ببند که پیک مرگت اینک از راه رسیده است.»

ضحاک که تسلیم مرگ شده بود، چشمانش را بست. فریدون خنجر را بالاتر

برد و تا خواست فرود آورد، طنین صدای آشنایی او را از این کار باز داشت.

«او را نکش فریدون!»

فریدون سر بلند کرد و شهرسپ را مقابل خود دید که بر سر چاه ایستاده بود و در لباس سپیدش همچون ماه می‌درخشید. آب از چاه می‌جوشید و پیش پای شهرسپ جاری بود. فریدون با گوش جان شنید که او گفت:

«او را در دماوند به سنگ زنجیر کن تا کتیبه شود و عبرت تاریخ گردد.»

شهرسپ این را گفت و در میان موج اشکی که در چشمان فریدون جوشیده بود، ناپدید شد.

فریدون خنجر را انداخت و از جا بلند شد و پس از نگاهی پرنفرت به ضحاک، سر ریسمان کمند را گرفت و بر پشت گلرنگ سوار شد و او را به دنبال خود بر زمین کشید تا آنچه را که ماردوش بارها در خواب دیده بود، در بیداری تجربه کند.

روزهای بعد مردمان زیادی در دشت‌ها و جنگل‌های ایران با چشمان خود پهلوان برومندشان را دیدند که سوار بر اسب، مرد بیچاره‌ای را در پی خود بر زمین می‌کشد تا پند استادش را عملی کند.

و بدین‌سان بود که سرانجام ضحاک با دستان فریدون به صخره‌ای در بلندای دماوند به زنجیر شد تا کتیبه شود و عبرت تاریخ گردد.

بیا تا جهان را به بد نسپریم

بکوشش همه دست نیکی بریم

نباشد همی نیک و بد پایدار

همان به که نیکی بود یادگار